AF140703

MARCO SIMEOLI

Vergeltung
am Bibersee

novum ✦ pro

www.novumverlag.com

Bibliografische Information
der Deutschen Nationalbibliothek:

Die Deutsche Nationalbibliothek
verzeichnet diese Publikation in
der Deutschen Nationalbibliografie.
Detaillierte bibliografische Daten
sind im Internet über
http://www.d-nb.de abrufbar.

Gedruckt in der Europäischen Union
auf umweltfreundlichem, chlor- und
säurefrei gebleichtem Papier.

© 2022 novum Verlag

ISBN 978-3-99107-971-2
Lektorat: Marianne Müller
Umschlagfotos:
Kornelija, Artem Merzlenko, Nejron,
Tartilastock | Dreamstime.com
Umschlaggestaltung, Layout & Satz:
novum Verlag
Autorenfoto: Marco Simeoli

www.novumverlag.com

1

Im Schatten von Ravenscraig Castle

Meine Herkunft ist nicht schwer zu bestimmen, denn dessen kann ich mich gerade noch entsinnen. Ich wurde geboren unter den manchmal drohenden und manchmal schützenden Schatten von Ravenscraig Castle, in Schottland, in der Provinz North Lanarkshire. Bei meiner Geburt schenkten mir meine Eltern den Namen Adam, den auch schon der Vater meines Vaters mit Stolz getragen hatte, mit dem ich mich allerdings schon seit sehr langer Zeit nicht mehr auswies.

Mein Vater, Angus Mark, war ein Pächter im Hause Sinclair, der Familie, der auch das Schloss gehörte. Er war wohl angesehen und hatte durch die Heirat mit meiner Mutter, einer Mailänder Adligen, eine gute Mitgift zur Verwaltung inne, die ihn zu Wohlstand und weltlicher Grösse erhoben hatte. Er hat nie mit Geld oder der Herkunft meiner Mutter geprahlt oder sich darob besser gemacht, als er denn war. Er blieb immer der schottische Landpächter, der er eigentlich war. Dies zumindest, bis geschah, was den Zwist in unserer Familie schürte.

Ich war gerade siebzehn Sommer lang der Sohn meines Vaters und stolz darauf, eines Tages sein Erbe und der Hüter des geschätzten Familiennamens zu werden, als er zum ersten Mal in seinem Leben etwas Eigenes besitzen sollte: Lord Sinclair schenkte ihm, weil sich der Tag, an dem er in seine Dienste getreten war, zum dreissigsten Mal jährte, ein Stück Land neben dem, das er ihm verpachtet hatte. Auf diesem Stück Land wohnte aber eine Witwe mit ihrer jungen Tochter. Sie hatten von seiner Lordschaft ein Recht auf Haus und Hof auf Lebzeiten der Mutter erhalten. So wagte mein Vater nicht, sie von seinem Land zu weisen. Er nahm stattdessen die junge Tochter Shannon, die mir vom Alter her ein paar Jahre voraushatte, in den Dienst bei uns.

Eines Morgens durfte meine Mutter dann mit eigenen Augen sehen, welche Art Dienst die junge Frau bei uns tat, als sie diese eines Morgens über dem Küchentisch liegend vorfand und mein Vater über ihr lag.

Meine Mutter, von edlem und hitzigem Geblüt, trennte die beiden sogleich. Sie forderte die Magd auf, ihr Haus auf der Stelle und auf ewig zu verlassen. Mein Vater musste sich von dem Tage an täglich mindestens einmal anhören, welche Schande er über den Namen der Familie gebracht habe und mit welchem Gefühl von tiefer Scham meine Mutter künftig ihren Anverwandten im Süden gegenüberzutreten haben werde.

Nun, mein Vater hörte es sich einige Zeit lang an, dann hörte er einfach weg. Shannon blieb im Dienst und forderte meine Mutter immer wieder mit ihrem Gehabe und ihrer frechen Zunge regelrecht heraus. Sie erzählte meiner armen Mutter ohne Bedenken, welche Dienste sie dem Herrn geboten hatte. Als dann das unerbittliche Schicksal seinen Vorboten der Schande zu uns schickte, brachen bei meinem inzwischen schrecklich veränderten Vater alle Dämme der Vernunft.

Die Mutter der fehlbaren Magd kam eines Morgens auf den Hof und teilte meinem Vater mit, ihre zuvor unberührte Blume von Tochter, die er zu pflücken gewagt hatte, erwarte ein Kind. Sie drohte meinem Vater, die ganze Geschichte vor Lord Sinclair zu bringen, wenn Erster sich nicht um das Ungeborene kümmern werde.

Ein anderer hätte ihr Geld bezahlt und die Sache so aus der Welt geschafft. Mein Vater aber, der zuvor edle und nun nur noch dumme Betrüger, holte die Schwangere zu uns ins Haus und eröffnete meiner Mutter, dass künftig die Magd Herrin im Hause sein werde. Meine Mutter sollte sich mit einer entsprechend untergeordneten Rolle abfinden.

Aber das war eine Anmassung, der meine Mutter nicht folgen konnte und schon gar nicht wollte. Sie wehrte sich erst, dann resignierte sie und schliesslich erkrankte sie wegen des eigenen

Grames und der Niedertracht meines Vaters. Allmählich nahmen ihre Kräfte ab, ihr Lebenswille schwand. Ihr bis anhin wohlgeformter Körper wurde schmaler, bis er schon fast gespenstisch anmutete. Die Röte verliess ihre Wangen und Lippen, der Glanz wich aus ihren Augen, und wo früher ein Lächeln die Gemüter der Umstehenden erheiterte, drangen nur noch leise Seufzer an die Ohren derer, denen sie ihre Nähe noch zumutete.

Ich habe mehrfach meinen Vater aufgesucht und ihn gebeten, Vernunft anzunehmen und endlich die Verhältnisse wieder so herzustellen, wie sie denn sein sollten. Ich war gar im Interesse des Friedens und der Familie bereit, die Magd Shannon zu ehelichen und den Bastard, den sie im Bauche trug, meinen eigenen zu nennen. Aber mein Vater schenkte mir keinerlei Gehör. Er beschimpfte mich stattdessen als Verräter und wies mir mehrfach die Tür.

Nun, meine Mutter überlebte dies alles nicht. Am Tage nach meinem wohl letzten Gespräch mit meinem Vater bat sie mich an ihr Bett in einem kleinen Zimmer im hinteren Teil des Hauses und sprach mir ihren Dank und ihren Segen aus, weil ich mich so sehr um ihrer Willen bemüht hatte, drückte mit schwindenden Kräften meine linke Hand in ihre beiden und schloss ihre Augen. So starb sie, traurig, verloren und verlassen.

Wir trugen sie zu Grabe, auf dem Friedhof nahe dem Schloss. Seine Lordschaft, Lord Robert Sinclair, seine liebliche Gattin, Lady Rowena, und die einzige Erbin der Sinclairs, das kleine Mädchen Rebecca, erwiesen ihr mit aller Höflichkeit die Ehre des letzten Gebetes. Alle Pächter und Bauern der Region bis hin zur Stadt Motherwell trugen dazu bei, meine Mutter würdig in die sanfte Erde zu betten.

Einzig mein Vater und Shannon, die unsere Familie so entzweit hatte, blieben der Bestattung fern. Ich musste Lord Robert mit Tränen in den Augen erklären, dass der Schmerz über den Verlust meinen Vater an sein Bett gefesselt hatte und es ihm verunmöglichte, dem Begräbnis beizuwohnen. Dies war wohl die grösste Lüge meines noch jungen Lebens und ich musste an mich halten, um mich nicht zu verraten.

Aber im Angesicht dieser grausamen Worte erkannte ich die nahezu mütterlichen Züge von Lady Rowena, die mich bat, in einigen Tagen zum Schloss Ravenscraig hinaufzugehen und dort bei ihr zur Audienz zu erscheinen.

Ein solches Ansinnen konnte und durfte ich nicht verweigern. So liess ich denn einige Tage verstreichen, in denen ich meine ganze Kraft auf die notwendige Bewirtschaftung des Hofes verwandte, und schritt an einem Mittwochmorgen, in mein bestes Gewand gekleidet, den Hügel empor. Schon am schweren Tor wurde ich von einer mich herzlich empfangenden Hofdame lächelnd begrüsst und ohne lange Umschweife in die strahlenden Audienzgemächer der Sinclairs begleitet.

Lady Rowena sass gelassen und etwas gelangweilt in einem weiten Sessel und genoss die bequemen Kissen und die Aufmerksamkeit, die eine andere Hofdame ihr zuteilwerden liess. Bei meinem Eintreffen wurde diese aber gebeten zu gehen. Auch diejenige, die mich denn begleitet hatte, trat nur bis zur Tür.

Im weiten Saal waren Lady Rowena und ich alleine. Sie wies mir ohne ein Wort einen Sessel in ihrer Nähe zu und ich entschuldigte mich kaum hörbar für mein Eindringen, als ich darin Platz nahm.

Lady Rowena erkundigte sich zuerst nach der Gesundheit meines Vaters und dem Lauf der Dinge auf dem Hof und ich versicherte ihr, dass mein Erzeuger sich allmählich erhole und die Felder weiter im Sinne der Lordschaft gepflegt und bewirtet wurden. Die wohlwollende Gräfin sah mich aus den Augenwinkeln an und erhob sich. Ich tat es ihr nach, doch sie bedeutete mir, mich wieder zu setzen.

Langsam schritt sie durch das Zimmer und sprach dabei: „Ich weiss, dass das Volk glaubt, wir hier oben auf dem Hügel, hinter den dicken Mauern des Schlosses, seien zu weit weg, um zu sehen, zu hören und zu verstehen. Nun, junger Mann, das Volk irrt! Ich bin sehr wohl über alles unterrichtet, ich kenne die traurige Geschichte der Erkrankung, die Eure selige Mutter heimgesucht hat. Ich bin auch im Bilde über das schändliche Verhalten des Vaters und Ehegatten, der Unglück über Euer Haus gebracht hat.“

Noch während sie sprach, wurde ich bleich. Woher konnte sie wissen? Welche teuflische Ranke schmiedete man da um das Haus meines Vaters?

Die Gräfin eröffnete mir, dass ihr sehr wohl bekannt war, dass mein Vater die Magd Shannon besessen hatte und dass diese seinen Bastard erwartete. Sie wusste auch, dass Gram und stetige Isolation den Tod meiner Mutter herbeigeführt hatten und dass mein Vater sehr wohl an der Bestattung hätte teilnehmen können, wenn er gewollt hätte. Sie wusste in groben Zügen alles, was ich auch wusste, und sogar ein paar Dinge, die mir fremd geblieben waren.

Entsprechend sprachlos und beschämt sass ich nun da. Sie wusste somit auch, dass ich sie und Lord Robert zumindest bei zwei Begebenheiten schamlos und ohne zu zögern belogen hatte. Aber das schien sie mir nicht übelzunehmen.

Sie setzte sich nach diesen langen Ausführungen wieder hin und beendete das vernichtende Einzelgespräch: „Sie, junger Mann, werden nicht zum Hof Ihres fehlbaren Vaters zurückkehren, niemals wieder. Ich werde Sie zu retten wissen. Noch am heutigen Tage werden Sie von uns mit den notwendigen Papieren ausgestattet, um mit dem Schiff nach der Neuen Welt zu segeln und dort ein neues Leben zu beginnen. Ihr Vater hingegen wird in Kürze seine Pachtrechte, seine Besitzungen und seinen gehobenen Stand gegen das einfache und entbehrungsreiche Leben eines Tagelöhners eintauschen. Er wird verbannt von Ravenscraig Castle. Er soll lernen, was es bedeutet, Tod und Schande über die Unschuldigen zu bringen."

Nach diesen Worten bediente sie eine kleine Klingel auf dem Tisch neben sich, und sogleich trat eine der Hofdamen ein, die den Befehl erhielt, den Schlossschreiber zu holen.

Dieser erschien auf der Stelle und sollte nun auf Ansinnen der Gräfin neue Papiere für mich anfertigen. Mein neuer Name sollte nun Mark Adam sein, einfach eine Umkehrung meiner zuvor getragenen Namen. Man bescheinigte mir, in Diensten der Lordschaft Sinclair ein fleissiger, umsichtiger Pächter, ein folgsamer Untertan und ein ehrlicher Steuerzahler zu sein. Dazu erhielt ich einen Freibrief für eine Fahrt auf einem Flottenschiff Ihrer Majestät, der Königin von England, um in die Neue Welt zu segeln. Der Schreiber wurde dazu angewiesen, mir hundert Pfund in Silbermünzen auszuhändigen und mich mit einer Kutsche bis zum Hafen der Grossstadt Edinburgh bringen zu lassen.

Als ich mich kaum hörbar nach dem Fortbestand meiner Familie erkundigte, gab Lady Rowena mir klar zu verstehen, dass mein Vater ein Vergessener sein werde und alles andere, was einst meine Familie gewesen war, in einer frischen Gruft am Pächterfriedhof von Ravenscraig zu liegen hatte. Das Pächtergeschlecht der Mark starb an jenem Tag.

Wenngleich überrascht und nicht wirklich von der Idee begeistert, dankte ich der Gräfin von Herzen für ihre Anteilnahme und ihre Hilfe und durfte mich nun von ihr verabschieden. Obgleich ich versprach zu schreiben, wo ich hinkommen würde, schien sie das weder zu beeindrucken noch zu beschäftigen. Ich war wohl nur eines der vielen Staatsgeschäfte, das einem solchem Oberhaupt einer Gemeinschaft eben zur Last fällt.

Eine Kutsche der Lordschaft wurde bereitgemacht. Ich sollte mich beeilen. Viel zu regeln hatte ich nicht, aber einen letzten Besuch auf dem Grab meiner Mutter wollte ich mir nicht verwehren lassen. Der wurde mir gestattet.

Meine Augen brannten, ich fühlte, dass ich gerne geweint hätte. Aber ich wusste den Mann mit der Mappe neben mir. Der Schreiber der Sinclairs war mir seit dem Moment, in dem ich den Saal der Herrschaft verlassen hatte, nicht mehr von der Seite gewichen.

Langsam sank ich auf die Knie und liess den Blick auf dem einfach gezimmerten Holzkreuz haften, auf dem der Name meiner Mutter mit den Tagen ihrer Geburt und ihres Ablebens eingeritzt war.

Eine kleine Hand klammerte sich um meinen Arm. Ich drehte den Blick nach rechts und sah in das frische, anmutig strahlende Gesicht der kleinen Rebecca Sinclair. Sie war mit ihrer Mutter zum Pächterfriedhof gekommen. Lady Rowena wies gerade den Schreiber an, nach der Kutsche zu sehen.

Erst als der fleissige Mann sich entfernt hatte, trat sie zu uns. Sie flüsterte nur noch: „Es tut mir aufrichtig leid, dass ich diese Entscheidung über Ihren Kopf hinweg getroffen habe, Herr Mark ... ach ... heute Herr Adam. Aber glauben Sie mir, dass es besser ist, Sie gehen fort von hier. Was am morgigen Tag über Angus Mark hereinbrechen wird, ist nicht Ihr Schicksal und Sie sollen es auch nicht teilen."

Ich hob die Augen zu ihren: „Lady Rowena ... warum tut das Schicksal mir das an?" Sie lächelte nun gequält: „Ihnen hat das Schicksal einen anderen Weg geboten, Herr Adam. Ich ... wir ... werden hierbleiben und der Dinge harren, die für uns alle vorbestimmt sind."

Die kleine Rebecca spielte mit ihren kupferroten Zöpfen und lief immer wieder Kreise um das Grab. Sie blieb plötzlich vor mir stehen und fragte unumwunden: „Bist du traurig, Grosser?" Ich nickte: „Ja, etwas schon, kleine Lady. Meine Mami ist in den Himmel gegangen und ich muss jetzt auch fortgehen." Das Mädchen strahlte mich an: „Aber dann sollst du dich doch freuen. Meine Mami hat gesagt, dass es im Himmel wunderschön ist. Sie hat gesagt, wir werden alle irgendwann dorthin reisen." Wieder nickte ich: „Das hat Eure Mami sehr weise gesagt, kleine Lady. Ich werde mich daran erinnern, wenn ich unterwegs sein werde. Leben Sie wohl, Lady Rebecca. Und auch Sie, Lady Rowena ... ich werde das alles vermissen."

Die schöne Frau versicherte: „Es wird Ihnen bestimmt gut ergehen, Herr Adam. Ich kann das in Ihren Augen sehen. Sie werden zu einem guten und starken Mann heranreifen. Tragen Sie Ihren neuen Namen mit Stolz, zeigen Sie den Menschen in der Neuen Welt, dass die Pächter des Hauses Sinclair immer wohlerzogen und mutig, stark und arbeitsam sind." Ich schluckte: „Das werde ich versuchen. Ich verspreche es Ihnen."

Die Herrscherin über Schloss und Land liess sich von mir die Hand küssen und zeigte hinter mich, wo der Wagen mit dem Schreiber bereits für mich bereitstand. Dazu sprach sie sehr leise: „Gehaben Sie sich wohl, Herr Adam. Eines fernen Tages, vielleicht, wird mein Ruf Sie erneut erreichen. Ich hoffe, Sie mögen

ihn erhören." Ich versprach: „Wo auch immer ich sein werde ...
ich werde immer ein Pächter dieser Herrschaft sein, ein Untertan der Sinclairs. Wenn Sie rufen, werde ich eilen."

Die kleine Rebecca liess sich widerstandslos hochheben und
drücken. Sie klatschte mir einen kindlich fröhlichen Kuss auf
die Wange und lachte: „Wenn du im Himmel bist ... sag denen,
dass ich einen Platz mit vielen Tieren zum Spielen erwarte,
wenn ich komme." Ich drückte sie erneut: „Ja, Lady Rebecca.
Ich werde allen Bescheid geben. Aber, in Gottes Namen ... nehmen Sie sich Zeit."

2

Auf zu neuen Ufern

Und ich wurde in die Kutsche geladen, begleitet vom Schreiber und einem Kutscher, nach Südwesten wurde ich gebracht. Wir waren fast einen ganzen Tag unterwegs, legten bei Dämmerung eine Nachtrast ein und erreichten am späten Morgen des Folgetages die pulsierende Stadt Edinburgh.

Dort angekommen, verlor der Schreiber keine Zeit. Er fand schnell ein Schiff, das in vier Tagen nach der Hudson Bay ablegen sollte, und legte den Freibrief der Gräfin vor, den er selbst aufgesetzt hatte.

Der Eigner des Schiffes nahm mich gerne auf. Er wollte mir eine der seltenen Kabinen zuweisen. Aber nun endlich konnte ich zum ersten Mal ein Wort des Einwandes hervorbringen. Ich bat darum, an den Arbeiten an Bord beteiligt zu werden, um so wenigstens etwas zu diesem, meinem unverdienten, Reiseglück beizutragen.

Der Schreiber liess mich gewähren, besorgte mir in einem Bekleidungsgeschäft noch einige Roben und ein paar gute Stiefel, und schon war seine Pflicht erfüllt. Zum Abschluss reichte er mir eine dünne Mappe und erklärte mir, darin seien meine neuen Dokumente und einige wichtige Informationen, die mir auf meinem weiteren Weg helfen sollten. An diesem Tag wusste ich noch nicht, mit welchen Ränkespielen in der Nähe von Schloss Ravenscraig die Machtverhältnisse verschoben werden sollten.

Ich werde keine Leser mit der langweiligen Seereise belästigen, die ich unternommen habe. Es reicht zu wissen, dass es für einen Menschen mit meinen Fertigkeiten auf einem Schiff nicht wirklich lohnende Arbeiten zu verrichten gab. Einmal nur konnte ich mich wirklich nützlich zeigen, als einer der Masten ausgebessert gehörte. Dabei halfen mir mein Geschick mit Werkzeug und mein Wissen über Holz.

Die meiste Zeit verbrachte ich sonst in der Kombüse bei Handreichungen oder an Deck bei Reinigungsarbeiten. Das Schiff war in seiner Eigenschaft als Frachter nicht auf Passagiere ausgerichtet, sodass ausser mir und der Besatzung gerade einmal ein einziger weiterer Reisender an Bord war. Aber von ihm sah ich in den nahezu achtzig Tagen Seereise sehr wenig. Er soll ein Franzose namens Guillaume Clary gewesen sein, der zum ersten Mal eine so weite Reise unternahm und diese wohl auch nicht ganz freiwillig angetreten hatte. Zudem war er die meiste Zeit seekrank und weigerte sich, seine Kabine zu verlassen.

Wenn ein junger Kerl wie ich damals, der eben gerade seine geliebte Mutter verloren hat, sein ganzes bisheriges Leben hinter sich lassen muss, werfen ihn Empfindungen aus der Bahn, die er vorher nicht gekannt hat. Ich verbrachte gewisse Nächte versteckt in einem kleinen Verschlag am Bug des Frachters in vollkommener Dunkelheit, weinte, seufzte, machte mir selbst Vorhaltungen und verfluchte das Schicksal, das mir nicht die Kraft gegeben hatte, mich erfolgreich gegen den Vater aufzulehnen. Aber das Gute an einer langen Reise ist die Zeit, die unweigerlich verstreicht. Mit dem Fortschreiten der Reise entfernten sich die Trauer, die Sorge und die Wut und machten der Neugier Platz. Ich hatte zuvor noch nie das Meer bereist und war auch noch nie so lange ohne Begleitung unterwegs gewesen. So sammelte ich viele neue Eindrücke und sog Wissen und erste Erfahrungen in mich auf wie ein Schwamm.

Unsere Ankunft in Fort George schien ein grosses Ereignis zu sein, denn als unser Schiff endlich den kleinen Hafen ansteuerte, sahen wir, die wir an Deck waren, Dutzende von Männern, die an der Pier auf uns warteten.

Allerdings wurde meine Hoffnung, wir wären etwas Besonderes, ziemlich schnell zerschlagen. Diese Männer hatten lediglich den Auftrag, unser Schiff schnellstmöglich zu entladen und mit neuen Waren zu beladen, damit der Dreimaster eilig den Weg zurück nach Hause suchen konnte. Ich erachtete es als selbstverständlich, bei den Ladearbeiten meinen Teil beizutragen.

Als nach etlichen Stunden alle Waren ausgeladen, kontrolliert und abgesegnet waren, begann die Horde Männer, den umgekehrten Weg zu nehmen. Kistenweise wurden Waren aufgeladen. Ein kleiner Mann mit Brille und Klemmbrett stand an der Ladeplanke und kontrollierte dabei genau, welche Kisten über die wackelige Holzbrücke auf das Schiff gelangten. Einer der Arbeiter nannte ihn Tolmie.

Ich suchte meine Unterlagen hervor, die ich bereits mehrfach während der Überfahrt studiert hatte, und fand seinen Namen unter denjenigen, die mir von Lady Rowenas Schreiber genannt worden waren. Deshalb half ich auch beim Beladen, um schnellstmöglich in den Genuss eines Wortwechsels mit Herrn Tolmie zu kommen.

Erst am späten Abend war der Dreimaster zur Zufriedenheit von Kapitän und Reeder mit Kisten und Waren beladen. Die Mannschaft des Schiffes durfte nun ruhen. Ich hingegen holte meinen Seesack, der meine ganze weltliche Habe beinhaltete, und suchte Herrn Tolmie in seinem Büro am Hafen auf, wo er gerade seine Arbeit zu beenden gedachte.

Sein Blick war deutlich. Er verriet kein Interesse, wies mit seinem Gebaren auf den einzigen Wunsch, nach Hause gehen zu dürfen, hin. Aber er zeigte sich höflich und fragte nach meinen Wünschen.

Ich versuchte, so kurz und bündig wie nur irgend möglich, meine Situation darzulegen und versicherte ihm, es liege meinen Absichten fern, ihm zur Last zu fallen. Herr Tolmie hörte mir zu, liess sich meine Unterlagen reichen und erkannte auf Anhieb das Siegel der Sinclairs.

Dieses änderte augenblicklich sein ganzes Verhalten. Aus Höflichkeit wurde Liebenswürdigkeit und aus Ungeduld eine mir unbekannte Höflichkeit. Er legte mir freundschaftlich die Hand auf die müde Schulter und versicherte mir, er werde bestimmt etwas finden, womit ich meinen Lebensunterhalt bestreiten könnte.

In meiner ersten Nacht in der Neuen Welt schlief ich im Heuschober eines Bauern, dessen Hof in der Nähe des kleinen Hauses des Herrn Tolmie lag. Schon früh wurde ich geweckt und zu meinem neuen Bekannten gebracht. Man reichte mir etwas Brot und Kaffee, bevor man mir einen Ort zum Waschen zuwies.

Herr Tolmie schien sich in der Nacht schon ein paar Gedanken gemacht zu haben, denn er liess, noch während ich mich im Nebenzimmer für den Tag herzurichten suchte, nach einem Constable Connor rufen. Diesen traf ich bald darauf. Er trug eine dunkle Uniform. Ich mochte ihn vielleicht etwas über zwanzig Jahre alt schätzen, also nicht sehr viel älter als ich. Er war stämmig, hoch und gut gewachsen und von ruhigem Gemüt.

Man hat uns einander vorgestellt und Herr Tolmie eröffnete mir, dass so oft wie möglich eine Ladung Waren ins Landesinnere in die junge Siedlung Radisson gebracht wurde. Dafür nutzte man den Fort George River, der nach einer langen Reise am gleichnamigen Ort in den Meerbusen der James Bay mündete.

Letztere lag als Ableger der Hudson Bay südlich ihrer berühmteren Schwester. Radisson hatte eine Gruppe unerschrockener Männer und Frauen gegründet, die als Erste ins Innere des Landes gedrungen waren und den Reichtum der dortigen Natur erkannt hatten.

In der Tat gab es dort reichlich Platz, Grün, Wasser und Wild. Laut den Angaben, die man mir gemacht hatte, pflegten verschiedene einheimische Volksstämme ein ruhiges und einfaches Leben im Einklang mit der Umgebung. Die Stämme der Chippewa, Métis und Cree, die dieses Land neben kleineren Völkergruppen bewohnten, betrachteten die Neuankömmlinge wohl mit einigem nicht unbegründeten Argwohn; allerdings hatten sie durch die Geschichten, die ihnen aus dem Süden überliefert worden waren, schnell verstanden, dass ein Krieg gegen die hellen Augen, so wurden wir Weisse genannt, ihnen nur Schmerz und Verlust bringen konnte. So tolerierten sie die Siedlung der weissen Männer.

Ich sollte folglich als erste Aufgabe diesen Warentransport auf dem Fluss begleiten. Da das Transportschiff, das gegen den Strom nach Osten hin segeln sollte, nicht immer auf guten Wind zählen konnte, hatte man uns mit langen Holzstangen und starken Seilen ausgerüstet, die der Mannschaft dazu dienen sollten, das Schiff, wenn nötig, aus seichten Stellen zu befreien oder gar zum Sonnenaufgang hin abzustossen oder zu ziehen. Nach einem sehr kurzen Abschied von Herrn Tolmie folgte ich Connor zum Fluss. Mein erster Eindruck des Transportschiffes liess mich zweifeln, aber Connor versicherte mir: „Keine Sorge, mein Freund. Bei ruhigem Wasser ist diese Nussschale absolut zuverlässig. Es kann nur auf der Rückfahrt etwas ruppig werden, wenn der Fluss viel Wasser trägt. Besitzen Sie vielleicht eine Waffe?"

Ich habe diese Frage verneint und auch dazu erklärt, dass ich im Umgang mit Waffen nicht geübt sei. In der Tat hatte ich noch nie im Leben weder eine Schuss- noch eine Hieb- oder Stichwaffe benutzt.

Auf dem Schiff holte Constable Connor aus dem Führerstand eine Büchse, die er mir als Sharps Vorderlader vorstellte. Er liess mich die Waffe mit dem entsprechenden Gurt über der einen Schulter tragen und versicherte: „Auf dem Weg begegnen uns höchstens ein paar Cree oder Métis. Aber die tun uns nichts, wenn wir ihnen nichts tun. Die Waffe soll vorwiegend eine gewisse Signalwirkung haben."

Die Fahrt nach Radisson wurde in der Tat mehr zur Kraftprobe als zur Flussfahrt. Die Winde wollten nicht in die richtige Richtung ziehen und immer wieder mussten wir uns ins Zeug legen, um den Flusslauf an gewissen Stellen mit Anstrengung und roher Muskelkraft hinaufzukommen. Connor hatte eine Schätzung von gut vierhundert Meilen Weg für uns gemacht. Und das brauchte mehr Zeit, als es jemandem von uns lieb war.

Kurz und gut, wir hatten auch ein paar Tage Glück, sodass wir richtig gute Fahrt machten, aber schliesslich und endlich brauchten wir für die Flussfahrt nach Radisson nahezu einen Monat. Dort wurde ausgeladen. Mich hatte man dem dortigen Siedlungsvorsteher, Herrn Ducroix, wie ein Paket überantwortet.

Nachdem man mir in einer Hütte mit fünf anderen Männern eine Schlafstelle zugewiesen hatte, durfte ich mir ein paar Tage

Ruhe gönnen, bevor ich zum ersten Mal an die Arbeit gerufen wurde. Anfangs benutzte man meine Arbeitskraft regelrecht, denn man wies mir die niederen und ungeliebten Aufgaben zu. Auf eine Jagd wurde ich gar nicht mitgenommen. Stattdessen gab man mir Schaber und Messer, die vom Blut der erlegten Tiere zu reinigen waren, forderte mich auf, Fellbündel zu schnüren und zu zählen, Knochen und Tierreste zu verbrennen und die uns zugewiesene Hütte in Ordnung zu halten.

Nun, ich bin jahrelang mit den Männern von Herr Ducroix durch die grüne Wildnis geschlichen. Diese Jäger haben mir beigebracht, wie man Spuren von Tieren voneinander unterscheidet, welche Pflanzen man essen kann, welche man meiden soll. Ich lernte, ein Tier fachgerecht zu häuten und das Fell so zu behandeln, dass es einen Wert hat, wenn man es dem nächsten Händler gegen Munition, Kaffee oder Tabak zum Tausch anbietet.

Unsere Felle brauchten wir nicht nach Radisson zu bringen, denn Herr Ducroix nahm sie uns alle ab und zahlte dafür ein monatliches Entgelt für unsere Arbeit. Ich hatte mit der Zeit allerdings das Gefühl, dass meine Felle mehr Wert hätten als das, was Herr Ducroix zu bezahlen bereit war. So verabschiedete ich mich von den Pelzjägern und machte mich auf den Weg, diese Welt auf eigene Faust zu erkunden.

Obgleich ich viel gelernt hatte, mit meinen Jagdgefährten verschiedene Siedlungen der hier ansässigen Jäger besucht und mir einige gute Freunde gemacht hatte, musste ich bald einsehen, dass ein einzelner Mann im Kampf gegen die Natur und deren eiserne Regeln nur bestehen kann, wenn er mit ebendieser Natur arbeitet und sich nicht gegen sie stemmt. Da ich eben doch ein Dickkopf war, musste ich das mit Niederlagen und Verlusten lernen, zog mir da und dort Narben und Schrammen zu.

Es dauerte dementsprechend seine Zeit, bis ich alleine auch wirklich zurechtkam. Aber ich hatte auch Glück. In der Gegend, in der ich mich meist aufhielt, tauchte eines Tages Kyle Tyler auf. Er war ein erfahrener Jäger, der eine junge Métis zur Frau genommen hatte und nun seine Ruhe suchte. Er hatte sich eine kleine Hütte am Seeufer gebaut, wo er sich mit seiner Gefährtin niedergelassen hatte.

Kyle jagte immer noch weiter, aber nur so viel, wie er brauchte. Seine Gattin kümmerte sich zu Hause um die Verarbeitung der Jagdbeute. In den kalten und unbarmherzigen Wintermonaten durfte ich oftmals bei ihnen über die Nacht Unterschlupf finden.

In solchen Nächten erzählte mir Kyle, dass die meisten Jäger unwissentlich für die Hudson Bay Company tätig waren. Jedes Fell, das sie den Händlern in Radisson oder Fort George verkauften oder zum Tausch anboten, landete über kurz oder lang in den Lagern der Company, die es nach Europa brachte, wo viel Geld für unsere mit fast nichts erkaufte Mühe bezahlt wurde. Darum hatte er sich zurückgezogen und jagte nur noch, um zu überleben.

Natürlich veranlassten mich diese Gespräche zum Nachdenken. Waren wir Jäger also nur die billigen Erfüllungsgehilfen weniger Nutzniesser, die unseren Schweiss und unser Blut in der Alten Welt an den Meistbietenden verschacherten?

Leider konnten wir diesen Gedanken nie ganz zu Ende besprechen, denn er wimmelte gerne ab. So endete auch das letzte Gespräch mit ihm in dem Frühsommer, als ich auf dem Weg nach Radisson bei ihm vorbeigekommen war und für eine Nacht bei ihm und seiner Frau Rehkitz Quartier bezogen hatte. Ich hatte auf dem Weg einen Feldhasen ausgeräuchert und teilte ihn gerne mit ihnen.

Rehkitz hatte uns aufgelegt. Kyle sah mich an: „Darf ich dich um etwas bitten, Junge?" Ich nickte: „Natürlich, Kyle." Der alte Jäger sah mich durchdringend an: „Heute werde ich dir ein paar Dinge zur Company sagen. Danach bist du mir immer jederzeit willkommen, aber du sollst dieses Thema nie wieder in meine Hütte tragen. Versprich mir das!"

Ich versicherte: „Du brauchst mir nichts zu erklären, mein Freund. Wenn du nicht mehr darüber sprechen willst, frage ich nicht." Der andere lächelte: „Du bist ein verständiger junger Mann, Felljäger. Ich sage nichts, du fragst nicht. Dann lass uns im Herbst mit Sam Elk und seiner Gruppe die Fährte der Elche aufnehmen."

Ich drückte ihm die Hand und versprach, mich rechtzeitig für diese Jagd bei seiner Hütte einzufinden. Ich wusste allerdings nicht, dass diese nie stattfinden sollte. Der Lebensweg meines Freundes sollte sehr bald zu Ende sein.

Den Namen Felljäger hatten mir die anderen Jäger im Laufe der Zeit gegeben, weil ich mich hauptsächlich mit der Jagd auf Biber, Wölfe und behaarte Kleintiere am Leben erhalten hatte. So wurde ich Felljäger.

3

Mein Freund Weiter Weg

In der Tat war ich an jenem späten Herbsttag wieder einmal auf dem Weg zur Hütte, die Kyle am Seeufer gebaut hatte. Ich hatte Wild Hank, einen alten Jagdgefährten Kyles, in Radisson beim Auffrischen seiner Vorräte angetroffen. Wir hatten uns auf einige Tage später mit Kyle, Sam Elk und dessen Sohn zur Jagd verabredet.

Als ich auf der Höhe der letzten Biegung auf dem Weg zur Hütte war, hörte ich einen Schuss, der nicht weit von mir abgegeben worden war. Ich kannte das Donnern des Vorderladers. Sogleich drehte ich mich nach dem Geräusch um und lief behände los. Es folgte kein weiterer Schuss. Ich durfte also annehmen, dass mein Jagdgefährte allein war oder die Beute wie oftmals zuvor zur Strecke gebracht war.

Aber beide Annahmen erwiesen sich als falsch. Als ich durch einen Busch brach, fand ich einen riesengrossen Schwarzbären vor, der gerade seine Pranken vom Kopf des alten Jägers befreite und ohne sich umzusehen auf dessen Frau zuging.

Ohne nachzudenken riss ich meine Büchse von der Schulter, legte an und zielte. Noch im selben Augenblick löste sich der Schuss. Der Bär heulte auf, wich ein paar Schritte zurück, fiel aber nicht. Stattdessen entschied er wohl, dass ich als Beute interessanter wäre als der liegende Jäger und dessen Frau. Er stapfte auf mich zu.

Zum Nachladen hätte ich niemals genug Zeit gehabt. So drehte ich die Büchse in meinen Händen um, um sie künftig als Knüppel zu benutzen. Wie ein Irrsinniger rannte ich schreiend auf den Schwarzbären zu und schlug mit der umgedrehten Büchse mehrmals auf seinen Kopf ein. Das Tier heulte zwar, schüttelte sich, schien sich aber ansonsten nicht von meiner Attacke beeindruckt zu zeigen. Ich musste etwas zurückweichen, um einem Prankenhieb auszuweichen.

Gerade als ich den improvisierten Knüppel erneut zum Schlag heben wollte, knallte es aus einem Gebüsch mehrmals hintereinander und der Bär zuckte wild, ehe er nach vorne über mich fiel. Ich konnte mich dem Gewicht des fallenden Tieres nicht mit genügend Kraft entgegenstemmen. Das Tier fiel, riss mich mit zu Boden und verendete auf mir liegend.

Länger als einige Augenblicke lag ich nicht unter dem Bären, aber diese gefühlte Ewigkeit war genug. Als der Bär endlich von mir genommen wurde, blickte ich in die erstaunten Gesichter dreier Krieger. Ihre Kugeln hatten den Bären wohl schliesslich zur Strecke gebracht und mich gerettet.

Leider konnte ich nicht verstehen, was die drei Männer zu mir sprachen, aber da kam mir die noch immer etwas verstörte Métis zu Hilfe. Sie sprach unsere Sprache. Ich erfuhr so, dass Kyle und sie auf dem Weg zum Dorf der Métis waren, wo sie Verwandte von ihr besuchen wollten. Die Krieger kamen aus ebendieser Ansiedlung. Eigentlich wollte mein einstiger Jagdgefährte einen der jungen Burschen bitten, uns zur Jagd zu begleiten.

Wir mussten allerdings feststellen, dass der arme Kyle Tyler nie wieder an einer Jagd teilnehmen sollte. Er hatte unter den schweren Pranken des Bären seinen ewigen Frieden gefunden.

Die drei Krieger untersuchten die Beute und so erfuhr ich, dass ich ihn in der Tat getroffen hatte. Allerdings hatte einer der drei Retter ihn so schwer am Kopf verwundet, dass ich keinerlei Ansprüche auf das Fleisch hätte erheben können, wenn ich das gewollt hätte.

Mich plagten im Moment ganz andere Sorgen. Meine Büchse war unter dem Gewicht des Bären zerbrochen, mein Wams sah aus, als hätte ich soeben alleine gegen eine Herde Stachelschweine gekämpft und auch ich selbst machte auf meine Begleiter wohl den Eindruck eines verwirrten Kalbes auf der Weide.

Es wurde ohne mich entschieden, dass Kyle bei den Métis, die er hatte besuchen wollen, seine letzte Ruhestätte finden sollte. Die Squaw bat mich, sie und die Krieger zu begleiten. So wurden aus langen, dünnen Stämmen zwei einfache Tragen gemacht. Zwei der Krieger banden den toten Bären auf eine davon und schulterten diese. Auch Kyles Leiche wurde mit dem gleichen Verfahren transportbereit gemacht und ich wurde zu einem seiner Träger erkoren.

Der Weg war nicht weit und vor allem nicht schwer. Wir folgten zuvor ausgetretenen Wegen im Dickicht und erreichten nach knapp zwei Stunden Fussmarsch eine kleine Ausbuchtung in der Waldlandschaft. Dort hatten die Métis etwa dreissig Zelte aufgebaut.

Ich sah wieder einmal ein Dorf der Eingeborenen, zum ersten Mal aber sollte ich die Zeit finden, meine Neugier zu befriedigen. Mit regem Interesse beobachtete ich die einfachen Menschen, die uns entgegenkamen. Männer und Frauen, ein paar Greise und auch Kinder sammelten sich vor den ersten Zelten und nahmen uns in Empfang.

Es bedurfte keiner Worte und keiner grossen Gesten. Der eingeborenen Tradition entsprechend übernahmen ein paar Frauen den toten Bären und taten das, was in jener Gemeinschaft ihre Aufgabe war: Das Tier wurde schnell und ohne Verlust zerlegt und gehäutet.

Einer der Männer sah mich, der ich noch immer die Trage mit der Leiche auf den Schultern balancierte, mit stechendem Blick an. Er schien mich intensiv zu studieren, minutenlang. Dann erst sah er die Squaw an und befragte sie in seiner Sprache. Von der verstörten Frau kamen kurze Antworten.

Während dieses Gespräches, das ich leider nicht verstand, musterte ich ihn genau. Er mochte noch keine vierzig Sommer zählen, stand stolz und gerade, hatte kräftige Arme und Beine sowie einen wuchtigen Oberkörper, teils unter einfacher Kleidung. Sein Gesicht war vom Wetter und der Zeit gezeichnet, aber schmal, wohlgeformt und von einer Ruhe erfüllt, die ich zuvor sehr selten erlebt hatte.

Man wandte sich wieder zu mir. In leidlichem Englisch grüsste mich der Mann: „Weiter Weg grüsst den weissen Mann. Er bietet ihm einen Platz am Feuer der Métis und eine Lende des Bären, den er bekämpft hat. Mag der weisse Mann willkommener Gast der Métis sein?" Ich nickte nur kurz.

Der Mann bedeutete zwei Kriegern, mir die Last abzunehmen, und trat nun ganz an mich heran. Er hob die rechte Hand neben seinen Kopf und grüsste mich erneut, dieses Mal förmlich: „Du bist bei den Métis willkommen, weisser Mann. Ich bin Weiter Weg, Häuptling dieses Dorfes. Du warst ein Gefährte des weissen Mannes Tyler?" Ich bestätigte: „Wir haben gemeinsam gejagt, grosser Häuptling."

Er musste mir das Unbehagen wohl ansehen, denn er lächelte mich nun an: „Der weisse Mann mag unbesorgt hier verweilen. Wenn er keine Waffe gegen die Métis hebt, werden diese ihm nichts antun." Ich nickte erneut schweigend. Der Mann gab mir mit einer Handbewegung zu verstehen, dass ich ihm folgen möge, und so tat ich auch dies ohne ein Widerwort. Dabei fiel mir auf, dass er herrschaftlich zu gehen verstand, fast wie ein Baron, mit stechendem Schritt und edel federnden Bewegungen.

Um ein knisterndes Feuer herum versammelten sich fünf Männer beim Häuptling. Ich bekam ebenfalls einen Platz zugewiesen. Es war mir einfach zu verstehen, dass nur der Anführer des Stammes und die Frau, die Kyle zu sich genommen hatte, meine Sprache verstehen konnten. Das war für mich aber nicht so schlimm, denn es wurde wenig gesprochen.

Die fünf Männer, die bei uns sassen ... oder besser ... bei denen ich sitzen durfte, trugen sich alle stolz und schwiegen mehrheitlich. Man hatte uns beim Eintreffen mit der erhobenen rechten Hand gegrüsst, nun herrschte nur noch Stille.

Ich sah zu, wie man eine Lende des Bären über das Feuer band und zu rösten begann, bemerkte aber auch die sehnsüchtig wartenden Augen derer, die nicht am Feuer sassen. Jeder und jede hätte gerne einen Bissen von der Lende gehabt. Ich wunderte mich bereits, warum nur an dem einen Feuer gebraten wurde, an dem wir sassen.

Mit ruhigem Auge besah ich die Menschen erneut. Jetzt musste auch ich, verblendeter Tor, es sehen: Der Spätherbst war diesen Eingeborenen in einer Zeit des Fastens und des Leidens zum Gast geworden. Viele von ihnen waren spärlich gekleidet und mager. Einige der Kinder schienen mir nicht ganz Herren ihrer Schritte zu sein. Der Hunger nagte hier an allen.

Ich schüttelte den Kopf, sah den Häuptling an und fragte leise: „Sag mir, Weiter Weg ... wann haben die Kinder das letzte Mal Fleisch genossen?" Der Mann sah mich erzürnt an. Er knurrte regelrecht: „Der Gast mag sich als solcher betragen. Er soll sich nicht in die Belange der Métis einmischen!"

Ich ballte meine linke Hand zur Faust und knurrte nun zurück: „Ich kenne deine Bräuche nicht, Weiter Weg. Aber ich werde von dieser Bärenlende nicht einmal kosten, wenn zuvor nicht die leidenden Kinder gespeist wurden." „Willst du deinen Gastgeber beleidigen, weisser Mann?", kam es zurück. Ich schüttelte den Kopf: „Diese Absicht liegt mir fern. Ich bin gerne ein Freund der Métis, wenn ich als solcher geduldet bin. Aber es ist nicht richtig, dass ich, der ich wohlgenährt und satt bin, eine Bärenlende verzehre, und die Frauen, Kinder und Greise, die hier hungern, nur danach trachten dürfen, meine Reste zu teilen. Was wurde aus dem Rest des Bären?"

Weiter Weg erhob sich und bedeute mir, ihm zu folgen. So geschah es. Während wir uns leise vom Feuer entfernten, bemerkte ich, dass die fünf anderen die Köpfe gehoben hatten, sich aber keiner zu Wort meldete oder sich anschickte, uns zu folgen.

Der Häuptling und ich suchten den Weg aus dem Dorf, bis er sicher war, dass wir von der Frau, die uns verstehen konnte, nicht gehört wurden. Dann erst veränderte sich sein Gesicht. Der Stolz wich einer hohl anmutenden Grimasse, als er mit traurigem Blick und müdem Ausdruck leise sprach: „Die Métis werden diesen Herbst nicht mehr jagen können. Viele Krieger der Chippewa haben uns vor vier Nächten die Pferde und die Büchsen genommen. Die Métis waren schlechte Wachen und noch schlechtere Verteidiger. Nun lachen die Chippewa über uns, die Cree tun es ihnen gleich und nun mag auch der weisse Mann mit Hohn über uns richten. Wir besitzen keine Waffen, um zu jagen, und keine Nahrung für die Kinder und Frauen. Die letzten Büchsen und das letzte Pulver trugen die Krieger auf sich, die den weissen Mann zu uns geleitet haben. Der Schwarzbär war die erste Beute der Métis seit mehreren Sonnen. Die eine Lende gehört dem weissen Mann. Er hat den Bären angeschossen und mit der blossen Hand gegen ihn gekämpft. Das Fleisch muss eingeteilt werden, als dass wir davon zehren können."

Ich schluckte leer. Solch ein Schicksal hatte ich noch nie erlebt. Natürlich gab es auch bei uns im alten Schottland Clankämpfe, aber die Sieger hatten den Besiegten immer genug gelassen, dass diese leben konnten. Bei diesem Volk schien dies nicht der Fall zu sein.

Ich nickte: „Die Lende gehört euch, Weiter Weg. Lass sie in kleine Brocken schneiden und in einer Brühe aufkochen, sodass das ganze Volk der Métis davon eine warme Suppe und einen gesunden Happen Fleisch bekommen mag. Ich kann und will diese armen Kinder nicht so leiden sehen."

Der Häuptling schluckte: „Du bist grosszügig, weisser Mann." Ich schüttelte den Kopf: „Das ist nichts. Werdet ihr keine Bogen mehr bauen?" Weiter Weg versicherte: „Wir haben Bogen und auch Speere. Aber das Wild kennt die Jäger. Die Büchsen der Weissen tragen viel weiter und können mehr als einmal schiessen." Ich nickte: „Ja, einige haben mehrere Kammern. Lass uns gemeinsam beraten, mein Freund. Wir werden eine Lösung finden."

Ein Ruf hatte einen Krieger zu uns geholt. Dem wurden nun Anweisungen erteilt, und schon waren wir wieder allein. Weiter Weg gestand: „Der Weisse ist gütig zu den Métis. Weiter Weg wird immer in seiner Schuld stehen." Ich schüttelte den Kopf: „Die Métis schulden mir nichts. Lass uns zu den Deinen zurückgehen, Häuptling. Ich will die Kinder essen sehen, und danach beraten wir, wie wir etwas gegen den weiteren Hunger tun können, der das Volk zu plagen droht."

Wir sassen wieder am Feuer. Der Spiess war durch einen grossen Tonkessel ersetzt worden, in dem man Wasser erhitzt hatte und einige Kräuter, Grüngemüse oder Gräser beigegeben hatte. Nun folgte die Bärenlende, in kleine, fast mundgerechte Happen zerteilt. Die schwarzen Augen der Métis beobachteten jeden Brocken, der ins Wasser plumpste. Weiter Weg stellte sich vor das Feuer und sprach laut einige Sätze, die ich leider nicht verstehen konnte, aber das darauffolgende Freudengeschrei reichte mir.

Etwas abseits stehend, konnte ich in Ruhe zusehen, wie nach einer lang anmutenden Stunde der ganze Stamm in einer langen und schweigsamen Reihe vor dem grossen Topf stand. Jede und jeder hatte eine einfache Holzschale in der Hand, in die nun die Brühe mit einigen Happen Fleisch geschöpft wurde. Ich zählte alles in allem über siebzig Menschen, denen ich an diesem Tag ein grosses Geschenk gemacht hatte.

Die Squaw meines Jagdgefährten trat an mich heran. Sie war noch jung, eine starke und recht hübsche Frau. Sie legte ihre Hand auf meinen Unterarm und flüsterte: „Die Métis stehen tief in der Schuld von Felljäger. Ich werde zum Ausgleich mit dir gehen und dein sein, wenn du mich willst."

Ich war erschrocken. So etwas wollte ich denn gar nicht. Ich sah auf sie herunter wie ein Vater und flüsterte: „Du gehörst zu den Deinen, Rehkitz. Ich bin kein guter Gefährte für eine Frau. Wenn mir die Métis manchmal Obdach und Jagdrecht gewähren wollen, bin ich mehr als glücklich. Ich erhebe keine Ansprüche auf Belohnungen oder Preise."

Ich sah noch immer zu, wie die Métis von der Brühe genährt wurden, als der Häuptling sich mit seiner Schüssel neben mich stellte. Er bemerkte: „Rehkitz wird dem weissen Mann gleich auch eine Schüssel bringen. Sie sagt, du willst sie nicht. Ist dem weissen Mann die Squaw der Métis zuwider?" Ich schüttelte den Kopf: „Nein, Häuptling. Sie ist eine stolze und wirklich angenehme Gefährtin, eine hübsche Squaw und eine vortreffliche Wirtin. Ich habe meinen Freund Kyle mehrfach auf ihre Vorzüge hin beglückwünscht. Aber ich ... ich bin kein guter Mann für Rehkitz. Mein Herz ist unrein, meine Seele unstet und meine Gedanken wild und ungezähmt. Ich will mich nicht binden, noch nicht zumindest." – „Was dürfen die Métis dir anderes anbieten, weisser Mann? Ein Obdach und Jagdrecht sind kein Gegenwert für die grosse Güte in deiner Tat und die Zuversicht, die du in die Augen meines Volkes gebracht hast."

Ich war gerührt. Es war hier alles so herzlich, so einfach und offen. Ich wollte mich ebenso zeigen, wie man es mir vorlebte, also hob ich die rechte Hand und sprach: „Lass mich einfach deine Hand drücken, Weiter Weg, so, wie wir das bei meinem Volk tun, und dazu lass mich dich fortan einen Freund nennen, dein Volk meine guten Freunde sein. Ich bin ein einfacher Mann. Mehr will ich nicht."

Ein starker und richtig herzhafter Händedruck hatte uns Augenblicke lang gebunden. Weiter Weg sah mich dabei mild an und zischte: „Mein Freund." Ich wiederholte: „Mein Freund." Es war alles gesagt, was es in solch einem Moment zu sagen gibt.

Nachdem alle gespeist hatten, setzten wir uns wieder um das Feuer. Einige der Männer bei uns sprachen zu ihrem Häuptling und dieser teilte mir am Ende mit, dass der kalte Winter, der bald hereinbrechen sollte, die Métis wohl überfordern werde. Er hoffte, man würde noch ein paar Jagderfolge feiern, allerdings war mit drei Büchsen ohne Pulver, Lanzen, Pfeilen und Bogen nicht viel zu wollen.

Ich hörte zu und fragte dann: „Steht die Hütte meines Freundes Kyle auf dem Jagdgebiet der Métis?" Das wurde bestätigt. Ich gab bekannt: „So gehört sie eigentlich den Métis. Ich werde sie benutzen, wenn Weiter Weg dies gestattet. Aber die Vorräte darin werde ich den Métis gerne für den Winter überantworten."

Mein Vorschlag fand sogleich Gehör. Man wollte es kaum wahrhaben, dass dieser fremde und noch sehr junge Weisse bereit war, das herzugeben, was seinem Volk gehörte. Meine Frage ging an den Häuptling, der mich ansah: „Wie nennt das Volk der Weissen diesen jungen Krieger voller Güte?" Ich schluckte: „Die Waldläufer nennen mich Felljäger." – „Und Felljäger will mit uns seine Habe teilen?", vergewisserte sich Weiter Weg. Ich bestätigte: „Alles, was ich entbehren kann, soll euch gehören."

Ich liess meinen Worten sogleich Taten folgen. Nach der Beratung gesellten sich drei Krieger zu den dreien, die mich schon kannten. Sie nahmen lange Stecken mit, deren Zweck ich auf dem Rückweg erst verstehen würde. Zusammen brachen wir noch vor dem Sonnenuntergang auf und hielten auch nicht zur Nachtruhe an. Während eines Dauermarsches von fast vier Stunden wurde nur geschwiegen.

Wir erreichten mitten in der Nacht die nunmehr unbewohnte Hütte, in der ich als Erstes eine kleine Öllampe anbrannte. Die Krieger sahen mir zu, wie ich ein Brett über einer im Boden eingelassene Luke anhob. Mit der Lampe in der Hand stieg ich hinunter. Der Naturkeller meines Gefährten war nicht reich, aber doch stolz gefüllt. Ich stieg hinan und winkte die sechs Männer zu mir. Alle zusammen holten wir aus dem Gewölbe einige Säcke Mehl, Bohnen und drei gut getrocknete Lenden, die wohl dereinst zu Hirschen gehört hatten. Danach folgten ein Packen Felle und einige fast ungebrauchte Decken, ein satter Brocken Salz und eine grosse Kiste voller gedörrter Beeren. Zum Schluss förderten wir einen kleinen Sack Pulver und eine ansehnliche Portion guten Tabak aus dem kleinen Keller.

All unsere Beute wurde oben im Hauptraum zusammengetragen. In der Hütte selbst fanden sich wenige und für die Eingeborenen nutzlose Gegenstände, nebst einem mir wohlbekannten alten Vorderlader Marke Sharps und einem Trommelrevolver Marke Colt mit einem zugehörigen Patronengurt.

Ich nahm diese drei Dinge an mich und zeigte an, dass die Métis den ganzen Rest für sich in Anspruch nehmen durften. Die sechs Krieger waren darob höchst erfreut. Sie trugen noch in der Dunkelheit alles nach draussen, wo innert kürzester Zeit ein kleines Feuer zu lodern begann, das ihnen als Lichtquelle dienen sollte.

Innert kürzester Zeit war alles für den Rückweg bereit. Mit meisterlichen Gesten wurde die Last so verteilt, dass immer zwei Mann einen der langen Stecken über einer Schulter tragen würden. Ich sicherte mir das Fellbündel, damit auch ich etwas zu tragen hatte. Dann band ich mir zum ersten Mal in meinem Leben einen Revolver um und schulterte die Büchse meines alten Weggefährten Kyle.

Ich hatte also eine bequeme Hütte und Waffen geerbt, mir die Métis zu Freunden gemacht und zugleich mögliche Jagdgefährten für den nahenden Winter gefunden. Ich wusste zu diesem Zeitpunkt allerdings noch nicht, dass die Freundschaft der Métis zugleich die Feindschaft der Chippewa bedeutete. Dies sollte ich noch lernen.

Nachdem ich an der Tür der Hütte mit den einfachen Zeichen der Fallensteller und Waldläufer eine deutliche Nachricht für Sam und Hank hinterlassen hatte, löschten wir das Feuer und machten uns auf den Weg zurück zum Dorf der Métis, der dieses Mal ob der Lasten etwas länger wirkte.

Der Sonnenaufgang hatte sich gerade gezeigt, als wir wieder im Dorf anlangten. Die Métis empfingen uns mit Tänzen und Geschrei. Weiter Weg sah sich an, was wir brachten, und gab Anweisungen, die ich nicht verstand, dann sah er mich an: „Du willst diese Flut an Speisen wirklich den Métis schenken?" Ich nickte: „Die Vorräte gehören euch. So auch die Felle und der Tabak. Ich habe keine Verwendung dafür und zudem bin ich jederzeit in der Stadt meines Volkes willkommen, um mehr zu holen. Ihr hingegen sollt achtgeben, dass der unbarmherzige Winter euch nicht hinwegstielt wie die Herbstblätter."

Weiter Weg zeigte mir, dass er mich verstanden hatte. Er klammerte seine Hand um meine und liess einen herzlich empfundenen Händedruck alles ohne Worte ausdrücken. Dann nickte er zufrieden: „Der weisse Mann hat uns Fülle und Zuversicht gebracht. Die dankbaren Métis werden ihn fortan ihren Bruder nennen."

In einer einfachen indianischen Feier hatte man Kyle Tyler verabschiedet und dann nach der Sitte seiner Väter in der Erde verscharrt. Ich nahm teil und steuerte nebst einem aus Astresten und etwas Seil gemachten Kreuz ein einfaches Vaterunser bei, das ich leise und ohne Hast am Ende der eingeborenen Rituale darbrachte. Kyle Tyler hatte die letzte Ruhe gefunden.

4

Post aus der Heimat

Seit jenen Ereignissen waren lange und ereignisreiche Jahre vergangen. Die Métis hatten sich erholt und wieder zu alter Stärke zurückgefunden. Meine Freundschaft zum inzwischen leicht ergrauten Häuptling Weiter Weg war stetig gewachsen und zu einem innigen Austausch unter Gleichgesinnten geworden. Meine Besuche bei den Zelten meiner Freunde waren immer wohl gesehen und von kleinen Geschenken begleitet, die mir ohne Zaudern mit Wärme und Güte zurückgegeben wurden.

Ich muss vorausschicken, dass meine Vergangenheit als Pächtersohn im mächtigen Schatten von Schloss Ravenscraig weit hinter mir lag, als sich zutrug, was mein Leben für immer auf eine in jeder Weise unerwartete Bahn leitete. Wie ich es versprochen hatte, war ich in regelmässigen Abständen mit Feder und Tinte zu Werke gegangen, um Lady Rowena in der Heimat, die einst gewesen war, zu berichten. Meist fielen meine Berichte einfach und ohne Ausschmückungen aus, die Sprache liess im Auge des gewandten Schreibers wohl auch Wünsche offen.

Ich hatte meiner ehemaligen Pachtherrin meine Adresse postlagernd in Radisson angegeben und insgeheim lange gehofft, irgendwann ein Zeichen von ihr zu erhalten. Ich wünschte trotz allem, was sich zugetragen hatte, von meinem Vater zu hören, der, wie ich vermuten musste, seit seiner Enteignung kein angesehenes Mitglied der Gesellschaft mehr war. Aber ich bekam nie einen Brief, nie ein Wort aus der Heimat, zu lesen.

Ich hatte wieder einmal das Dorf der Métis verlassen, wo ich wohl aufgenommen worden war. Zum dreissigsten Mal sollte sich meine Geburt bald jähren. Diese Tatsache interessierte hier jedoch niemanden. Seit über zwölf Jahren jagte ich, gab mich der Fischerei und dem Sammeln von Beeren und Nüssen hin, gerbte Felle und genoss die Freiheit eines Mannes, der nie auch nur die Spur einer Rechenschaft schuldig blieb.

Ich hatte mit den Métis und auch alleine verschiedene Scharmützel und auch regelrechte Kämpfe gegen die Chippewa ausgestanden und noch immer waren wir uns nicht wirklich wohlgesinnt, aber die Hinterhalte und Schiessereien waren weniger geworden.

Der ursprüngliche Trieb zur Feindschaft zwischen den verschiedenen Stämmen der Eingeborenen war dem gemeinsamen Kampf gegen die immer zahlreicher werdenden, teils leider gesetzlosen Weissen gewichen. Einige von ihnen hatte ich ebenfalls schon vor der Flinte gehabt.

Weiter Weg war umsichtig gewesen und hatte seine Gemeinschaft gut verborgen. Das Lager war um einige Meilen nach Osten an einen kleinen Wasserlauf verschoben worden, wo sich die Métis gut hätten verteidigen können. Daher gab es für mich keinen Grund, mich als ein Freund der Métis als Verräter an den weissen Siedlern zu fühlen. Zum Glück beider Seiten war es bis anhin nicht notwendig gewesen, sich zu messen.

Die Métis hatten mir im Lichte der tiefen Verbundenheit immer wieder nicht nur die hübsche Rehkitz, die inzwischen einen anderen Krieger erwählt hatte, angeboten. Auch einige andere, jüngere Squaws sollten mir angeboten werden, aber ich lehnte immer ab. Ich war wohl ruhiger geworden, aber ich konnte mir noch immer nicht vorstellen, eine Frau zu haben, sie zu umsorgen und mich um sie zu bemühen. Nun, dies sollte sich im Sommer jenes Jahres, vom Schicksal vorbestimmt, ändern.

Vom Dorf der Métis machte ich einen Bogen und erreichte bald die Handelsstrasse, die nach Radisson führte. Dieser Ort war inzwischen so gut gewachsen, dass er zeitweise mehreren hundert Menschen Obdach und Tagwerk bot. Man hatte Scheunen, Hotels und Werkstätten gebaut. Meist mied ich den Ort. An jenem Tag aber war das anders.

Ich hatte mir im Laufe der Zeit eine doppelläufige Flinte der Marke Springfield gekauft und diese bedurfte eines guten Büchsenmachers, weil der eine Abzug immer schwerer ging. So hatte ich entschieden, mich nach Radisson zu begeben und auch gleich bei der Poststelle nach den Briefen zu fragen, von denen ich nie welche bekam.

Der alte Büchsenmacher versicherte, den widerspenstigen Abzug innert weniger Stunden wieder gangbar zu machen. Ich überliess ihm meine Jagdwaffe also bis zum nächsten Morgen und suchte mir ein Quartier. Normalerweise nächtigte ich nicht in der Stadt, dieses Mal aber wollte ich mich nicht zu weit entfernen, bis ich meine Waffe wiederhatte.

Ich trat in die Poststelle und meldete mich bei Herrn Bell, der seit Jahren dort tätig war und mich inzwischen kannte. Er grinste mich an wie selten jemand zuvor. Sein Gruss wurde von einer seltsamen Bemerkung begleitet: „Hast du dir endlich etwas gegönnt, Felljäger?" Ich verstand ihn nicht. Meine Frage kam dementsprechend: „Wie bitte? Ich wollte nur fragen, ob Briefe für mich eingegangen sind." Herr Bell zuckte die Schultern: „So kann man es auch nennen. Komm doch mit."

Verwundert folgte ich Herrn Bell. Er brachte mich nach hinten in den Wohnraum seines Hauses, wo seine Gattin gerade mit einer jüngeren Frau und dem gemeinsamen Kind Tee trank. Bell gab bekannt: „Meine Frau und Tochter kennst du ja bereits. Und das hübsche Mädchen da ist dein Brief."

Es mag mich kein Mensch fragen, was für einen Gesichtsaudruck ich in diesem Moment trug, aber er war bestimmt scheusslich, denn das Mädchen der Bells wich einige Schritte vom Tisch zurück. Ich hingegen stand da wie an den Fussboden genagelt und brachte kein Wort über die Lippen.

Bell sah seine Frau an: „Bitte kümmere dich um Felljäger, Helen. Ich gehe wieder nach vorne." Helen, seine Frau, nickte ihm zu und lächelte mich an. Sie fragte: „Haben Sie sich die junge Dame so hübsch vorgestellt?"

Ich schüttelte den Kopf: „Ich kenne diese Frau nicht." Helen nickte: „Ja, natürlich nicht. Sie wurde Ihnen ja geschickt." Mein zuvor schon düsterer Gesichtsausdruck verfinsterte sich noch einmal deutlich: „Genug jetzt! Wenn dies ein Scherz ist, war er amüsant genug und endet genau jetzt."

Helen Bell bot mir einen Stuhl an und ich setzte mich. Die junge Frau sass mir gegenüber. Sie war in der Tat sehr hübsch zu nennen. Ihre Züge wirkten zudem auf mich irgendwie vertraut, wenngleich ich nicht wusste, woher ich diese junge Frau kennen sollte. Helen Bell setzte mir eine Tasse Kaffee vor und meinte: „Die junge Dame hat eine abenteuerliche Geschichte zu erzählen. Lassen Sie sich überraschen. Komm, Rose, wir gehen nach vorne."

Helen Bell und ihre kleine Tochter Rose gingen aus dem Wohnraum nach vorne. Die junge Frau nippte vorsichtig an ihrer Tasse und sah mich dabei unentwegt an. Ihre Stimme drang leise und etwas unsicher zu mir: „Sind Sie Mark Adam, mein Herr?" Ich nickte kurz: „So wurde ich in vergangener Zeit auch genannt. Aber das ist lange her. Hier nennen mich alle nur Felljäger. Mit wem habe ich die Ehre?"

Sie schüttelte den Kopf: „Zur gegebenen Zeit, Herr Adam. Sie sollen zuerst einmal wissen, dass das mächtige Schloss Ravenscraig nicht mehr Herrschaftssitz ist. Die Minen von Stirling und Ravenscraig sind nicht mehr im Besitz der Sinclairs und die Herrschaften Sinclair sind längst vertrieben."

Ich war verwundert. Langsam hob ich den Blick in ihre Augen: „Was ist vorgefallen?" Die junge Frau legte beide Hände flach auf die Tischplatte und wurde nun noch leiser: „Ich bitte Sie um Vergebung und Verständnis, wenn ich bei der folgenden Erzählung Tränen vergiessen sollte. Leider geht mir dies alles sehr nahe." Ich versicherte: „Sie mögen weinen. Ich bin nicht hier, um Sie in Tun und Handeln zu tadeln."

Die junge Frau erzählte mir nun die haarsträubende Geschichte um Schloss Ravenscraig und die Ereignisse, die dort den Lauf der Dinge geändert hatten. Der mir wohlbekannte, einstige Pächter und spätere Tagelöhner, den ich meinen Vater nennen musste, hatte sich zum Gauner entwickelt und war bald so weit gegangen, sich gegen die Herrschaft offen aufzulehnen.

Um seiner Auflehnung genug Gewicht zu verleihen, hatte er Gesindel und Wegelagerer, Diebe, Schmuggler und Mörder um sich geschart und sie gegen die Herrschaft aufgehetzt. Der erste Streich hatte die Minenbüros getroffen, dann folgten Landgut und Vorratslager der Sinclairs, bis er schliesslich seine Horde an einem Markttag ins Schloss geschafft hatte und dort ein Blutbad anrichten liess, das ohne Gleichen bleiben sollte.

Die junge Frau keuchte nur noch, als sie an dieser Stelle der Erzählung anlangte. Ihre Augen waren nass, ihre Züge zerrissen von Angst und Trauer. Sie schluchzte einige Male laut und bat wiederholt um Vergebung. Ich nickte nur. Mehr konnte ich nicht tun.

Obgleich die Erzählunges mir sehr nahe ging und ich gerne etwas Beruhigendes getan hätte, blieb ich stumm vor meiner Tasse inzwischen erkalteten Kaffees und wartete. Was diese junge Frau erzählte, liess mich vermuten, dass Lord Robert und Lady Rowena nicht mehr waren und dass das kleine Mädchen Rebecca einem grausigen Schicksal zum Opfer gefallen war.

Die junge Frau hob den Kopf erneut und sprach leise: „Ich wurde während der Bluttat von einer Zofe in einem Schrank versteckt. Einer derer, die den Angriff überlebt hatten, der alte Küster McArdle, brachte mich des Nachts unbeschadet weg von Schloss Ravenscraig. Wir schifften uns nach hierher ein. Der alte McArdle hat die Reise leider nicht überstanden. Ich langte alleine und fast ohne Mittel in Fort George an, wo ich mich bei den Behörden anmeldete. Ein Polizist namens Connor brachte mich zu einem Reeder, der Tolmie heisst. Als ich ihn nach Mark Adam fragte, gab er mir Auskunft, nach Radisson zu reisen. Herr Connor hat mich vor vier Tagen hierhergebracht. Ich sollte auf Sie warten. Die gute Frau Bell hat mir ein Bett, etwas frische Kleidung und warme Speise angeboten."

Meine Erinnerung ging zurück. An Tolmie erinnerte ich mich schwach. Er war es damals, vor Jahren, gewesen, der mich in der Neuen Welt empfangen hatte. Mit Connor hatte ich eine nicht zu verachtende, schweisstreibende Flussfahrt erlebt und bei verschiedenen Begebenheiten an der Seite seiner Bewaffneten Spuren gedeutet. Beiden schien es gut zu gehen.

Aus einer kleinen Tasche, die neben ihr zu Boden lag, holte die junge Frau ein Bündel, das sie auf den Tisch legte. Ich brauchte es nicht einmal anzusehen. Ich kannte das teils vergilbte und an einigen Stellen angerissene Papier. Dies waren meine Briefe an Lady Rowena. Der Grösse des Bündels nach zu urteilen, waren es alle, die ich je geschrieben hatte.

Die junge Frau nickte: „Staunen Sie bitte nicht, Herr Adam. Das sind all Ihre Briefe an meine Mutter, Lady Rowena Sinclair. Sie hat sie gehütet wie einen Schatz. Sie waren ihr wichtig bis zum letzten Moment. Sie sprach oft von einem jungen Pächtersohn, dem sie ein neues Leben gegeben hatte. Gerne hätte sie Ihnen die Mutter ersetzt, die sie verloren haben."

Ich schluckte: „Also sind Sie Lady Rowenas Tochter Rebecca. Sie waren ein kleines Mädchen mit Zöpfen, als ich zum letzten Mal das mächtige Schloss Ravenscraig betrat. Sie fragten, ob ich traurig sei."

Sie lächelte gequält: „Diese einstige Macht ist dahin, Herr Adam. Das einst edle Schloss ist zum Teil zerstört, meine Familie zu Dutzenden hingeschlachtet. Meine Mutter hatte dies kommen sehen. Sie hatte vor Jahren Briefe an Sie verfasst, die nie die Hallen des alten Schlosses verlassen haben. Als mein zwanzigster Geburtstag sich gejährt hatte, hat sie mir ein Schreiben an Sie überantwortet und mich gebeten, dass ich es der Post nach der neuen Welt anvertraue. Aber in der folgenden Nacht geschah, was wir alle vergessen möchten."

Ich stützte meine Ellbogen auf den Tisch und legte mein Gesicht in meine Hände. So etwas hatte ich nicht erwartet. Ich sprach durch meine Finger: „Was erwarten Sie von mir, Lady Rebecca? Was darf ich tun?" Sie erwiderte: „Ich erwarte nichts, Herr Adam. Und bitte nennen Sie mich nicht Lady Rebecca. Ich bin keine Adlige mehr. Rebecca oder Becky wird absolut reichen. Ich bin hierhergekommen, weil dies der letzte Wille meiner Mutter war. Als die Horde über uns herfiel, überantwortete sie mich der Zofe mit den Worten, man möge mich sicher nach der Neuen Welt bringen, zu Ihnen. Sie drückte mir Ihre Briefe in die Hand und mahnte mich, den einen Brief nicht zu vergessen, den sie eben noch verfasst hatte."

Mühsam hatte ich mich erhoben. Langsam schritt ich hin zum Fenster und sah hinaus auf den kleinen Hinterhof, der leer zurückstarrte. Ich zischte: „Sie können hier nicht bleiben. Hier ist kein Ort für eine junge Frau Ihres Standes und Ihrer Erziehung." Sie antwortete: „Wo um Himmels willen soll ich denn hin, Herr Adam?" Ich drehte mich um: „Ich weiss es nicht. Es wird sich eine Lösung finden. Herr Bell und seine Frau mögen Sie derweil beherbergen. Ich werde sie dafür entlohnen."

Auch die junge Frau hatte sich erhoben. Sie trat zu mir und stellte sich vor mich hin. Mit zittriger Hand öffnete sie einen Knopf ihres Oberkleides und griff daraus einen sauberen und versiegelten Umschlag. Sie legte ihn mir in die Hand. Ich kannte das Emblem. Es war das Siegel ihrer Familie, meiner einstigen Herrschaft. Dieser Brief enthielt vermutlich das letzte Lebenszeichen der gütigen Lady Rowena.

Lady Rebecca flüsterte: „Lesen Sie ihn bitte, Herr Adam. Ich werde mich nicht fortbewegen, bis Sie diesen Brief gelesen haben. Zumindest dies sind Sie mir schuldig."

Das Siegel war gebrochen und meine nun unsicheren Finger entfalteten ein einzelnes Blatt, dicht mit schwarzer Tinte beschrieben. Es datierte von vor gut vier Monaten. Es war mir ein Leichtes, die Schrift zu erkennen. Langsam setzte ich mich nieder auf meinen Stuhl und bat: „Nehmen Sie bitte Platz, Lady Rebecca. Ich werde den Brief vorlesen."

Sie setzte sich hin. Ich fing an, den Brief leise vorzulesen: „Ravenscraig, im März, zu Händen des Auswanderers Mark Adam ... Geschätzter Herr Adam ... wenn dieser Brief Sie erreicht, ist das unvermeidliche Schicksal vermutlich schon über Ravenscraig hereingebrochen und ich bin nicht mehr. Die Anzeichen verdichten sich, dass unser gemeinsamer Bekannter, den ich nicht nennen mag, schlimme Taten verübt hat und noch verüben wird. Wenn sich nun alles so ereignet hat, wie ich es fürchte, so wird auf diesen Brief in naher Zukunft die Ankunft meiner kleinen Rebecca, einzige Tochter des Hauses Sinclair, folgen. Ich habe schon seit langem kein Recht mehr, von meinem einstigen Pächter etwas zu fordern ... ich werde Sie folglich bitten. Ich bitte Sie um Vergebung dafür, die Antworten auf ihre Briefe, die ich verfasst habe, nie versendet zu haben. Ich bitte Sie um Verständnis, dass der einzige Bogen Papier, den ich je an Sie gesandt habe, die Hallen von Ravenscraig Castle als verzweifelte Bitte einer verängstigten Mutter verlassen hat. Und ich bitte Sie darob um die Güte Ihres edlen Herzens, mein Freund. Dereinst durfte ich Ihnen ein neues Leben ermöglichen, fern von Intrigen und Schlechtigkeit, hoffe ich. Heute überantworte ich Ihnen mit Tränen in den Augen alles, was mir auf dieser düsteren Welt noch etwas bedeutet. Ich kannte Sie als einen fürsorglichen, edelmütigen jungen Haudegen und glaube zu wissen, dass Sie zu einem stolzen und gerechten Mann herangereift sind, der alles in seiner Macht Stehende tun wird, um meinen Augapfel zu hüten. Hüten Sie bitte die einzige Blüte vom Clan der Sinclairs, die letzte meiner Erinnerungen, meine kleine Rebecca, und geben Sie ihr dieses neue Leben, das ich dereinst Ihnen schenkte. All meine Hoffnungen ruhen in diesem Schreiben und somit auf Ihnen, Herr Adam. Möge der gütige Gott Ihnen helfen und Ihnen den richtigen Weg weisen. Es grüsst Sie höflich Rowena Sinclair, Mutter und Freundin."

Das Blatt sank vor meinen Augen nieder. Sie sass starr, verängstigt und unsicher vor mir. Ihre Augen waren nass. Ich klappte das Schreiben zusammen und legte es wieder in den Umschlag, den ich ihr über den Tisch reichte. Langsam erhob ich mich erneut. Ich zischte: „Es wird so sein, Lady Rebecca. Ich werde die Wünsche Ihrer Mutter, so gut ich dies kann, erfüllen. Zuerst muss ich für Sie hier in Radisson ein sicheres Obdach finden und dann ..."

Sie unterbrach mich: „Ich kann doch mit Ihnen gehen." Nun lachte ich laut heraus: „Das glaube ich nicht, Lady Rebecca. Ich lebe in der Wildnis, in einer kleinen, baufälligen Hütte. Meine wenigen Freunde sind raue Waldläufer oder Eingeborene. Mein engster Vertrauter gehört dem Stamme der Métis an. Ich habe leider nichts, was ich für Sie aufbringen könnte als mich selbst. Es ist besser, Sie bleiben hier in Radisson im Schutz der Zivilisation. Sie werden sich in die Gemeinschaft einleben und bestimmt findet sich mit der Zeit eine Beschäftigung, der Sie sich widmen mögen."

Sie keuchte: „Also lassen Sie mich zurück, Herr Adam? Ist das die Fürsorge, die meine Mutter erbeten hat?" Ich versicherte: „Ich lasse Sie nicht zurück. Ich werde wiederkommen und zu Ihnen bringen, was mir zufallen wird. Ich werde mit der Company Handel mit Fellen und Wild treiben und für Ihren Unterhalt sorgen. Es wird Ihnen gut gehen."

Die junge Frau sah mich trotzig an: „Nein! Ich gehe mit Ihnen! Und wenn Sie in einem Tümpel nächtigen und mit Wölfen speisen … dann werde ich lernen zu dümpeln und mein Fleisch zu reissen." Ich war entsetzt: „Das darf ich nicht zulassen, Lady Rebecca. Sie mögen behütet und sicher leben, wie es Ihre Mutter wollte." Die junge Frau fauchte: „Ich gehe mit! Wenn Sie mich hierlassen, reisse ich aus!"

Ein langes Streitgespräch hätte ich nicht durchgestanden. Ich bat vergebens um ihr Verständnis, appellierte an ihre Vernunft und gab mich schliesslich geschlagen. Sie hatte sich in den Kopf gesetzt, mit mir hinauszugehen, wo nichts war als Natur und Wildnis. Ich hätte wohl mit viel Geduld und Verständnis auf sie einwirken müssen, um sie in der Zivilisation zu belassen, aber auch dies geschah anders.

Bell und seine Frau waren auch nicht begeistert von der Idee der jungen Frau. Helen Bell bot alle Mächte von Himmel und Hölle auf, um sie eines Besseren zu belehren, aber Rebecca Sinclair hatte sich bereits entschieden.

Sie sollte nun von der Frau des Posthalters etwas zweckmässige Kleidung bekommen. Sie fragte mich: „Wie weit ist die Hütte von hier entfernt, Herr Adam?" Ich gab an: „Bei gutem Marsch sind wir in fünf Wegstunden dort. Aber ich bin gerne bereit, für Sie einen Wagen anzumieten." Sie schüttelte den Kopf: „Legen Sie mir bitte etwas Geld für ein gutes Paar Stiefel aus, Herr Adam. Ich werde laufen wie Sie auch." Ich schluckte nur noch.

Mit der Hilfe von Helen Bell erstand die junge Frau im Handelsposten ein Paar gute Stiefel in ihrer Grösse. Dazu wurden gleich drei Hemden und zwei Paar Arbeitshosen auf ihren Wunsch hin gekauft. Herr Bell vererbte ihr für ihre Sachen eine alte Posttasche und schon war meine neue Begleiterin bereit. Ich musste sie zurückhalten: „Wir bleiben über Nacht noch hier in Radisson. Meine Waffe ist beim Büchsenmacher und ich werde sie erst in der Früh zurückbekommen."

5

Am Bibersee

Als ich am anderen Morgen aus den Stallungen kam, wo ich genächtigt hatte, war die Sonne gerade im Begriff, sich im Osten zu zeigen. Ich schritt entschieden zum Büchsenmacher, der gerade seinen Laden öffnete. Meine Waffe war bereit und ich bekam sie nach Bezahlung einer kleinen Arbeitsentschädigung zurück. Ich entfernte die Patronen und prüfte beide Abzüge, ehe ich wieder lud. Ich war zufrieden.

Bei den Bells herrschte schon reger Betrieb. Helen hatte Kaffee und Brot aufgetischt. Die Familie sass am Tisch und verabschiedete ihren Gast mit einem Frühstück. Ich wurde dazu gebeten, trank aber nur eine Tasse Kaffee mit. Dabei fragte ich Bell nach seinen Ausgaben für Lady Rebecca, doch dieser schüttelte den Kopf: „Es ist gut so, Felljäger. Die junge Frau hat sich bei uns im Haus nützlich gemacht und war sehr hilfsbereit. Die paar geschenkten Mahlzeiten werde ich wohl verschmerzen können."

Gekleidet in eine braune Arbeitshose, ein scheussliches, grünes Hemd und ein Paar Stiefel, war mir die junge Frau fast zwei Stunden lang schweigend durch die Wälder und Prärien gefolgt. Ich drosselte mein übliches Marschtempo etwas, um sie nicht zu sehr zu fordern. Sie hielt gut mit mir Schritt.

Es war Zeit, ihr etwas Ruhe zu gönnen. So hielt ich bei einem kleinen Wasserlauf an und meinte: „Wir werden hier kurz rasten und uns am frischen Wasser erquicken."

Sie setzte sich ans Ufer des Baches und tauchte eine Hand hinein. Ihr Atem ging schwer, aber sie klagte nicht. Mit dem mutigen Starrsinn einer waschechten Sinclair wollte sie mir beweisen, dass sie allem gewachsen war.

Der frühe Nachmittag empfing uns am Ende der bewaldeten Region. Von hier aus war meine Hütte für das gut geschulte Auge schon zu sehen. Lady Rebecca ging immer noch neben mir, aber ich entnahm dem Heben und Senken ihrer jungen Brust, dass sie schwer zu kämpfen hatte. So blieb ich einfach stehen und zeigte nach Nordosten, ehe ich sprach: „Von hier aus sind es nur noch etwa tausend Schritte bis zu meiner Hütte am Wasser, Lady Rebecca. Herzlich willkommen am Bibersee."

Sie sah die Ebene entlang und prustete: „Ich sehe weder einen See noch eine Hütte, von den Bibern gar nicht zu sprechen." Ich lächelte: „Es liegt noch ein sanfter Anstieg dazwischen, Lady Rebecca." Sie fauchte mich an: „Ich will nicht, dass Sie mich Lady Rebecca nennen, Herr Adam! Nennen Sie mich endlich bei meinem Geburtsnamen und lassen Sie den Titel einfach weg!" Ich antwortete nicht, setzte mich stattdessen einfach wieder in Bewegung.

Binnen einer halben Stunde hatten wir den sanften Hügel überschritten und erreichten so das Ufer des Bibersees. Nun konnte auch sie ohne Mühe meine Hütte sehen. Die junge Frau sah aber nicht in diese Richtung. Ihre Augen wanderten über den ruhigen Wasserspiegel, strichen über die von dort aus sichtbaren Ufer und endeten dann bei mir. Ihre Stimme klang berührt: „Dieser Ort ist ein kleines Paradies, Herr Adam." Ich zuckte mit den Schultern: „Wenn man Ruhe und Einsamkeit zu schätzen weiss, ist es hier sehr angenehm."

Die Ansicht der Hütte und deren Inneren liess sie dann doch stutzen. Verwirrt sah sie sich um und flüsterte: „Wie? ... kein Spiegel, kein Waschtrog ... kein ... hier ist gar nichts!" Ich nickte: „So ist es. Ich wollte Sie davor gewarnt haben. Aber Sie wollten unbedingt hierher."

Sie sah sich in der spärlich eingerichteten Hütte um. Nebst meiner Schlafstelle an der hinteren Wand gab es nur eine alte Truhe, ein paar Töpfe und Utensilien nebst dem Kamin, zu dem ich mich nun bewegte.

Sie drehte sich mehrfach nach allen Seiten und stellte schliesslich fest: „Die ganze Hütte besteht nur aus einem Raum." Ich

bestätigte: „So ist es. Es gibt ein kleines Abteil unter der Falltür dort, einen Keller. Dort lagere ich Vorräte und Nutzgegenstände. Ich habe mir mit der Zeit diesen einfachen Lebensstil
angewöhnt."

Nachdem der erste Schreck verflogen war, stellte sie leise
fest: „Ich hatte mir das irgendwie edler vorgestellt. Das hier
ist die ärmliche Behausung eines Eremiten. So hatte Sie meine
Mutter nicht beschrieben."

Mein Lachen war nun fast böse zu nennen: „Ich war ein Bub
von siebzehn Jahren, als Ihre Mutter mich fort sandte, Lady Rebecca. Heute bin ich ein gereifter Mann, habe gelebt und gejagt,
ein kleines bisschen geliebt und viel gehasst, habe Leben gerettet und Leben genommen."

„Sie haben andere Menschen niedergemacht?", kreischte sie.
Ich bestätigte ruhig: „Ja, mehrfach. Ich musste mich meines Lebens wehren und das derer in Schutz nehmen, die mit mir gingen. Ich weiss bestimmt, dass ich sechs Krieger der Chippewa,
einen abtrünnigen Cree und zwei weisse Strolche mit meinen
Waffen niedergestreckt habe. So sehr Sie es verabscheuen mögen ... hier überlebt nur, wer sich gegen die Widrigkeiten zu verteidigen versteht. Und einige Geschöpfe Gottes gehören ob ihrer Absichten und Manieren zu den Widrigkeiten."

Sie trat an mich heran und griff sich den Revolver aus meinem Gürtel. Er lag schwer in ihrer kleinen Hand. Sie musste die
zweite zu Hilfe nehmen, um die Waffe schliesslich auf die Tür
zu richten. Im Halbdunkel schien sie fast eine martialische Pose
anzunehmen, aber sie liess die Hände sinken und gab mir die
Waffe zurück. Sie sah die Scheite neben dem Kamin und kniete nieder, um diese in den Kamin zu legen und somit ein Feuer zu entfachen.

Ich liess sie gewähren und stellte so bald fest, dass sie denn
doch nicht ganz unbeholfen war. Innert kurzer Zeit knisterte ein kleines und einladendes Feuer und erhellte so einen Teil
des Raumes.

Sie setzte sich davor zu Boden und bemerkte: „Wir werden
also beide hier drin schlafen, nicht wahr, Herr Adam? Ich habe

keinerlei Privatsphäre und bin Ihren Blicken und nicht nur diesen wohl schutzlos ausgeliefert."

Ich schüttelte entsetzt den Kopf: „Bitte sagen Sie nicht so etwas, Lady Rebecca. Ich werde Ihnen natürlich meine Schlafstelle abtreten, bis ich eine zweite für Sie gebaut habe. Und bis dahin werde ich draussen nächtigen. Bei nächster Gelegenheit werden wir in Radisson ein grosses Stück Tuch erstehen, um eine Art Trennwand herzustellen. Ich werde versuchen, in meinem kleinen Heim so viel Annehmlichkeit wie möglich für Sie zu schaffen."

Nachdem ihr weniger Besitz einfach neben der Schlafstelle hingelegt worden war, traten wir gemeinsam vor die Hütte. Ich blieb am Seeufer stehen und sah hinaus. Sie stellte sich neben mich und fragte: „Wollen Sie mich noch immer nach Radisson zurückschicken, Herr Adam? Oder warum wollen Sie es mir in der Hütte bequem machen?" Ich stutzte: „Lady Rebecca, bitte ... es ist alles zu viel für mich. Ich ..."

Sie zischte: „Was muss ich tun, damit Sie endlich aufhören, mich Lady zu nennen? Muss ich Sie züchtigen oder Ihnen die Augen auskratzen? Ich bin längst keine Lady mehr! Und wenn Sie mich richtig schulen, werde ich versuchen, mir dieses einfache Leben anzueignen, das mir noch fremd ist."

Ich drehte mich resolut zu ihr um: „Ich will Sie eigentlich nicht hier haben. Sie sind eine junge und anziehende Frau, der ich vielleicht nicht lange genug zu widerstehen wüsste. Die hässlichen Gedanken, die mir dabei das Herz zu martern beginnen, versuche ich gar nicht erst in Worte zu fassen. Wenn diese Barriere des Respekts zwischen uns fallen sollte, müssten Sie wieder gehen. Es tut mir leid."

Sie hob die Augen in meine: „Einem Wilden! Meine Mutter hat mich einem einfachen Wilden überantwortet! Nun gut, so sei es denn, Herr Adam. Ich gehe hinein, entledige mich meiner Kleidung und lege mich auf Ihre Schlafstelle. Kommen Sie nach und tun Sie, was getan sein muss! Und danach jedes Mal wieder, wenn Ihnen danach ist. Vielleicht ist es vorbestimmt, dass ich einem Leid entgehen darf, um ein anderes zu ertragen."

Sie hatte sich umgedreht und war bereits die paar Schritte zurück zur Hütte unterwegs, als ich nach ihr rief: „Rebecca!" Sie drehte sich herum. Ich sah sie flehend an, als ich flüsterte: „Ich mag es denken, ja. Tun aber werde ich es bestimmt nicht. Ich werde Sie immer gegen alle Widrigkeiten und Anfeindungen verteidigen, solange ein Funken Leben mein Auge beseelt."

Rebecca trat wieder zu mir: „Ich will nicht abstreiten, dass ich fürchtete, es würde heute etwas Abscheuliches mit mir geschehen. Aber meine Mutter irrte nicht. Ob Sie dereinst wirklich mein Vertrauen geniessen werden, ist der Zukunft vorbehalten. Heute will ich Sie zumindest bitten, mein Lehrmeister zu sein. Zeigen Sie mir die Welt der Jagd und der Fischerei, bitte. Nehmen Sie meine kleine Hand und nennen Sie mich wie vorhin auch. Ich werde Mark zu Ihnen ... zu dir sagen, Jagdgefährte."

Mit stahlkaltem Blick nickte ich ihr zu. Unsere Hände banden sich in einem einfachen Bund. Ich war wohl der einzige Waldläufer im hohen Norden, der ein Mädchen als Jagdgefährtin hatte. Mit kraftvoller Stimme klärte ich: „Dann nenn mich bitte Felljäger."

Tage und Wochen vergingen ohne Zwischenfälle. Entgegen meinen Befürchtungen machte sich Rebecca Sinclair gut als Waldläuferin. Sie zeigte Interesse, lernte schnell und verstand auch die Grenzen, die die Natur dem Menschen aufzuerlegen sucht.

So fand sich die junge Rebecca irgendwann auch mit den Tatsachen ab, die uns unser einfaches Leben auferlegte. Es gab eben keinen Waschtrog und keinen Spiegel, keine Kämme und keine Tiegel mit Salbe. Meine Mitbewohnerin begann aber, die einfachen Dinge zu schätzen. Sie konnte ohne Hemmnis im Seewasser ein Bad nehmen, wenn ich mich entfernte. Sie genoss die frische Luft und die Stille am Ufer des Sees und bald einmal war es so weit, dass die Kleintiere sich nicht mehr vor ihr fürchteten.

Sie konnte Wildenten, Eichhörnchen und anderen kleinen Nagern bald aus der Hand Kerne und Insekten zu fressen geben. Ich bewunderte die Seelenruhe, mit der diese junge Frau für die kleinen Tiere sorgte.

Als ich sie darauf aufmerksam machte, dass einige dieser Tiere Beute sein konnten oder der Jagdbeute zum Opfer fallen würden, sprach Rebecca etwas betrübt, aber bestimmt: „So ist der Lauf der Natur. Ich werde mich um die kümmern, die mich lassen."

Auch ich bekam ihre ordnende Hand zu spüren. In der Hütte herrschte plötzlich Ordnung, die Dinge hatten einen angestammten Platz, wo sie hingehörten. Gewisse häusliche Abläufe stellten sich ein. Ich wusch mich meist draussen am See, während sie sich drinnen säuberte. Auch wenn sie die Kleidung wechselte, überliess ich ihr die Hütte, ohne dass jemals ein Wort hierüber verloren worden war.

An einem Morgen hatte sie sich alle Kleidungsstücke gegriffen, derer sie in der Hütte habhaft werden konnte, und sie zum See getragen.

Dort wurden meine beiden einfachen Eimer mit Wasser gefüllt, und schon begannen flinke Hände mit der Wäsche, was ich eigentlich immer eher oberflächlich getan hatte. Rebecca war da aber um einiges gründlicher als ich. Sie kniete noch immer über den Eimern, als sich plötzlich ein grosser Schatten über ihr erhob. Sie sah hoch und erschrak fürchterlich ob dem Anblick, der sich ihr bot.

Einer der Métis war wie aus dem Nichts hinter ihr aufgetaucht. Ihr Schrei zerriss die Luft, liess sogar mich erschauern. Ich rannte zu ihr und erkannte dabei den Krieger. Er wich einen Schritt von ihr. Ich hob meine rechte Hand zum Gruss und mein Gegenüber gab diesen zurück. Da ich mit der Zeit leidlich mit dem Dialekt der befreundeten Métis vertraut war, führten wir eine kurze Unterhaltung.

Endlich sah ich nach ihr, die den dunkelhäutigen, muskulösen Mann anstarrte, wie man einen wilden Bären anstarrt. Ich beruhigte sie: „Er ist ein Freund. Das ist Wolfszahn, einer der Krieger der Métis. Er bringt mir Kunde seiner Brüder."

Sie erhob sich ganz vorsichtig und stellte sich, noch immer verunsichert, neben mich. Ich wies dem Krieger mit einer Hand die junge Frau und sprach ihren Namen aus. Er nickte ihr höflich zu und hob die rechte Hand. Sie sah mich an und tat es ihm nach. Sie hatte soeben gelernt, einen Eingeborenen zu grüssen. Ich winkte den Métis zur Hütte und holte mir daneben ein paar Holzstücke. Die junge Frau verstand gut, denn sie kam zu mir, nahm mir das Holz ab und legte es in der Feuerstelle vor der Hütte zurecht. Wieder bewies sich, dass sie zumindest das Feuer wie eine Métis zu machen verstand. Sie holte uns unaufgefordert frisches Wasser in einem einfachen Tongefäss, das mir gehörte, und brachte es ans Feuer.

Der Métis holte einen Lederbeutel von seiner starken Schulter und zeigte uns einen erlegten Feldhasen. Die Einladung war ausgesprochen. Ich übernahm das tote Tier und griff mir das Messer an meinem Gürtel. Unter den interessierten Augen meiner jungen Begleiterin häutete ich den Hasen mit sicheren Schnitten und einfachen Bewegungen. Das Fell reichte ich dem Métis zurück, den Hasen säuberte ich, indem ich Fellreste und etwas Blut vom Fleisch schabte, ehe ich ihn aufspiesste und über das Feuer zum Braten legte. Rebecca sah sich alles sehr gut an. Dabei verlor sie kein Wort. Wolfszahn und ich unterhielten uns im Dialekt der Métis für einige Minuten und sie kümmerte sich unaufgefordert um den Braten.

Wir hatten alle gespeist. Ich erfuhr von Wolfszahn, dass die jüngste Tochter des Häuptlings Weiter Weg endlich vergeben worden war. Weiter Weg hatte vier Kinder gezeugt, drei edle und arbeitsame Töchter und einen mutigen Sohn. Der Sohn war in sehr jungen Jahren im Kampf gefallen, die ersten beiden Töchter hatten sich bereits einem verdienten und stolzen Krieger angeschlossen und die jüngste von ihnen war nun von Feuerbändiger, einem der angesehenen Söhne des Häuptlings Grosser Baum von den befreundeten Cree, erwählt worden. Weiter Weg erhoffte sich durch diese Vereinigung einen dauerhaften Frieden und somit die Unterstützung der Cree, die eine bedeutende und starke Gemeinschaft an den südöstlichen Ufern des Bibersees bildeten.

Es gab wohl schon länger keine Stammeskämpfe mehr, aber die Chippewa waren noch immer ebenbürtig und gefährlich, die weissen Siedler wurden immer mehr und von Norden her drangen immer wieder die Nootka in die Wälder der Métis. Da war eine Allianz mit den Cree ein strategisch weiser Zug.

Ich wurde an jenem Tag eingeladen, die Cree mit Weiter Weg aufzusuchen, um am letzten Tag des Sommers die junge Sommerblüte, so war der Name der Squaw, mit dem Häuptlingssohn zur Ehe zu vereinen. Eine solche Ehre wurde äusserst selten einem Fremden zuteil. So beeilte ich mich, meine Zusage zu erteilen, und bat Wolfszahn, meinem guten Freund Weiter Weg Mitteilung zu machen, dass ich mit meiner Jagdgefährtin binnen einiger Tage bei ihnen sein wollte. Der Métis war zufrieden.

Der Rastplatz war wieder sauber. Die junge Frau machte die Wäsche zu Ende und verlor kein Wort über das Geschehene. Ich hingegen sah mich in der Hütte nach Waffen um und stellte fest, dass ich nebst meinen Waffen nur über eine alte einläufige Flinte verfügte, die ich eigentlich keinem von Vernunft beseelten Menschen in die Hand geben durfte.

Da sich meine Pläne nun in einem Augenblick gewandelt hatten, war es unumgänglich, die junge Frau zu informieren. Sie war wieder am Seeufer zugange. Ich trat zu ihr und setzte mich neben sie. Sie sah mich an. Ich gab bekannt: „Der Métis hat mich zu einer Hochzeit eingeladen. Ich wurde gebeten, mit den Métis und den Cree die Vermählung der jüngsten Häuptlingstochter zu feiern. Ich biete dir an, mich zu begleiten, muss dich aber vorwarnen: Diese Menschen sind etwas ungezähmt und rau in ihren Sitten."

Sie sah mich an: „Werde ich mich verteidigen müssen?" Das verneinte ich: „Wenn du ihnen nichts tust, werden sie dir mit Respekt und Wärme begegnen. Sie schätzen die Freunde ihrer Freunde." Sie versicherte: „Dann werde ich dabei sein."

Ich bemerkte: „Das dachte ich mir. Also wirst du dich jetzt mit der Wäsche beeilen und dann in der Hütte bleiben. Ich lasse dir meinen Revolver hier." – „Wo gehst du hin?" fragte sie. Ich erklärte: „Ich eile hinunter nach der Stadt, besorge mir eine leichte Flinte für dich und ein paar gute Tauschobjekte und Geschenke für die Cree und die Métis."

Sie wollte mich natürlich begleiten, aber das verweigerte ich entschieden, denn alleine wäre ich bestimmt schneller wieder bei der Hütte gewesen. Ihre Einwände wehrte ich mit höflichen, aber bestimmten Worten ab.

Ich war am frühen Nachmittag aufgebrochen. Nebst meiner Jagdtasche hatte ich auch den alten Postsack der jungen Frau geschultert und dafür meinen Revolvergurt bei ihr gelassen. Ich hoffte inständig, dass sie keinen Grund finden sollte, von der schweren Waffe Gebrauch zu machen, wollte ihr aber einen kleinen Rest Sicherheit geben, wenngleich der Ort sie keiner Gefahr aussetzen sollte.

Mein Weg war mir wohlbekannt und somit leicht zu gehen. Mit weiten Schritten und unter Bedienung einiger Abkürzungen durch das Dickicht, erreichte ich noch vor dem späten Abend den Ort.

Ich zog direkt zum Handelsposten und wurde dort wie immer höflich begrüsst. In meiner alten Jagdtasche brachte ich einige Biberfelle und einen Wolfspelz mit, dazu einen kleinen Beutel mit Wolfszähnen. Dies war mein Tauschgut. Dafür bekam ich zwei Decken, einen kleinen Beutel Tabak und eine silberne Haarspange.

Als ich mich nach leichten Waffen erkundigte, lächelte mich der Inhaber an: „Soll das kleine Ding also auch schiessen dürfen?" Ich knurrte ihn an: „Das kleine Ding ist für dich Lady Rebecca Sinclair, du Schuft! Wenn du weiter mit mir und den Waldläufern Geschäfte machen willst, dann mässige dich!"

Der Verkäufer kannte mich und wusste, dass ich die anderen Jäger der Region ohne Zaudern von Radisson wegführen konnte. Einige von ihnen besassen gute Kanus, mit denen wir den Fluss hinunter nach dem vor einigen Jahren eröffneten Handelsposten eines gewissen Tillbert zum Handeln rudern konnten.

So gab er nach und zeigte mir ohne Umschweife mehrere Waffen. Ich entschied mich für einen Trommelrevolver und einen einfachen Hinterlader mit einem Magazin für fünf Schuss, beides Waffen aus der Fabrikation von Samuel Colt aus der Serie Root. Das Leichtgewehr Colt Root war zudem eine der ersten Mehrschussflinten in dieser Umgegend. Für die Waffen und deren Munition durfte ich nicht mit Tauschwaren aufkommen, sodass ich zu meinen Geldreserven greifen musste.

Ich war nicht reich zu nennen, aber ich besass doch immer eine kleine Barschaft, die für gerade solche Augenblicke gedacht war und regelmässig aufgefrischt wurde, wenn ich Felle oder Jagdtrophäen verkaufte oder den Arzt am Ort mit Kräutern und Wurzeln neu versorgte, aus denen er Heilmittel machte.

Ich erstand auch gleich noch eine einfache britische Mütze, die meine Begleiterin tragen konnte, um sich gegen die Sonne zu schützen. Zudem liess ich mir ein langes Bowiemesser geben, das mit einer doppelschneidigen, blinkenden Klinge in jedem Mann die Jagdinstinkte neu wecken musste.

Noch am gleichen Abend trabte ich wieder los. Dieses Mal war ich beladen und musste daher auf dem Weg bleiben. Ich verfolgte mit den Augen den Lauf des Mondes und wusste so, dass es nach Mitternacht war, als ich in Sichtweite der Hütte gelangte. Ich tat den letzten Wegteil und rief schon auf fünfzig Schritt hin: „Ich bin wieder da!"

Wie ein Schuss aus der Flinte kam sie aus der Hütte gestürmt, hastete nahezu blind auf mich zu und rannte mich dabei fast um. Ich fing sie gerade so auf. Sie keuchte: „Endlich ... wenn du wüsstest ... es war grauenvoll."

Ich sah sie befremdet an. Sie hielt sich erst einmal an meinem Arm fest und geleitete mich zu unserer Behausung zurück. Dort stellte ich meine ganzen Waren ab und wurde zur Kellerluke im Boden geführt. Sie zeigte hinunter und murrte: „Viecher ... ganz scheussliche Viecher! Eines ist mir sogar durch die Hütte gerannt."

Ich nahm mir aus dem Kamin einen brennenden Span und leuchtete den Keller aus. Ein Quieken und Huschen überzeugte mich dessen, was ich schon vermutet hatte: Wir hatten wohl Ratten im Keller.

Langsam hob ich den Kopf hinaus und beruhigte die junge Frau: „Das sind Ratten. Die tun dir nichts." Sie fauchte: „Ich will die nicht hier drin!" Ich kam mit Ruhe wieder empor. Ohne Hast legte ich den Span zurück ins Feuer und versicherte sie: „Wenn wir zurückkommen, werden wir den Keller räumen und die Viecher ausräuchern."

6

Sonnenaufgang die Jägerin

Nach einigen Stunden Schlaf, die ich mir gegönnt hatte, erwachte ich kurz nach einem wundervollen Sonnenaufgang. Meine Begleiterin erhob sich mit mir. Sie sah mich nur kurz an, ehe sie ungezwungen zum Feuer ging und als Erstes die Kaffeekanne vorbereitete.

Sie trug in der Hütte meist nur noch ein leichtes Hemd, das ihre Blössen gut zu verdecken wusste. Meine Hauptaufgabe bestand denn darin, sie nicht anzustarren, wenn sie knapp bekleidet ihrem Tagwerk nachging. Ich konnte nur hoffen, dass sie meine Blicke nicht zu sehr spürte.

Es war mit der Zeit ohne Worte ein gewisser Ablauf eingetreten. Sie bereitete die Kaffeekanne, ich ging hinaus, um mich am See zu waschen. In der Zeit wusch sie sich im Inneren der Hütte und öffnete die Tür der einfachen Behausung, wenn es mir gestattet war, wieder hineinzugehen. Dann bekam ich auch Kaffee und ein bisschen Dörrfleisch, um mich zu stärken.

Ich holte die neuen Waffen hervor und bat Rebecca mit mir hinaus. Dort zeigte ich ihr beide Waffen. Sie sah mich verwundert an: „Ich soll schiessen?" Ich nickte: „Du bist nicht mein Beiwerk. Du sollst von den Trappern und Waldläufern auch als eine der Ihren erkannt werden. Ich möchte nur, dass du dich mit diesen Waffen vertraut machst und lernst, im richtigen Moment davon Gebrauch zu machen." – „Ich werde keine Menschenleben nehmen", schluckte sie. Ich beruhigte: „Du wirst das hoffentlich nicht müssen. Aber glaube mir ... wenn dein Leben oder das deiner Gefährten auf dem Spiel steht, musst du bereit sein, einen Schuss abzufeuern. Und zudem bin ich sicher, dass auch du dereinst einen Hirsch, Elch oder Wolf schiessen wirst."

Sie bekam die Flinte in die Hand und liess sie sich von mir an die Schulter anlegen. Sie lernte schnell, wie der Hahn zurückgezogen gehörte und wo der Abzug war, sodass ich bald einmal ein Ziel aufstellen konnte, auf das sie die ersten fünf Kugeln abfeuerte. Leider traf keine der Kugeln, aber ich sah schon den Ansatz. Sie hätte das mit der Zeit gekonnt.

Ich band ihr also einen hellen Gürtel um die Hüften, in dessen Halfter der Trommelrevolver lag. Sie hob ihn heraus und war sogleich damit vertraut: „Der ist viel leichter als deiner." Ich nickte: „Eine neuere Entwicklung. Der müsste dir besser liegen."

Sie hatte auch die Kammern des Revolvers leergefeuert. Wenngleich sie das Ziel noch nicht traf, war ich sicher, dass sie die Waffen abfeuern konnte und zu laden wusste. Die Grundzüge der Schusswaffenkunde hatte ich ihr somit beigebracht. Alles andere hätten Zeit und Geduld gemacht.

Während sie nun weiter Munition verschoss und dabei versuchte, den von mir aufgestellten, alten Blecheimer zu treffen, richtete ich unsere Sachen zur Abreise.

Die Decken, der Tabak, das Bowiemesser und die Spange aus Silber wurden zusammen mit den gedörrten Beeren und Nüssen aus meinem Bestand in meiner Jagdtasche verstaut, Kleidung und kleine Nutzgegenstände wie Seife und ein Rasiermesser für mich kamen in ihrem Postsack unter. So würden wir beide nicht zu viel Last zu tragen haben.

Wir schulterten unsere Waffen und sie setzte ihre neue Mütze auf, die ich ihr bei meiner Ankunft angeboten hatte. So schritten wir hintereinander erst ein Stück weit dem See entlang und dann in die Wälder, um zum Dorf meiner Freunde zu gelangen, die uns bestimmt erwarteten.

Mit einer Rast und einem kleinen Umweg, um eine Hasenbau auszuräuchern, hatten wir fast sechs Stunden gebraucht, um an den Ort zu gelangen, wo sich der erste Wachposten der Métis uns auf dem Pfad entgegenstellte.

Ich wurde erkannt und wir durften passieren. Ein zweiter Posten liess uns ebenfalls weiterziehen und Minuten später sah meine Begleiterin mit grossen Augen die einfachen Zelte der Métis entlang.

Sie fragte leise: „Wie viele Menschen leben hier?" Ich zuckte die Schultern: „Inzwischen wohl etwas über hundert Krieger, Frauen und Kinder. Ich glaube nicht, dass hier Volkszählungen durchgeführt werden. Du wirst sicher gut empfangen werden. Da kommt auch schon mein guter Freund Weiter Weg zur Begrüssung. Er spricht unsere Sprache."

Weiter Weg, sein Medizinmann und auch die gute Rehkitz kamen uns entgegen. Wie es sich zwischen uns eingebürgert hatte, drückten der Häuptling und der Medizinmann mir mit Kraft und herzlicher Entschlossenheit die rechte Hand.

Rehkitz, die von der jungen, lieblichen Squaw zu einer starken und schönen Frau gereift war, liess sich vorsichtig in den Arm nehmen. Ihr Bauch sah der Mutterfreude entgegen. Ich stellte meine Begleiterin als Rebecca, eine Freundin aus der Heimat, vor. Die beiden Frauen schienen sich auf Anhieb zu verstehen, sodass sie zusammen einen Schritt hinter uns Männern zum Feuer vor dem Zelt des Häuptlings gingen, wo bereits ein Spiess mit Fleisch unserer harrte.

Beim Feuer legte ich die vier Hasen aus, die wir auf dem Weg gejagt hatten und teilte mit: „Die Götter der Jagd waren gute Begleiter für Rebecca und Felljäger. Mag Weiter Weg die Beute als Gastgeschenk annehmen." Der Häuptling lächelte mich an: „Felljäger weiss, wie er sich beliebt macht. Wir werden Hasenbraten speisen."

Wir hatten uns um das Feuer verteilt und erfuhren während eines herzhaften Austausches und bei gutem Essen, dass die Trauung der beiden Häuptlingskinder nach indianischer Sitte im Hauptdorf der befreundeten Cree stattfinden sollte.

Der Weg zu diesem Dorf konnte auf dem Landweg beschritten werden und hätte mehrere Tage in Anspruch genommen, da der Pfad um den See führte und damit einen langen Umweg auf die Reisenden lud. Die Strecke konnte aber auch auf dem ruhigen

Wasser des Bibersees mit Kanus bewältigt werden. Diesen Weg wollten die Métis beschreiten. Bei gutem Rudereinsatz konnte man innert weniger als einem Tag den See bis hin zu den Jagdgründen der mächtigen Cree im Südosten überqueren.

Ich musste Weiter Weg bei dieser Gelegenheit gestehen, dass ich kein vortrefflicher Ruderer war und auch kein Kanu besass. Dass Rebecca wohl noch nie ein Ruder in der Hand gehalten hatte, verschwieg ich vollends.

Aber das hielt den Häuptling der Métis nicht von seinem Vorhaben ab. Unsere Karawane sollte aus vier Wassergefährten bestehen. Ich durfte mich zu Wolfszahn ins Kanu gesellen und meine Begleiterin wäre gar mit Weiter Weg gerudert. In jedem dieser Kanus ruderte zudem ein Passagier mit. Bei uns war es die älteste Schwester der Braut, bei Rebecca die Mutter der Braut. In den anderen beiden Kanus verteilte sich der Rest der Gesandtschaft, die bis auf uns, den Medizinmann und Wolfszahn aus Familienmitgliedern der Braut bestand.

Wir entschieden, am folgenden Morgen bei Sonnenaufgang den Weg über den ruhigen See in Angriff zu nehmen.

Während der Nacht wurde ich bei Wolfszahn zur Ruhe geladen und Rehkitz und ihr Gemahl boten Rebecca ein Obdach. Ich fand, wie so oft bei den Zelten meiner Freunde, bald Ruhe und Erholung in tiefem Schlaf.

Wir trafen uns unter den ersten Sonnenstrahlen am Seeufer. Ich sah Rebecca nur an und sie gestand leise: „Ich werde mich wohl an die fremden Gerüche und Sitten erst noch gewöhnen müssen." Ich legte ihr meine Hand auf die Schulter: „Die Zeit wird dir dieses Volk vertraut machen."

Weiter Weg eröffnete die Reihe der Kanus, ihm folgten die beiden Gefährte mit der Brautfamilie, ganz am Ende folgten Wolfszahn und ich in unserem Gefährt. Die Fahrt verlief wirklich sehr ruhig. Da das Gepäck, die Waffen und die Gaben für die Cree gut verteilt waren, war keines der Kanus zu sehr beladen. Das Rudern war den geübten Armen der Métis folglich eine leichte Aufgabe.

Ich bemerkte wohl ein paar eigensinnige Versuche des ersten Kanus, vom vorgegebenen Kurs abzuweichen, wenn meine junge

Begleiterin ihr Paddel unvorsichtig ins Wasser tauchte, aber der weise Häuptling glich dies still aus und führte das einfache Wassergefährt mit Leichtigkeit wieder in die gewünschte Richtung. Wie es vorausgesehen worden war, erreichten wir nach einer ruhigen und angenehmen Fahrt über Wasser am späten Nachmittag des gleichen Tages das südliche Ufer des Sees, wo nach einer kurzen Wegstrecke am Gestade entlang die Kanus an einer seichten Uferstelle an Land gezogen werden konnten.

Die Cree, die schon von weitem her unsere Ankunft beobachtet hatten, halfen beim Festzurren und Entladen. Von einer kleinen Gruppe Krieger begleitet, erreichten wir innert Minuten die Mitte des Dorfes und wurden vom Häuptling Grosser Baum und seinem Medizinmann Graue Wolke begrüsst.

Nach eingeborenem Brauch hoben wir die rechte Hand erst hoch und dann legten wir sie auf unser Herz. Neben mir tat die unerfahrene Rebecca mir alles nach.

Uns wurden Zelte zugewiesen. Ein grosses Tipi diente Weiter Weg, seiner Frau und der Braut als Nachtlager, in drei kleinen Zelten kamen die beiden Schwestern der Braut mit ihren Männern, Wolfszahn und Stiller Fels der Medizinmann unter. Zu meiner grossen Verwunderung wies eine alte Squaw ohne Zögern mir und meiner Begleiterin ebenfalls ein gemeinsames Zelt zu. Wir legten ohne ein Wort unsere Sachen ab und wollten zurück zu den anderen, wobei ich Rebecca anwies, die Flinte im Zelt zu lassen.

Nachdem der Abend mit einem rauschenden Fest begangen worden war, bei dem viel gespeist worden war und die Mädchen und Frauen der Cree uns mit Tänzen zu den Schlägen einfacher Trommeln ergötzt hatten, stellten sich die beiden Häuptlinge vor das Volk und verkündeten gemeinsam die Vereinigung von Feuerbändiger, Sohn der Cree, und Sommerblüte, Tochter der Métis, für den folgenden Tag.

Ich liess Rebecca den Tabak aus unserem Zelt holen und bot ihn Grosser Baum zum Stopfen der Friedenspfeife mit folgenden Worten an: „Die Weissen sind nur geduldet zu Gast bei den Cree und den Métis. Sie bedanken sich für die Ehre, diesem Fest beiwohnen zu dürfen. Sie bieten dem weisen Häuptling Grosser Baum von den stolzen Cree zum Zeichen der Freundschaft diesen Tabak für die Pfeife an."

Grosser Baum betrachtete uns beide Augenblicke lang, dann trat er an sie heran und hob die Mütze von ihrem kupferroten Haar. Er lächelte einen Moment lang, ehe er nickte: „Es ist lange Sommer her, seit die gute Kunde von Felljäger und seiner Güte an den Métis zu den Zelten der Cree gelangte. Die Erzählungen der Jagden und der Siege von Felljäger erreichte das Zelt von Grosser Baum. Die Mär von einer Jägerin mit dem Sonnenaufgang im Haar, die erzählt wird, hat auch die fernen Algonkin und die Nootka erreicht. Und es gibt diese Jägerin wirklich. Die Gäste der Métis sind herzlich willkommen bei den Cree."

Eine Pfeife wurde gebracht und noch während wir rauchten, benannten die Cree meine junge Begleiterin um. Fortan ward sie Sonnenaufgang genannt, weil die Strähnen ihres Haars die Cree an die rote Farbe des Sonnenaufgangs über dem See erinnerten.

Der Mond hatte bestimmt mehr als die Hälfte seines Weges beschritten, als wir uns alle in die Zelte zurückzogen. Ich liess mir von ihr meine Büchse herausreichen und setzte mich damit vor das Zelt. Ich reinigte die Läufe von innen, prüfte die Abzüge, die Patronenkammern und die Hähne, liess mir Zeit beim Entladen und Laden der Kammern. Derweil verstrich eine genügende Zeitspanne, in der ich Rebecca bei den Vorbereitungen zur Ruhe wusste.

Sie steckte das Köpfchen endlich aus der Luke: „Komm rein, du dummer Mensch." Ich tat wie geheissen. Sie hatte drin unsere Decken über zwei Fellen ausgerollt, die zur Einrichtung des Zeltes gehörten. Sie trug wieder ihr einfaches Hemd. Ich hob mich aus meinem Wams. Sie lächelte: „Du willst dieses lachhafte Spiel wirklich bis zur Unendlichkeit durchspielen?" Ich sah sie nur fragend an.

Langsam legte sie die eine Ecke ihrer Decke zurück und verbarg sich innert Augenblicken unter dieser. Sie sah mir zu, wie ich Gleiches tat, und klärte: „Ich bin bestimmt jung, mein Wissen über all das hier ist noch begrenzt, vielleicht bin ich zu unerfahren, aber ich bin nicht dumm, Herr Felljäger. Ich habe gesehen, wie du dich verstellst, um mich nicht in Verlegenheit zu bringen, und ich spüre deine Blicke wohl, wenngleich du versuchst, sie mir zu ersparen. Du bist respektvoll und von guter Erziehung. Aber das wird nicht andauern." Ich drehte den Kopf zu ihr: „Wird es nicht?" Sie schüttelte den Kopf: „Wird es nicht. Willst du mir erzählen, welche Schändungen du dir schon ausgemalt hast?"

Mit einem teils entsetzten und teils enttäuschten Blick wies ich diese Verdächtigung von mir: „Du sollst so etwas nicht einmal denken." Sie sah nun an die Zeltplane aus gegerbter Tierhaut, die sich gegen oben verengte: „Ich sehe nur drei Wege, Felljäger. Der eine ist, dass du einfach nicht an Frauen interessiert bist. Der zweite besagt, dass du irgendwo ein Mädchen hast, das dich erwartet, und der letzte müsste mich in meiner Vermutung bestätigen, dass du lügst wie ein Schmuggler vor dem Richter. Was soll ich nun denken?"

Ich hob meine Augen nun auch gegen oben: „Ich mag Frauen. Und es gibt deren keine, zu der ich gehen wollte oder die auf mich warten sollte. Aber belogen habe ich dich nie. Ich habe dir gesagt, dass es Barrieren gibt, deren Niederreissen mich schaudern lässt. So ist das auch jetzt. Ich werde immer das Andenken deiner Mutter, meiner herzensguten Wohltäterin, ehren. Sie hat mir nach ihrer eigenen Aussage das wertvollste Gut ihres Lebens anvertraut. Und dieses werde ich hegen und hüten, so lange und so gut ich kann. Du wirst von mir lernen, was ich dir beibringen kann, du wirst bei mir immer ein Obdach und eine Suppe haben, solange ich über diese Möglichkeiten verfüge und du sie in Anspruch nehmen willst. Ich werde dir immer die starke Schulter bieten und der väterliche Freund an deiner Seite sein."

Sie hatte sich leise erhoben und die zwei kleinen Schritte bis zu meinem Lager gemacht. Dort setzte sie sich nun zu Boden und strich mit einer sanften Hand über meine Stirn: „Du dummer Mann. Jeder andere hätte sich meiner schon längst bemächtigt und seine Triebe so oft und so lange ausgelebt, wie es ihm genehm wäre. Du aber ... du bist einfach ... dafür gibt es kein Wort, das ich aussprechen könnte."

Im Schein des kleinen Feuers, das zwischen unseren Lagern von den Cree angebrannt worden war, sah ich ihr zu, wie sie zu ihrer Schlafstelle zurückging. Ich liess sie sich einbetten und keuchte dann: „Ich werde mich dafür verdammen und vermutlich bezahle ich mit Hohn und Spott dafür, aber ich werde es dir zugestehen. Ja, du bist eine junge und äusserst ansprechende, kleine Frau. Selbst in der abgewetzten Arbeiterhose und dem scheusslichen, grünen Hemd bist du bedeutend hübscher als alle Mädchen und Frauen, die sich in der Umgegend von Radisson herumtreiben. Und zudem bist du gebildet und lernwillig. Wenn ich es könnte, wenn ich denn überhaupt etwas davon verstünde ... und vor allem, wenn du nicht die einzige Tochter meiner Herrschaft wärst ... würde ich vermutlich um dich werben. In Radisson gibt es schon ein paar Kerle, die dich unter dem Begriff ‚süsses Ding' ins Auge gefasst haben. Aber das will ich mir nicht anmassen. Für mich wirst du in jedem Moment Lady Rebecca Sinclair von den Sinclairs zu Ravenscraig Castle sein, die Tochter meiner Herrschaft und meiner Wohltäterin, die Erbin von halb North Lanarkshire."

Nun lachte sie laut: „Du bist eben doch dumm. Die Sinclairs von North Lanarkshire sind nicht mehr. Deren Tochter Rebecca gilt als verschollen oder gemeuchelt. Wenn morgen die beiden jungen Eingeborenen sich zur Ehe bekommen, werde ich an deiner Seite stehen und du wirst dich bitte benehmen wie ein Gefährte. Ich werde meine Hand in die deine legen und du wirst sie halten."

Ich zuckte zusammen: „Das geht nicht." Sie versicherte: „Das geht doch. Denn ab morgen früh, wenn wir uns erheben werden, wirst du nicht mit Rebecca Sinclair in einem Zelt weilen. Du wirst mit der jungen Waldläuferin Sonnenaufgang zum Fest deiner Freunde gehen und du wirst, wenn sie dir wirklich gefällt, Sonnenaufgang eben genau das sagen."

Ich hatte keine Antwort mehr zu geben. Sie hatte mein ganzes Wesen durchschaut. All meine edlen Gefühle, meine wohlgemeinten Absichten. Sie hatte mich zerpflückt, wie eine kleine Blume von jedem einzelnen Blütenblatt befreit. Langsam drehte ich meinen Kopf nach der Zeltwand, um nicht dabei ertappt zu werden, wie ich nachsinnte. Irgendwann übermannte die Müdigkeit mich doch und liess mich zumindest einige Stunden tief schlafen.

Der Geruch von Eierfladen und gebratenem Fleisch hatte mich erreicht und mich langsam aus dem Schlaf geholt. Ich lag alleine im Zelt. Verschlafen erhob ich mich, nahm mein Wams zu mir und trat vor das Zelt. Davor sass meine Begleiterin mit einer Squaw und lernte gerade, aus Eiern, die man wohl den Wildenten hier am See genommen hatte, einen Fladen zuzubereiten.

Ich grüsste beide mit einem Handzeichen und trabte zum See hinunter, wo ich mich erst einmal frisch machte, ehe ich mein Wams überstreifte und den Weg zurück nahm. Unterwegs trat Wolfszahn an mich heran. Wir sahen uns Momente lang nur an, dann fragte er leise: „Ist deine Begleiterin jemandem versprochen?" Ich schüttelte den Kopf: „Ich glaube nicht, mein Freund." Er bohrte weiter: „Wird sie bei dir bleiben?" Ich bestätigte: „Sie wird vorerst von mir lernen zu schiessen, zu jagen und zu sammeln, zu häuten und zu gerben. Danach wird sie entscheiden, was sie tun will."

Natürlich hatte ich die Fragen meines Freundes vom Stamm der Métis wohl durchschaut. Er wollte sich versichern, mit seinem Werben nicht auf meinen Widerstand zu treffen. Sie wäre natürlich für jeden Krieger eine Zierde gewesen, aber vermutlich eben nicht mehr als das. Ihr für diese Gefilde ungewohntes und somit kostbares Aussehen machten aus Sonnenaufgang eine begehrte Gefährtin, die bestimmt zum Ruhm und der Bekanntheit ihres Mannes beigetragen hätte.

Aber wenn ich Rebecca Sinclair richtig einschätzte, war sie trotz ihrer Abstammung nicht für eine Verbindung zu gewinnen, die von ihrem Herzen nicht mitgetragen werden konnte. Nein, ein Werben meines Freundes Wolfszahn hatte keine Zukunft.

Ich wurde gleich von zwei jungen Frauen beim Frühstück bedient. Ohne Worte hatten die Squaw der Cree und meine Gefährtin sich gefunden und nun lernte die junge Einwanderin von der Eingeborenen die Zubereitung einfacher Speisen und die Bewirtung nach Sitte der Cree und der Métis.

Sie setzte sich erst nach getaner Arbeit neben mich vor das Zelt und nahm ebenfalls etwas zu sich. Dazu gab sie bekannt: „Ich mag dieses einfache Leben und diese herzlich und aufrichtig anmutenden, glücklichen Menschen." Ich bestätigte: „Die Leute hier mögen dich auch, einige ganz besonders." Nun sah sie mich mit einem schelmischen Grinsen, das ihr Gesicht wie das eines Lausbuben wirken liess, an: „Wolfszahn bekommt mich nicht einmal für alle Bärenfelle der Neuen Welt."

Ich sah auf sie hinunter: „Du weisst?" Es kam deutlich zurück: „Er sieht weniger als du und übt auch weniger Zurückhaltung, wenn er mich mit den Augen regelrecht frisst. Für ihn bin ich wohl so eine Art Trophäe, ein Spielzeug. So lasse ich nicht mit mir umgehen!" Das konnte ich gut verstehen. Ich legte meine einfache Schale aus Holz vor mir nieder und erhob mich ohne ein Wort.

Vor dem Zelt des Häuptlings der Métis, der mit seiner Familie dort weilen durfte, sass Weiter Weg mit seinen Schwiegersöhnen. Die Frauen fehlten, denn sie bereiteten die Braut auf ihre bevorstehende Vermählung vor. Man grüsste mich höflich und bat mich ans Feuer. Die Männer hatten schon gespeist und unterhielten sich nun über das am frühen Abend einzuläutende Fest. Ich wurde mit eingebunden und folgte dem Gespräch mit Interesse, bis dieses schliesslich zum Erliegen kam.

Diesen Unterbruch nutzte der weise alte Häuptling. Weiter Weg sah mich an und stellte fest: „Sie will ihn nicht." Ich hatte verstanden und bejahte. Der andere fuhr weiter: „Sie wird keinen von uns wollen. Sonnenaufgang gehört zu dir."

Das hingegen verneinte ich: „Sie gehört zu niemandem, mein Freund. Sie will eben keine Zierde sein. Sie will lernen zu leben und zu fühlen wie wir. Eines fernen Tages wird sie den Gefährten erwählen, den sie glücklich machen will." Weiter Weg hob die Brauen zum Zeichen der Verwunderung: „Eines fernen Tages? Erwählen? Du musst noch viel lernen über die Squaws, Felljäger. Sie haben meist schon lange vor uns gewählt und bekommen genau den oder das, was sie erwählt haben. Wir sind trotz unserer Kraft, unseren Waffen und unserer augenscheinlichen Vorherrschaft nur Werkzeuge unserer Squaws. Auch Wolfszahn wird das lernen und verstehen. Werdet ihr uns zur Jagd begleiten?" Ich nickte nur noch.

Ich hatte Rebecca den Plan mitgeteilt, in Kürze zur Jagd aufbrechen zu wollen, und sie damit aufgefordert, uns zu begleiten. Wir prüften unsere Flinten und Munition vor unserem Zelt. Dazu teilte ich ihr von meinem Gespräch mit den Métis mit. Sie lächelte nur: „Weiser alter Mann. Er hat es verstanden. Jetzt bist du dran, Felljäger. Lerne mich zu schätzen und nicht nur zu hegen. Du sollst mich immer als gleichwertig betrachten. Ich bin dir nicht über, weil ich die Tochter meiner armen Mutter bin, nicht minder, weil ich eine Frau und unerfahren bin." Ich schluckte: „Sieht es nur so aus oder werde ich auch von dir lernen?" Sie bestätigte: „Ein paar Dinge über den Umgang mit den Frauen vielleicht."

7

Von Stolz und Demut

Schliesslich fanden sich die beiden Métis und deren Häuptling, acht Krieger der Cree unter der Führung des ältesten Sohnes des Häuptlings, zwei zu Besuch weilende Krieger vom fernen Stamm der Algonkin, Sonnenaufgang und ich zu einer Jagdgemeinschaft zusammen. Ich konnte nicht umhin, meine junge Begleiterin von diesem neuen Tag an mit dem Namen anzusprechen, den ihr die Cree und die Métis gegeben hatten. Vor meinen Augen reifte Lady Rebecca Sinclair zu einer Erinnerung und der klangvolle eingeborene Name Sonnenaufgang brannte sich in mein Herz und mein Gedächtnis.

Der Häuptlingssohn trat, wie es die Sitte forderte, seinen Führungsanspruch an den Gast ab, und so war es schliesslich Weiter Weg, der unsere Jagdgemeinschaft vom See wegführte. Es sollte keine Grossjagd im eigentlichen Sinn werden, denn für Speis und Trank war bereits ausreichend gesorgt. Der Ausflug diente lediglich der Beschäftigung, denn wir, wie auch die Métis und die Algonkin, waren als Gäste der Cree nicht in die Vorbereitungen eingebunden und somit für den Rest des Tages bis zur Feier beschäftigungslos.

Mit weisem Auge und sicherem Schritt hatte uns Weiter Weg auf die Spur einer kleinen Herde Hirsche geführt. Es dauerte in der Tat nicht lange, bis wir die Tiere in einer eng durch weite Büsche abgeschirmten Lichtung beim Grasen sehen konnten. Ich zählte einen Leithirsch, zwei junge Männchen und sieben Kühe, von denen eine ein Kalb bei sich hatte.

Wir wichen etwas zurück und einigten uns darauf, nur drei oder vier Tiere zu schiessen. So teilten wir uns auf. Die unter uns, denen man die notwendige Treffsicherheit zutraute, stellten sich mit gerichteten Waffen am Eingang der Lichtung auf. Ich war einer der vier, die die Flinte hoben. Der Rest der Gruppe blieb einige zehn Schritt hinter uns und hätte bei Notwendigkeit die zweite Salve abgegeben, um verwundete Tiere zu erlösen.

Da wir wussten, dass die restlichen Tiere die Flucht nur durch den Eingang der Lichtung antreten konnten, stellten wir diesen nicht zu und sorgten für genügend Deckung, damit keiner von uns von den fliehenden Tieren niedergetrampelt würde.

Einer der beiden Algonkin, Starker Elch von den Cree, Weiter Weg und ich hatten uns zum Schuss bereitgemacht. Jeder wählte vorsichtig sein Ziel. Wir entschieden, die Kuh mit dem Kalb und auch das Leittier zu schonen.

Nacheinander hatten vier Gewehre gedonnert. Drei Tiere fielen nieder und blieben liegen. Die anderen Hirsche suchten genau dort das Heil in der Flucht, wo wir es vermutet hatten. Eines der Tiere trug eine klaffende Wunde an der Seite.

Weiter Weg knurrte unzufrieden. Es war sein Ziel, das nicht ausreichend getroffen war. Ich hatte noch eine Kugel in der zweiten Kammer meiner Waffe und legte an, aber ich kam nicht zum Schuss. In rascher Folge lösten sich hinter mir drei Schuss und die verwundete Hirschkuh legte sich mit einem dumpfen Geräusch auf die linke Seite. Zwei weitere Treffer im Brustbereich hatten ihrer Flucht ein Ende gemacht. Ich sah bewundernd zu Sonnenaufgang, die seelenruhig das Magazin ihrer Waffe prüfte, bevor drei neue Kugeln darin Platz fanden.

Während die Krieger mit der Jagdbeute zugange waren, wurde ich von Kleiner Bär, dem Sohn des Häuptlings der Cree, darüber informiert, dass meine Begleiterin noch vor uns die Waffe gehoben und diese die ganze Zeit über meinem Kopf hinweg auf die Tiere gerichtet gehalten hatte. Als die Hirschkuh sich auf uns zu bewegt hatte und genau meine Richtung wählte, machte Rebecca mit der Waffe im Anschlag einige Schritte zur Seite und feuerte in rascher Folge drei Kugeln ab, von denen zwei den Bereich zwischen den Vorderläufen des verwundeten Tieres erreichten und uns somit die Jagdbeute sicherten.

Auf dem Rückweg durften wir noch ein wenig Jagdglück erleben. Weiter Weg durfte seinen ungenügenden Schuss gegen die Hirsche mit einem Kunsttreffer an einem Iltis wieder vergessen machen. Wir erwischten einige Rebhühner und zum Schluss räucherten wir noch den Bau einer Hasenfamilie aus, woraus uns mehrere Wildhasen als Beute erlagen. Ich stellte dabei fest, dass Sonnenaufgang schnell gelernt hatte, wie man die Erdbewohner ausräuchert und diese mit Meisterhand aus ihrem Bau direkt vor unsere Waffen treibt.

Zufrieden konnten wir zurückgehen und uns auf das bevorstehende Fest freuen. Ich ging dieses Mal voran, zusammen mit Weiter Weg und Kleiner Bär. Hinter uns folgten die Krieger der Cree, Métis und Algonkin, die sich die Beute auf die übliche Art aufgeladen hatten. Ganz am Ende der Gruppe ging, mit vom Stolz der erfolgreichen Jagd geschwellter Brust und einem Leuchten in den Augen, die Jägerin Sonnenaufgang, die seit ihrem ersten Jagderfolg kein einziges Wort mehr gesprochen hatte.

So gelangten wir auch ins Dorf und wurden erst einmal gefeiert für die erbrachte Jagdleistung. Squaws übernahmen die Beute und begannen damit, sie fachgerecht mit meisterlicher Hand zu zerlegen. Wir anderen gingen zu unseren Zelten und legten die Waffen nieder.

Ich trat hinter Sonnenaufgang ein und blieb nur noch stehen. Sie hatte sich zu mir umgedreht und sah mich aus starren, nassen Augen an.

Der Stolz der erfolgreichen Jägerin war in einem Augenblick der Unsicherheit eines kleinen Mädchens gewichen. Ihre Waffe landete auf ihrem Lager. Die junge Frau keuchte: „Ich habe getötet." Ich beruhigte sie: „Du hast gejagt. Das ist der Zweck unserer Gemeinschaft. Wir jagen, um zu leben." Sie war damit allerdings nicht zufrieden: „Hier war genug Fleisch! Das war nicht notwendig!" Ich nickte: „Auf kurze Sicht bestimmt nicht. Aber auf lange Sicht sieht dies anders aus. Wenn du bitte dein Gesicht trocknest, werde ich es dir gerne zeigen."

Sie hatte sich das Gesicht gesäubert und trat nun mit mir aus dem Zelt. Ohne ein Wort folgte sie mir dahin, wo die Squaws mit den Tieren zugange waren. Sie sah schweigsam zu, wie sichere Hände die Kadaver häuteten, wie andere die Innereien in Holzschalen und Tontöpfen sammelten. Die Hörner der Hirsche wurden abgetrennt.

Ich kniete mich nieder und fragte: „Spricht eine der Squaws der stolzen Cree die Sprache des weissen Mannes?" Eine der Squaws sprach ein passables Französisch, das auch von der Frau an meiner Seite verstanden wurde. Ich bat sie also, Sonnenaufgang zu erklären, wie die Hirsche und anderen Tiere verwertet wurden.

Sonnenaufgang hatte sich still hingesetzt und sah und hörte zu. Die Squaw erklärte ihr, dass die kleinen Rebhuhnfedern für Kopfschmuck, Kinderspielzeug und Kleiderzierden genutzt würden, dass aus dem Fleisch der Vögel in den nächsten Tagen Braten gemacht würde und ihre Innereien, wie auch die der anderen Beutetiere, vom Medizinmann zu Salben und Heilmitteln verarbeitet würden.

Das Iltisfleisch sollte zum Kochen von Fleischbrühe dienen, das Fell würde wie auch die Häute der Hirsche zum Trocknen und Gerben ausgelegt und später als Tauschware genutzt. Die Häute der Hirsche würden ebenso zu Zeltplanen, Mokassins oder Jagdhosen für die Krieger verarbeitet. Die Borsten und Haare, die zuvor daraus gewonnen worden wären, dienten später als Schnüre und Fäden zum Binden und Nähen.

Das Fleisch der Hirsche eignete sich hingegen gut zum Trocknen und Dörren, folglich konnten die Squaws für den Winter Vorräte anlegen. Aus den Knochen dieser Tiere liessen sich schliesslich einfache, aber sehr wirkungsvolle Werkzeuge schnitzen. Die Geweihe wollten die Krieger zu Messergriffen, Schmuck und Schäften für Tomahawks verarbeiten.

Sonnenaufgang sass begeistert und bewundernd daneben und liess sich von den Frauen der Cree viele Handgriffe zeigen. Mich brauchte es hier nicht mehr. Die einfachen und herzlichen Squaws hatten ihre volle Aufmerksamkeit auf sich gezogen. Bald einmal hatte die junge Frau ein langes Messer in der Hand und folgte den anderen Frauen bei der Arbeit nach. Demütig ordnete sie ihre Arbeitskraft den wissenden Squaws der Cree unter.

Kleiner Bär begleitete mich noch einige Stunden durch das Dorf der Cree, das bedeutend mehr Menschen Obdach bot als das meines Freundes Weiter Weg. Dabei erfuhr ich, dass mein Begleiter der ältere Bruder von Feuerbändiger war, dass er dereinst die Führung über das Dorf von seinem Vater, Grosser Baum, übernommen hätte. Aber im Gegensatz zu seinem Bruder war Kleiner Bär ein Heisssporn. Er hatte sich schon mit seinem jüngeren Bruder geeinigt, dass er, Kleiner Bär, die Krieger führen würde und Feuerbändiger an seiner statt dem Dorfrat vorstehen sollte. So einfach war Politik bei den Cree.

Meine Gefährtin erreichte unser gemeinsames Zelt mit vom Schweiss der Arbeit nasser Stirn und blutverschmierten Händen. Aber sie war der Arbeit mit den Squaws nicht abgeneigt. Es schien mir gar, als wollte sie strahlen. Sie setzte sich vor dem Zelt ans Feuer und wusch sich erst ihre Hände und dann ihr Gesicht mit dem frischen Wasser aus einem breiten Tongefäss. Dann erst sah sie mich an: „Du hattest recht. Diese Menschen werfen nicht einen Vogelknochen weg. Der Tod dieser Tiere wird sie nähren, wärmen, hüten und schützen. Es ist alles ganz anders, als es in meiner Vorstellung war."

Ich nickte: „Bist du sicher, dass du dieses Leben mit uns leben möchtest?" – „Uns?" fragte sie. Ich bestätigte: „Ja, uns, den weissen Jägern, den Métis und den Cree, den Algonkin und den Siedlern, die früher oder später hierherkommen werden."

Sie bemerkte nur noch: „Wie am Fuss von Ravenscraig Castle, Pächter und Herren, Tagelöhner und Eigner." Das verneinte ich entschieden: „So ist es hier nicht, Sonnenaufgang. Hier gibt es keine Herrschaften mehr. Siedler und Jäger sind frei und unabhängig. Die stolzern Stämme mögen sich untereinander bekämpfen, aber die Eingeborenen sind friedlich, wenn man ihnen nicht ans Leben will."

Sie sah hoch zu mir, der ich vor ihr stand, und flüsterte: „Ich bin also am Bibersee eine freie und unabhängige Waldläuferin?" Ich bejahte mit einem Zeichen meines Kopfes.

Weiter Weg und Grosser Baum hatten alle Vorbereitungen zur bevorstehenden Hochzeit soweit überwacht, dass kurz vor dem Sonnenuntergang alle Erwachsenen zusammenkommen sollten. Ich hatte aus dem Zelt unsere Geschenke geholt, die mässig ausfielen. Wir waren nur zwei geduldete Gäste, die mit einem Beutel Tabak den Häuptling wohl gestimmt hatten und mit ein paar Gaben dem Brautpaar unaufdringlich gratulieren wollten. Diese Geschenke trug ich nun zum Ort, wo das Fest stattfinden sollte. Sie folgte mir und brachte den grossen Lederbeutel, in dem wir die Nüsse und die getrockneten Beeren eingebracht hatten.

Grosser Baum hiess uns an seinem Feuer erneut willkommen und stellte uns endlich seinen Sohn Feuerbändiger vor, einen grossgewachsenen, stolzen Krieger mit weichen Zügen und tiefen schwarzen Augen. Er erhob sich und reichte uns beiden in eingeborener Manier die Hand. Wir umschlossen uns gegenseitig die Unterarme und blickten uns tief in die Augen. Feuerbändiger sprach im Dialekt der Cree seinen Dank für unser Beisein aus und ich gab diesen in meinem mässigen Cree dafür zurück, dass man uns überhaupt teilhaben liess.

Wir setzten uns alle um das Feuer und begannen ein gutes Gespräch über die heutige Jagd, bei dem auch der Jagderfolg meiner Gefährtin zur Sprache kam. Sie wurde mit Lob bedacht, das ich ihr entsprechend übersetzte. Sie äusserte sich nicht dazu, sass einfach still neben mir und hörte zu.

Endlich war der Medizinmann bereit und so die Braut. Die Squaws sammelten die Kinder und wollten sie aus dem entstehenden Gewirr entfernen. Ich brauchte meiner Begleiterin nichts zu sagen, sie wusste selbst, was sie den Kindern Gutes tun konnte.

Sie nahm sich den Lederbeutel und ging hinter dem kleinen Tross her, bis die Squaws den Ort bestimmt hatten, wo die Kinder bis nach der Trauung bleiben sollten. Sonnenaufgang setzte sich nieder und erkor einen kleinen Jungen aus, den Lederbeutel zu übernehmen.

Der Bub sah interessiert in den Behälter und seine Augen leuchteten. Sonnenaufgang vollführte mit der einen Hand die Geste des Gebens und mit der anderen wies sie auf die versammelten Kinder. Mehr brauchte es wirklich nicht. Die Kinder der

Cree sammelten sich um den Jungen und erhielten alle aus dem Beutel von den Leckereien, die ihnen geschenkt worden waren.

Grosser Baum sah sich den Vorgang einige Augenblicke lang an und brummte dann: „Felljäger hat an alle gedacht, auch an die Kleinen. Grosser Baum ist hoch erfreut ob der grosszügigen Gäste mit den hellen Augen." Ich versicherte: „Wir danken den Cree für ihre Gastfreundschaft. Es ist für Sonnenaufgang und Felljäger eine grosse Ehre, hier sein zu dürfen."

Sommerblüte trug ein helles, einfaches Kleid, dazu edle Schmuckstücke aus Türkisen und ein Krönchen aus duftenden weissen Blüten. Feuerbändiger trat in Leggins und einem Wams aus hellem Hirschleder vor seinen Vater und den Medizinmann.

Sonnenaufgang staunte: „Sie ist so schön mit dem Krönchen. Feuerbändiger muss sich glücklich schätzen." – „Das tut er", bestimmte ich. „Er hat seinen Vater ersucht, die junge Tochter der Métis zur Frau nehmen zu dürfen. Diese Hochzeit haben nicht die Eltern, die Allianzen oder irgendeine Kriegspolitik bestimmt. Als Weiter Weg erfuhr, dass seine Tochter die Gefühle des Häuptlingssohns der Cree teilt, hat er auf den Brautpreis für sie verzichtet."

Natürlich erwähnte ich nicht vor ihr, dass eine gewisse Berechnung hinter der Zusage des Métis gesteckt hatte. Die Stärke der Cree und der Métis in einem Bund musste die Chippewa und alle anderen Stämme beeindrucken.

In einem einfachen und zugleich rührenden Austausch wurden die beiden jungen Menschen zu einem Paar vermählt, vermischten, wie es Sitte war, ihr Blut und galten nun also als verheiratet. Leider würden sie von der folgenden Feier nicht viel haben, denn sie sollten nun im Zelt des Häuptlingssohns unterkommen und in dieser Nacht erstmals die ehelichen Verpflichtungen wahrnehmen.

Ich überreichte Feuerbändiger die beiden Decken, die ich für ihn und seine Braut mitgebracht hatte. Sonnenaufgang band die langen, schwarzen Haare der hübschen Sommerblüte mit der silbernen Spange zusammen. Das lange Messer wechselte ebenfalls die Hand.

Andere Gaben und Geschenke wurden gereicht. Dann erst öffnete sich ein Gang zwischen den Anwesenden und das Brautpaar verschwand hinter den Fellen eines Zeltes am äusseren Rand des Dorfes.

Fleisch, Eierfladen, Gewächse, von den Cree selbst gebrautes Maisbier und Wasser machten die Runde. Es wurde mit Genuss zugelangt und sich verköstigt. Als endlich Grosser Baum alle nach ihren Lagern schickte, hatte der Mond bereits mehr als die Hälfte seiner Bahn beschritten.

Wir traten an unser Zelt, wo Sonnenaufgang zuerst eintrat. Ich liess ihr wie immer die Zeit, derer sie bedurfte, und folgte erst nach einer entsprechenden Aufforderung nach.

Sie sass auf ihrem Lager und sah mir zu, wie ich mich niederlegte. Leise fragte sie: „Werde ich dereinst eine Braut sein?" Ich drehte den Kopf zu ihr: „Warum nicht? Sonnenaufgang ist eine tapfere und begehrenswerte Frau und Rebecca eine schöne Blüte des alten Kontinents. Ich bin sicher, es werden sich Freier finden." Sie schüttelte nur den Kopf. Ihre Stimme war leise: „Das werden sie bestimmt." Auch sie legte sich nieder und ich hatte in jenem Moment nicht verstanden, wonach ihre Aussage trachtete.

Wir reisten am folgenden Morgen wieder ab. Die Brautmutter verabschiedete sich in einer sehr rührenden Szene von ihrer Tochter, die bei den Zelten der Cree bleiben sollte. Sommerblüte trat auch an meine Gefährtin heran und verständigte sich mit ihr ohne Worte. Die linke Hand ging zur Spange im Haar, die sie noch immer oder wieder trug, und die rechte legte sich auf die Brust der anderen Frau, da wo das Herz zu liegen kam. Ich brauchte das nicht für Sonnenaufgang in Worte zu fassen. Meine Begleiterin nahm die andere junge Frau ohne zögern in die Arme und drückte sie wie eine Schwester an sich.

Feuerbändiger sah mich an. Seine rechte Hand zeigte mir die Waffe, die wir ihm zu seiner Vermählung mitgebracht hatten. Er nickte: „Felljäger weiss eine gute Klinge zu schenken. Der Arm von Feuerbändiger fühlt sich stärker an, wenn er dieses edle Messer in der Hand drückt. Wird Felljäger den Cree die Ehre eines gemeinsamen Waffengangs geben?" Ich schluckte: „Wann immer du dich messen willst, mein Freund. Aber ich muss dich warnen. Mein Arm ist nicht so geübt mit den Waffen der mutigen Eingeborenen." Nun lachte der Cree: „Du magst üben bei den Métis, Felljäger. Feuerbändiger wünscht sich einen ebenbürtigen Widersacher." Ich versprach, mich zu bemühen.

Die Kanus hatten sich unter dem Winken der Zurückbleibenden vom Ufer gelöst, und wie zuvor steuerte Weiter Weg das erste Kanu, das die kleine Karawane quer über den See zu führen hatte. Wir langten am späten Nachmittag wieder bei den Zelten der Métis an, wo uns ein Nachtlager angeboten wurde. Da die Reise über den See doch Kraft gekostet hatte, war uns das Angebot willkommen.

Man hatte uns dieses Mal ein gemeinsames Zelt zugedacht, nachdem dies bei den Cree ohne Schwierigkeiten getan worden war. Wir sassen mit Weiter Weg und seinem Schwiegersohn Mutiger Fuchs um ein Feuer versammelt. Wir Männer rauchten eine Pfeife, was der Frau von der Sitte der Métis her im Beisein der Männer nicht gestattet war. So sass Sonnenaufgang nur neben mir und wohnte dem Gespräch bei, von dem sie wohl einzelne Worte verstand, die sie im Umgang mit den Métis aufgeschnappt hatte.

Wir assen, und danach sollten wir beide uns niederlegen, um am Folgemorgen ausgeruht den wohlbekannten Weg zu unserer Hütte zu beschreiten. Es begab sich aber, dass Weiter Weg mich beim Weggehen zurück bat. Ich sah Sonnenaufgang sich schweigend entfernen und setzte mich wieder hin.

Der weise Häuptling sah mich nachdenklich an und sprach ohne Zaudern: „Du solltest ihr mehr Wert beimessen, mein Freund." Ich stutzte: „Ich verstehe nicht." Weiter Weg lächelte: „Diese Frau sieht auf zu dir, sieht dich an mit den warmen Augen eines Herzens, das nicht weiss, was die Wärme bedeutet, die es empfindet. Sie ist jung und unerfahren, aber ihr Herz pocht stark und bestimmt."

Ich sah nur ins Feuer. Ich wusste keine Erwiderung auf diese Aussage und wusste auch nicht, was ich davon halten sollte. Weiter Weg führte seine Ausführungen zum Ende: „Wir sind lange gerudert, mein Freund. Und deine Jagdgefährtin hat sich grosse Mühe gegeben, um mich ihrer Fertigkeiten zu überzeugen. Sie hat von sich wie von einem guten Krieger, der kein Jagdglück kennt, gesprochen. Weiter Weg denkt, dass du die Beute bist, Felljäger." Ich schluckte. Diese blumige Sprache sagte mir eigentlich nur, dass Weiter Weg in ihr Gefühle vermutete, die ich nicht zu kennen glaubte.

Da keine weitere Aussage kam, entfernte ich mich langsam. Ich schritt bedächtig in Richtung des Zeltes, das man uns zugewiesen hatte. Meine Schritte wurden aber immer kleiner und meine Bewegungen langsamer, bis ich endlich vollkommen zum Stillstand kam. Ich war noch gute zehn Schritte vom Zelt entfernt.

Das wollte ich nicht. Sie sollte lernen und leben, sie war das kleine Mädchen vom Schloss, die Tochter meiner Gräfin. Sie war der unerreichte Adel, dem ich nie hatte angehören dürfen und nie angehören sollte. Wie konnte das geschehen? War das denn überhaupt richtig?

Ich sann noch immer, als ihr Kopf aus dem Zelt lugte. Sie winkte mir zu und ich trat zum Zelt hin. Sie fragte: „Bleibst du draussen?" Ich zögerte noch immer: „Vielleicht sollte ich das tun." Sie hob den Kopf: „Bist du etwa von Sinnen?" Das hätte ich gerne bestätigt: „Vermutlich. Es gibt Dinge, die ich wohl nicht verstehe, denen ich nicht die richtige Bedeutung beizumessen weiss." Sie schüttelte den Kopf: „Leg dich hin, du dummer Mann. Wir werden uns zu Hause um deine Zweifel und deren Bedeutung kümmern. Ich will dich morgen nicht zur Hütte zurücktragen müssen."

Obgleich ich in dieser Nacht einen sehr unruhigen Schlaf hatte, war ich beim ersten im Osten ersichtlichen Schimmer der Sonne auf den Beinen und weckte auch sie auf. Wir trafen die notwendigen Vorbereitungen zur Abreise, wurden mit etwas Mundvorrat versehen. Eine herzliche Verabschiedung und das Versprechen eines baldigen Wiedersehens begleiteten unseren Weggang vom Dorf der Métis.

Wir schritten gut aus, schwiegen indes fast den ganzen Weg lang. Ich hob nur einmal meinen Zweiläufer von der Schulter und schoss, leider vergebens, nach einem Waschbären, der sehr schnell wieder ausser Sicht war.

8

Schatten der Vergangenheit

Erst als wir die Hütte erreichten und ich von draussen Holz nach drinnen brachte, um ein gutes Feuer anzubrennen, fragte sie leise: „Willst du es mir erklären?" Ich setzte das Holz ab und sprach: „Wollen nicht, aber ich werde es müssen."

Sie kniete nieder und säuberte die Feuerstelle im Kamin, bevor sie neues Holz auflegte. Dabei meinte sie: „Du musst nicht. Es gibt nicht viel, was ein Mann deines Schlages nicht verstehen würde. Ich habe in den letzten Wochen viel von dir gelernt und viele Dinge verstanden. Ich habe mich in diesem kleinen Paradies voller seltsamer Sitten eingelebt und schätze sogar zum Teil deine schweigsamen Gefährten und deine eingeboren Freunde. Du hast viele Fertigkeiten bewiesen, zeigst dich als guter und geduldiger Lehrer, lässt mir Respekt, gute Manieren und Herzlichkeit zuteilwerden. Eigentlich hast du nichts, worüber du nachdenken müsstest. Bist du vielleicht nicht mehr glücklich hier?"

So weit hatte ich nie gedacht. War ich glücklich? Ich hatte einfach das genommen, was mir das Schicksal zur gegebenen Zeit angeboten hatte, und daraus mein neues Leben gezimmert. Aber war ich glücklich? Ich zögerte erneut. Langsam trat ich zurück an die Tür: „Das weiss ich nicht. Ich muss nachdenken." Damit war ich aus der Tür und schon auf dem Weg zum See.

Es dämmerte bereits, als sie mich am Ufer des Sees einholte und sich unaufgefordert zu meiner rechten Seite niedersetzte. Ich sah immer noch hinaus auf den ruhigen Spiegel des Sees. Ich versuchte, meine Gedanken zu ordnen.

Sie legte eine Hand auf meine Schulter: „Es ist alles zu viel für dich. Du wolltest mich schon am ersten Tag in Radisson zurücklassen. Dir ist deine Freiheit wichtig und ich bin dir dabei im Weg. Der Winter kommt bald. Lass mir diese Zeit, bis der Frühling wieder über das Land kommt. Ich werde dann meinen eigenen Weg suchen."

Ich drehte den Kopf zu ihr: „Das lasse ich nicht zu. Du bist trotz aller Fertigkeiten ein junges Mädchen, das in anderen Männern Begehrlichkeiten wecken würde. Das würde auf Dauer ..." Ich brach ab.

Nun sahen wir uns in die Augen. Wir sprachen nicht. Ich wusste nichts zu sagen und sie gab auch nichts von sich. So verharrten wir Augenblicke lang, bis sie flüsterte: „Gehen soll ich nicht, bleiben soll ich nicht ... was soll ich nun? Bin ich dir nur eine lästige Pflicht, die dir meine arme Mutter in ihrem Brief auferlegt hat? Bitte enttäusche mich nicht auf diese Weise, Felljäger! Bitte nicht!"

Ich sah wieder hinaus auf den See. Auch meine Stimme blieb ein Flüstern: „Rebecca muss meine Hütte verlassen, auf immer. Ihre Anwesenheit ist eine schwere Last, die mit Verpflichtungen und Sehnsüchten nach der alten Heimat verbunden ist. Ich weiss nicht, was Mark Adam oder Adam Mark zu Hause in Schottland aus dieser Situation gemacht hätte, aber ich weiss, dass der Mann, den sie Felljäger nennen, eingestehen muss, dass ihm etwas fehlen würde, wenn du nicht mehr hier wärst. Sonnenaufgang die Jägerin ist mir folglich willkommen, hier zu bleiben, solange sie ein Obdach bei mir wünscht und ihr meine Gesellschaft nicht zuwider ist. Ich werde gerne für sie aufbringen, was ich habe."

Sie nickte: „Das sagte ich bereits. Du musst vergessen, dass unter dem rauen, grünen Hemd Lady Rebecca Sinclair steckt, und endlich deine Gefährtin Sonnenaufgang in mir erkennen. Ich habe schon am Tag, an dem der alte McArdle mich an Bord des Schiffes für immer verliess, aufgehört, eine Lady von Ravenscraig zu sein. Ich schätze es sehr, dass du mich hegst, schützt und mir mit dem Respekt eines wohlerzogenen englischen Sirs begegnest, aber das ist hier unangebracht. Vergiss bitte meinen Stand und meine Herkunft. Sie sind nur noch Geschichte, für immer. Du hast den Wunsch meiner Mutter erhört und mich aufgenommen, mein Leben in die Bahn gelenkt, die du kennst. Dafür bin ich dir dankbar. Nun möchte ich als eine derer, die mit dir jagen und leben, behandelt werden. Und wenn das, wie du eben so vorsichtig sagtest, Begehrlichkeiten weckt, so mögen jene kommen, die sich von mir einen Messerstich zwischen die Rippen holen wollen." Ich bemerkte: „Du brauchst ein Messer." Sie grinste: „Jetzt hast du mich doch noch verstanden! Komm, ich habe eine heisse Brühe auf dem Feuer, ein gebratener Hasenlauf wartet auch."

Ich sass am selbst gezimmerten Tisch im weiten Raum der Hütte und ass schweigend. Sie sass mir gegenüber und tat es mir gleich. Dabei sah sie mich immer wieder verstohlen an, bis sie endlich fragte: „Die Métis haben dir ihre Squaws angeboten. Warum hast du keine genommen?" Ich hob den Kopf von meinem Essen: „Ich hätte ihnen nichts bieten können als einen ärmlichen Hausstand und eine Waffe. Da wäre jeder Krieger, der in einer Gemeinschaft sein Zelt hat, eine bessere Partie gewesen."

Sie schüttelte den Kopf: „Ich spreche nicht von einer Bindung, du dummer Mann. Ich meine, du hättest die Squaws vermutlich einfach haben können. Diese Menschen sind von einfachem Gemüt und offen. Ich glaube nicht, dass man es dir verweigert hätte."

Das musste ich verneinen: „So etwas hätte ich nicht gewollt, nicht gekonnt. Warum sprichst du solche Dinge an? Das scheint mir unangebracht." Sie wusste es besser: „Ach ja? Du heuchelst, du dummer Mann! Glaubst du wirklich, dass ich die Blicke nicht fühle, die du mir jeden Morgen glühend an die Beine wirfst? Ich sagte es dir schon. Ich bin jung, nicht dumm." Ich nickte: „Das weiss ich. Darum bin ich heute den ganzen Tag am See in mich gegangen und habe nachgedacht. Du hast recht. Ich bin seit mehr als dreissig Jahren auf der Welt und es wird vermutlich Zeit, dass ich anfange, mein Leben zu ordnen."

Als hätte mir das Schicksal an jenem Tag einen Boten seiner Hinterhältigkeit schicken müssen, hämmerte es gerade in dem Augenblick an die Tür. Sonnenaufgang erhob sich und ging hin, um zu öffnen. Sie liess einen vollkommen entkräfteten Mann in dunkler Uniform eintreten, der laut atmete und kaum richtig zu stehen vermochte. Wir boten ihm einen Stuhl an, stellten ihm einen Becher mit frischem Wasser auf den Tisch, den er in einem Zug leerte, und warteten, bis der Neuankömmling sich wieder etwas erholt hatte.

Dann erst keuchte er: „Constable Dixon, Sir. Ich komme vom Polizeihauptquartier in Fort George und soll hier eine Rebecca Sinclair abholen." Ich sah auf ihn hinunter: „Abholen? Wie bitte?" Der Polizist nickte: „So ist es, Sir. Leutnant Connor schickt mich. Es geht um Leben oder Tod. Ich habe hier eine Order ..."

Einmal mehr kreuzte mein Weg den des guten Nathaniel Connor. Man hatte ihn gar befördert, nachdem ich vor etwa einem Jahr für ihn die Spuren einer kleinen Bande von Betrügern aufgenommen und ihm den Weg zu deren Versteck aufgezeigt hatte. Nun schien uns wieder ein Abenteuer zu verbinden.

Ich nahm Dixon den Brief aus der Hand und öffnete ihn. Daraus las ich ihr vor: „An Fräulein Rebecca Sinclair, Bibersee ... ich habe erfahren, dass die Eheleute Angus und Shannon Mark mit dem Segler Britannia in Fort George eingelaufen sind. Der Mann hat sich sogleich nach Fräulein Sinclair erkundigt und so erfahren, dass dieses vor etwa sieben Wochen mit der Flussfähre nach Radisson gekommen ist. Sie haben eine Fahrt auf der nächsten Flussfähre gebucht. Ich fürchte um Ihr Wohlergehen und bitte Sie daher, Constable Dixon zu einem sicheren Versteck zu folgen. Hochachtungsvoll, Leutnant Nathaniel Connor."

Der Brief wechselte in ihre Hand. Sie überflog den Text noch einmal, ehe sie fragte: „Angus und Shannon Mark? Dein Vater und seine Maitresse? Warum suchen sie mich?"

Der Polizist beantwortete das: „Leutnant Connor hat am Hafen in Fort George ein Gespräch der beiden mitgehört, wonach Sie Ihnen ein grosses Besitztum streitig machen wollen."

Ich mutmasste: „Ravenscraig Castle. Willst du es haben?" Sie sah mir ins Gesicht: „Und dafür all das hier aufgeben? Meinen See, die Biber, meine eingeborenen Freunde und meine Freiheit?

Sollen diese Gierschlunde meinetwegen dieses verhasste Bauwerk noch bis auf die Grundmauern niederbrennen."

Das reichte mir: „Dann bleiben drei Wege für dich offen: Du begleitest Constable Dixon zum versprochenen Versteck, du wartest hier mit mir auf diese Schurken oder wir lassen Dixon hier ruhen und begleiten ihn dann hinunter nach Radisson, um der Sache eine deutliche Wende zu geben."

Der Polizist war auf einem Pferd bis zu uns gelangt, allerdings hatte das Tier wohl mehr als genug geleistet und gelitten, denn es lag auf der Seite im Gras vor der Hütte und keuchte. Das Heben und Senken der Flanke zeigte deutlich, dass es ausgepumpt war und nicht mehr geben konnte.

Die junge Frau sah es an: „Dieses arme Tier! Ich werde es tränken und abreiben für den morgigen Tag. Wir marschieren im Morgengrauen auf Radisson zu. Ich werde deinem Vater und seiner Maitresse gegenübertreten. Ich bin schliesslich eine Waldläuferin, ich bin Sonnenaufgang, eine Jägerin vom Bibersee und Jagdgefährtin der Métis."

Ich war zufrieden. Langsam trat ich in die Hütte. Der Polizist wollte sich erheben, doch ich hielt ihn auf: „Legen Sie sich da drüben auf mein Lager, Dixon. Bei Sonnenaufgang gehen wir alle drei zusammen hinunter nach Radisson." Der Mann sah mich entsetzt an: „So laufen Sie diesen Leuten doch in die Arme." – „Oder die uns", gab ich zurück.

Während also meine Jagdgefährtin, die nun auch meine Kampfgefährtin werden sollte, sich mit der Herzlichkeit einer Mutter um das ausgepumpte Pferd bemühte, trug ich unsere Waffen am Seeufer zusammen und prüfte beide Revolver und die Flinten mit Vorsicht, reinigte die Läufe, Hähne und Abzüge bis zum frühen Morgen.

Die Sonne hatte sich eben erst hinter den Hügeln im Osten gezeigt, als ich die Hütte betrat. Dixon hob den Kopf: „Sie sind immer noch entschlossen?" Ich nickte. Er erhob sich vom Lager: „Dann überlasse ich Fräulein Sinclair gerne mein Pferd, wenn sich das arme Tier noch reiten lässt." Ich schüttelte den Kopf: „Ein Fräulein Sinclair gibt es am Bibersee nicht. Ihr Name unter den Jägern ist Sonnenaufgang. So will sie genannt werden. Sie hat den Gaul die ganze Nacht gepflegt und gehätschelt. Das Tier steht draussen, so frisch wie nie zuvor. Aber niemand wird es reiten. Wir werden gehen, wie es die Pelzjäger tun."

Nachdem ich im Kellerabteil nach Mundvorrat und einem zweiten Messer gegriffen hatte, warf ich mir meinen alten Seesack über die Schulter und begleitete den Mann nach draussen. Sein Pferd war wirklich wieder auf den Beinen.

Sonnenaufgang sah mich an: „Magst du eine gute Tasse Kaffee vor dem Aufbruch?" Da wir alle zustimmten, ging sie hinein. Ich übertrug Dixon die Aufgabe, meinen Seesack auf das Pferd zu binden, ehe auch ich in die Hütte zurückging.

Die junge Frau kniete vor dem Feuer und kochte Kaffee. Bei meinem Eintreten erhob sie sich. Ihre hellen Augen waren nass. Sie schluckte mehrfach leer, als wollte sie etwas sagen, das ihr nicht über die Lippen wollte.

Ich trat an sie heran und nahm sie einfach in den Arm. Dazu flüsterte ich: „Gib dir nicht die Schuld. Gier und Dummheit verblenden diese Menschen." – „Werden wir ... sie niedermachen müssen?", keuchte sie nur. Ich sah hinunter auf die Mütze: „Bestimmt nicht mit Vorsatz. Aber wir werden uns vielleicht verteidigen müssen." Sie schien das wohl zu verstehen.

Nach einer guten Tasse Kaffee machten wir uns also auf. Aber wir erreichten nur gerade die erste Erderhebung, als sich ein Schatten auf unserem Weg zeigte. Ich lächelte: „Wolfszahn schleicht wie seine Namensvetter. Er mag vortreten." Und tatsächlich trat hinter einigen Büschen der junge Krieger der Métis hervor.

Wir grüssten uns. Wolfszahn überbrachte uns die Grüsse und Dankesworte der Cree. Ich bat ihn um eine kleine Gefälligkeit, die er mir ohne ein Widerwort zusagte, indem er sogleich anfing, kleine Astreste vom Boden aufzuheben. Dazu gab er einen langen Pfeifton von sich. Es dauerte nur wenige Augenblicke und drei junge Krieger tauchten neben ihm auf.

Wolfszahn lächelte: „Kleiner Luchs, Tiefer Schnitt und Schlange im Gras sind eure Begleiter, Felljäger. Sie sind alle jung und auf der Suche nach Ruhm und Ehre." – „Dein Vertrauen ehrt mich, Wolfszahn", gab ich zurück.

Einige Zeichen zur Verständigung reichten. Die drei Krieger kannten unseren Weg und sollten diesen begleiten, ohne gesehen zu werden. Noch während wir uns wieder aufmachten, gab Wolfszahn mit Hilfe eines kleinen Feuers ein Rauchzeichen ab. Wir blieben wenige hundert Schritt weiter westlich stehen. Ich zeigte zum Himmel und erklärte: „Wolfszahn mahnt die Métis, Cree und Algonkin sowie deren Freunde, dass ein böser Mann und eine böse Frau an den See kommen könnten, und bittet alle um grosse Vorsicht."

Constable Dixon staunte: „Diese Menschen sind überraschend schnell." Ich bestätigte: „Und sie stehen zueinander. Ich lebe nun über zwölf Jahre hier. Es hat nie einen bewaffneten Konflikt zwischen Algonkin, Nootka, Métis, Cree und Jägern gegeben. Nur zwischendurch mussten wir einige weisse Halsabschneider vertreiben oder uns gegen die Chippewa verteidigen."

„Mussten Sie viele Menschen töten?" wollte Dixon wissen. Ich versicherte ihm: „Nicht wirklich. Wenn ich zehn Tote zähle, bin ich ziemlich grosszügig zu mir selbst. Ich habe immer versucht, den Feind nur zu verwunden oder zu erschrecken."

Die Mittagszeit fand uns an den Toren der Stadt Radisson. Ich sah mich um, hob den rechten Arm in die Höhe und winkte zu mir. Aus dem Dickicht zur linken Seite des Weges schlichen die drei Krieger. Ich legte meine rechte Hand aufs Herz und sprach zu ihnen: „Die Krieger der Métis mögen nicht in die Stadt der Weissen treten. Wir überantworten ihnen den Mundvorrat und bitten sie, einen Bogen um den Ort zu gehen. Sie werden das Tipi am Wasser im Auge haben, wo das rauchende Kanu anlegt."

Einer der drei nahm ohne zu zögern den Seesack vom Pferd und nickte mir zu. Ohne ein Wort waren die Krieger wieder verschwunden. Wir hingegen traten nun von Osten her in Radisson ein. Zuerst ging es zum Polizeiposten, wo Constable Dixon den Telegrafen wusste. Der Polizist liess eine Nachricht nach Fort George schicken, in der er erklärte, dass die Person, um die es ging, in Radisson eingetroffen war.

Dann genehmigten wir uns etwas zu essen und schliesslich erfuhren wir am Anleger, dass das nächste Fährschiff, das den Fluss herauf von der Küste kommen sollte, eigentlich seit einer Stunde überfällig war. Man erwartete es also stündlich.

Dixon verabschiedete sich zu seinem Polizeiposten, um auf Nachricht aus Fort George zu warten. Wir stellten uns hingegen ans Ufer des Flusses. Ich sah mich unauffällig um und liess dann den kurzen Pfiff eines einheimischen Wasservogels mehrfach in kurzer Folge über meine Lippen zischen. Es dauerte nur einige Augenblicke, bis ich genau dieselbe Antwort bekam. Unsere drei Beschützer waren in Stellung gegangen. Ich war zufrieden.

Sonnenaufgang sah mich an: „Deine Freunde wachen auch hier über ums?" Ich nickte: „Mit wachem Auge und gerichteten Bogen." Sie lächelte: „Wie soll ich mich da fürchten können? Die Polizei, die Eingeborenen und die Waldläufer passen auf mich auf."

Eine Stimme krächzte dazwischen: „Einer der Waldläufer will das Mädchen kennenlernen, von dem alle nur reden." Wir sahen uns um. Hinter mir hatte sich ein stämmiger, bärtiger Klotz von einem Mann aufgebaut. Sein Gewehr war nicht mehr als ein hässliches Stück Metall mit einem Loch am Ende des Laufes, seine Kleidung und sein Gesicht zeugten von Verwilderung und kargem Umgang.

Ich reichte ihm die rechte Hand und knurrte ihn an: „Wild Hank in Lebensgrösse. Howdy, du Fallensteller." Wir drückten uns die Hand und ich stellte vor: „Das hier ist Sonnenaufgang. So haben sie die Cree umgetauft und die Métis angenommen. Sonnenaufgang, das ist Wild Hank, ein miserabler Schütze und furchtbarer Giftmischer als Koch. Aber er ist auch ein ausgezeichneter Kämpe, unfehlbarer Fallensteller und mutiger Jagdgefährte."

Die junge Frau lächelte den hässlich anmutenden Klotz an und reichte ihm die Hand. Der Mann grinste aus seinem bärtigen Gesicht: „So ein süsses Ding! Trinkt ihr einen mit? Ich treffe mich gleich mit Sam Elk und seinem Jungen."

Da vom Schiff noch nichts zu sehen war, willigten wir ein. Wir traten in eine kleine Spelunke am Wasser, von wo aus wir ohne Mühe das Schiff gesehen hätten. Dort holten uns wenig später zwei Männer ein.

Sam mochte etwa fünfzig Jahre zählen. Den Beinamen Elk hatte er sich dadurch verdient, dass er die wohl höchste bekannte Abschussquote bei Elchen während einer Jagdzeit erzielt hatte. Er trug einfache Kleidung aus gegerbtem Leder und eine Biberfellmütze.

Sein Sohn Ethan war etwas grösser gewachsen als sein Vater und trug das blonde Haar offen und durcheinander. Er kleidete sich in eine Arbeiterhose und dazu ein Lederwams, das eindeutig eine einheimische Hand genäht hatte.

Wir setzten uns alle an einen Tisch und dabei nahm Sonnenaufgang so Platz, dass sie aus dem Fenster zum Fluss sehen konnte. Der Besitzer des Lokals brachte für alle Bier, und meine Begleiterin wurde auch gleich den beiden neuen Gefährten vorgestellt. Meine Jagdbegleiter und Freunde waren sehr von der bescheidenen, umgänglichen und zugleich herrschaftlich anmutenden jungen Frau angetan.

Wir hatten schon die grössten Lügen und Halbwahrheiten über unsere verschiedenen Jagden über den Tisch verteilt und dabei die einzige Geschichte, die ich sicher als wahr bestätigen konnte, nicht ausser Acht gelassen. Der erste bestätigte Abschuss von Sonnenaufgang auf der Südseite des Bibersees wurde breitgetreten, so weit es ging. Langsam fielen auch mir keine Anekdoten und Erzählungen mehr ein, die wir am Tisch hätten aufbauschen können, aber da kam uns gerade der gutmütige Retter in der Not zu Hilfe.

Constable Dixon trat ein und gesellte sich zu uns. Er legte mir einen Zettel auf den Tisch. Ich las ihn durch und reichte ihn zurück. Dann drehte ich mich zu ihr: „Leutnant Connor ist auf dem Fährschiff. Wir haben den Alten eingekreist, noch bevor er das Schiff verlässt."

9

Angus Mark

Meine Aussage hatte natürlich das Interesse der drei Jäger geweckt, denen ich in kurzen und einfachen Worten schilderte, was uns erwartete. Ohne zu zögern stellten sich drei Flinten für uns auf.

Ich dankte und meinte: „Wenn die Fähre hier ist, stellt euch einfach in der Nähe des Ausstieges auf und haltet die Augen offen. Ich vermute, dass er mich erkennen und angehen wird. Du bleibst für den Anfang bei Constable Dixon, Sonnenaufgang. Und nimm dieses in deinen Stiefel. Ich habe es versprochen." Dabei reichte ich ihr mein zweites Messer, das sie im Schaft des hohen Stiefels um ihr rechtes Unterbein verschwinden liess.

Endlich, mitten am späten Nachmittag, erreichte das teils von Menschenhand und teils von einem einfachen Dampfkessel getragene Fährschiff das Südufer des Flusses und legte so am Nordkap der Stadt Radisson an.

Seit meiner ersten Flussfahrt, die wir noch mit Segel und Manneskraft bewältigt hatten, hatte die Flussschifffahrt sich bedeutend verbessert. Die Segel waren einem Dampfkessel gewichen, der bei gutem Heizereinsatz eine stete Fahrt während einer langen Zeit bot. Ein Mechaniker und zwei Heizer kümmerten sich darum. Die Eingeborenen nannten das Ungetüm ein rauchendes Kanu. An Deck erkannte ich von meiner Wartestellung aus die Passagiere, die sich zur Ausschiffung vorbereiteten.

Unter ihnen fiel mir auch der grosse, dunkelblonde Mann mit schlecht rasiertem Gesicht und ergrauten Schläfen auf. Er trug einen etwas abgetragenen, britischen Reiseanzug, in ein fades

Grau getüncht, darüber die Mütze eines Dandys gleicher Farbe und über die Schultern geworfen einen langen, grauen Mantel. Neben ihm, hochgeschossen und stolz, mit vom Wetter geröteten Wangen und vom Flusswind zerzaustem, goldblondem Haar, stand seine mir wohlbekannte Begleiterin. Sie war die Nemesis meiner Familie, gekleidet in ein langes, hellblaues Damenkleid, das gar nicht zu ihrem trotzigen Gesichtsausdruck passen wollte.

Das waren sie also. Mein inzwischen deutlich gealterter Vater Angus und die ehemalige Magd und Haushälterin Shannon. Ich wies mit einer Hand unauffällig auf ihn und bekam von Sam Elk ein Zeichen des Einverständnisses. Innert Augenblicken wussten alle sechs von uns am Anleger von diesem Mann in Grau.

Eine einfache Planke wurde zwischen dem Fährschiff und dem Anleger befestigt. Nach und nach stiegen die Passagiere aus. Unter den letzten die beiden, die ich suchte. Ich liess ihnen die Zeit, den Boden von Radisson zu betreten, ehe ich mir Platz verschaffte und ihnen mit ernster Miene entgegentrat.

Mein eigener Vater zögerte Augenblicke lang. Ich lächelte ihn an: „Willkommen in Radisson, Angus Mark." Die Augen meines Gegenübers blitzten: „Du?" – „Ich", gab ich zurück. Angus zischte: „Steh mir nicht im Weg, du Feigling! Ich habe hier wichtige Geschäfte zu tätigen!" Ich nickte: „Rebecca Sinclair."

Nun war der Mann vollkommen ausser sich: „Du weisst Bescheid?" Ich gab einen Pfiff von mir. Sam Elk und seine Freunde hoben die Gewehre. Ein Heulen des Wolfes kam aus meiner Kehle und drei weitere Waffen hoben sich, mit den drei Kriegern, aus den Büschen, die das Flussufer säumten. Ich hob zudem meinen eigenen Doppelläufer von der Schulter und meinte: „Sie mögen nun bitte vortreten, Constable Dixon."

Dixon und mit ihm auch die junge Frau traten nun aus der Deckung. Um uns herum hatte sich eine grössere Gruppe Schaulustiger gebildet. Ich liess die Frau bis zu mir treten und meinte: „Du sollst sie sehen, Angus Mark. Aber mehr nicht. Die, nach der du trachtest, ist nicht mehr. Dies ist Sonnenaufgang, Jägerin und Sammlerin. Rebecca Sinclair ist Geschichte. Du darfst das Schloss und die Ländereien gerne behalten, bis ein anderer kommt, der sie dir wieder wegnimmt. Sie will sie nicht."

Angus Mark knurrte: „Dieses Lumpenmädchen da soll Lady Rebecca Sinclair sein? Willst du mich für dumm verkaufen?"

Die junge Frau griff sich unter das Wams und liess von dort eine silberne Kette mit einem schön gearbeiteten Familienwappen daran aufblitzen.

Sie sah hoch in die Augen meines Vaters und gab zurück, wie ich es mir nicht schöner hätte wünschen können: „Ich bin es, eine Sinclair, vermutlich die letzte meines Clans. Aber ich kehre nicht zurück. Es mag mit Ravenscraig Castle sein, was will. Ich gehöre hierher." Ich ergänzte: „Und bedenke bitte auch ... die ortsansässige Polizei, die Waldläufer und auch die Eingeborenen stehen hinter Sonnenaufgang. Du kannst ihr nichts anhaben." – „Was willst du tun?", fauchte mich mein Vater an.

Dixon trat dazu. Er klärte: „Sie werden beide mit diesem Schiff die Rückfahrt antreten. Hinter Ihnen steht, dort an Deck, bereits Leutnant Connor. Sie werden in Fort George eine Rückfahrt nach Schottland oder England buchen. Hier sind Sie nicht willkommen."

Es schien schon fast alles gesagt oder getan. Ich hatte, als ich Connor an Deck erblickt hatte, für einen Moment die Hoffnung gehegt, dass alles so einfach gelöst werden konnte, wie es sich in dem Augenblick gezeigt hatte.

Aber es kam anders. In einem Anflug von Wut und Hass fauchte Shannon: „Dieses Biest darf nicht am Leben bleiben!" Sie griff sich in ihr Kleid und zog daraus einen kleinen Revolver, den sie ohne zu zögern gegen die schutzlose Jägerin Sonnenaufgang richtete.

Man mag mich nicht fragen, was ich in dem Augenblick gedacht habe, denn ich kann es mir noch heute nicht erklären. Jedenfalls warf ich mich schützend zwischen die abgefeuerte Kugel und die junge Frau.

Das daraus folgende Unglück war eben unvermeidbar. Ich spürte den Schmerz in der Brust. Es brannte. Ich fand keinen Halt mehr und fiel nach hinten. Dabei bemerkte ich noch, wie sich ein Revolver hob und sich mehrere Kugeln in rascher Folge lösten. Nur wenige Augenblicke später war alles dunkel und kalt.

Als ich endlich die Augen aufschlug, war alles weiss und wohlig warm. Ich konnte mich kaum bewegen, aber ich lebte. Langsam sammelte ich meine Gedanken und meine Kräfte. Ich sah mich um. Mein rechter Arm war an meinen Körper gebunden. Dicke Verbandsstoffe hielten mich gefesselt. Ich hatte es im ersten Moment nicht wahrgenommen, aber jetzt spürte ich auch den stechenden Schmerz in meiner rechten Brustseite. Ich stöhnte auf.

Das hatte gereicht. Zu dreien stürmten sie das Zimmer. Nebst einem Unbekannten traten der gute Wild Hank und meine junge Jagdgefährtin ein. Der Fremde war der Arzt. Er trat zu mir, prüfte die heilenden Fesseln und fragte: „Wie fühlen Sie sich?" Ich gestand: „Als hätte mich ein wilder Braunbär zum Frühstück durchgekaut."

Hank lachte: „Es geht ihm gut. Er erzählt schon wieder Geschichten. Was machst du für einen Unsinn? Kein Mann rennt einer bewaffneten Frau einfach in die Schussbahn." Ich versicherte: „Das war nicht meine Absicht, Hank. Wie ist es ausgegangen?" Der grosse Jäger grinste: „Der Polizist auf dem Schiff hat den grauen Kerl entwaffnet und in Ketten gelegt. Die nette blonde Dame wird nie wieder auf jemanden schiessen. Die hatte drei grosse Löcher im Pelz, eines in der Brust, eines im Hals und einen Durchschuss im Bauch."

Ich schluckte: „Wer hat sie niedergemacht?" Hank grinste jetzt noch breiter: „Ich habe noch nie im Leben so einen schnellen Sonnenaufgang erlebt, mein Freund Felljäger."

Ich war wohl zuvor schon ziemlich bleich gewesen, aber als mir bewusst wurde, was Hank da gesagt hatte, hatte sich mein Gesicht bestimmt noch einmal heller gefärbt. Mit entsetztem Ausdruck suchte ich die zarten Augen der jungen Frau, die rot umrandet und mit Tränensäcken behangen waren. Sie nickte nur, sprach kein Wort.

Ich hätte mich gerne erhoben, aber sie kam mir dabei zuvor. Sie kniete neben dem Bett nieder, in dem ich lag. Langsam legte sie den Kopf an die linke Schulter, die ich bot. Sie flüsterte: „Du bist mir zu Füssen niedergegangen, und da … ich habe nicht mehr nachgedacht. Ich habe das getan, was du mir beigebracht hast, die Waffe gehoben und … mein gütiger Himmel … ich habe einen Menschen …"

Hank sprach ihr leise zu: „Du hast lediglich dein Leben und das deiner Gefährten verteidigt. Das geschieht hier." Sie hob den Kopf: „Ich hoffe, das nicht wieder tun zu müssen."

Mit Geschick versuchte Hank, das Gespräch umzulenken, indem er den Arzt nach mir fragte. Dieser verstand den Wink. Ich wurde also davon in Kenntnis gesetzt, dass ich seit fast einem ganzen Tag ohne Besinnung in diesem Bett gelegen hatte. Man hatte mich vom Hafen direkt in die Polizeistation gebracht, wo mir der leitende Offizier, Leutnant Tamby, ohne zu zögern sein Zimmer überlassen hatte.

Der Arzt hatte mir eine Kugel aus der rechten Brustseite entfernt und dann zusammengebunden, wie ich jetzt lag. Er schloss seinen Bericht mit der Zusicherung ab, dass ich innert einigen Tagen wieder im Vollbesitz meiner Kräfte sein sollte. Die Kugel hatte eine Rippe gestreift und war mir, ohne grossen Schaden anzurichten, durch das Fleisch gegangen. Ich fragte weiter: „Und Angus Mark?"

Hank wurde wieder lustig bei dieser Beschreibung: „Als die blonde Frau niederging, wollte der eine Waffe ziehen, aber der Polizist ist vom Schiff gesprungen und hat ihn unter einem Hagel von Faustschlägen begraben. Er sitzt hier unten im Keller in einer Zelle. Und deine Métis harren vor der Siedlung und wollen nicht gehen."

Meine linke Hand streifte den Kopf der jungen Frau: „Willst du mir einen äusserst grossen Dienst erweisen, Sonnenaufgang?" Sie nickte nur. Ich bat sie also: „Such bitte Herrn Bell auf. Er mag dir ein Pferd leihen. Dieses bring bitte zu den drei Kriegern und sag ihnen nur dieses eine Wort: Travois." Sie erhob sich: „Ich gehe sogleich."

Hank liess sie gehen und bemerkte: „Du willst nicht bleiben, nicht wahr?" Ich bestätigte: „Ich bin kein sesshafter Mensch mehr,

Hank. Ich will zurück zu meiner Hütte an den See. Ich fühle mich dort wohl und sicher."

Hank verstand das. Er sicherte mir zu: „Wir gehen mit euch, wenn ihr geht. Meine Fallen könnte ich auch für ein paar Wochen weiter im Osten aufstellen. Und wenn du und Sonnenaufgang uns zwischendurch ein Feuer bietet, will ich euch gerne einen Braten bringen."

Da ich schon nicht mehr umzustimmen war, blieb ich gerade einmal bis zum Folgemorgen im Bett liegen, dann erhob ich mich. Man half mir in Hose und Stiefel und geleitete mich vorsichtig die Treppe nach unten, wo ich von Leutnant Connor begrüsst wurde.

Er teilte mir auch mit, dass er am Nachmittag mit der Flussfähre den Gefangenen nach Fort George zu überführen gedachte. Ich erbat mir eine Minute mit dem Mann, die ich auch zugesprochen bekam.

Connor und ein weiterer Polizist begleiteten mich hinunter. In einer engen, kalten Zelle sass der Mann, der mein Vater war. Er sass in einem kleinen Loch, von drei Seiten von Gitterstäben umzingelt, mit einer kahlen Wand und einem kleinen, ebenso vergitterten Loch hinter sich. Sein Gesicht zeigte die Spuren des ausgetragenen Kampfes, den er verloren hatte. Aber seine Augen funkelten böse.

Er sah uns kommen und erhob sich vom Boden, wo er gesessen hatte. Mit zwei Schritten war er an den Gitterstäben. Ich blieb davor stehen. Kein Wort verliess meine Lippen. Angus Mark zischte: „Was willst du, Sohn deiner Mutter?" Ich schüttelte enttäuscht den Kopf: „Ich will dich daran erinnern, was ich dir zuvor schon sagte. Du kannst ihr nichts anhaben. Lass ab davon. Wenn man dich ziehen lässt, geh zurück zu dem Schloss, das du mit Gewalt genommen hast. Von uns droht dir keinerlei Widerstand." – „Bedanken werde ich mich nicht", zischte er. Es blieb mir nichts mehr zu sagen. Ohne ihn weiter zu beachten, ging ich zurück nach oben.

Dort stand meine Eskorte schon bereit. Ich wurde vorsichtig auf eine eigens für mich an dem Pferd angebundene Liege gelegt und mit einer Decke schützend eingewickelt.

Ethan Elk führte die Zügel des Pferdes. Darum herum standen sein Vater, Hank, und die drei Krieger der Métis. Die junge Frau kniete neben meiner Liege. Sie prüfte noch einmal die Decke, die mich vor den äusseren Einflüssen schützen sollte. Nach einem kurzen Abschied von Connor und Dixon zogen wir langsam los. Die vier Stunden Weg hätten sich dieses Mal wohl länger angefühlt.

Mir wurde gar nicht bewusst, wie lange wir unterwegs gewesen waren, denn ich war bald wieder eingeschlummert. Das Pferd zog mein Travois ruhig bis zum Bibersee, wo ich erst geweckt wurde.

Ich sollte ohne Widerworte mein Lager aufsuchen und mich niederlegen. Da die anderen in der Mehrzahl waren, sah ich davon ab, etwas dagegen zu sagen. Ich wurde auf meinem Lager, das zum Kamin gerückt worden war, eingebettet.

Die drei Jäger übernahmen den Auftrag, das Pferd zu Herrn Bell zurückzuführen. Einer der Métis trug eine Tasche mit Verbandsmaterial und meinen alten Seesack herein. Ich hob den Kopf an: „Meine Brüder mögen zu den Zelten der Métis zurückkehren und Weiter Weg meinen Dank aussprechen. Die Hilfe der jungen Krieger war wertvoll für Felljäger und Sonnenaufgang. Wir danken dem Volk der Métis." Alle drei hoben ohne ein Wort die rechte Hand zum Herz und gingen leise wie Schatten hinaus.

Nachdem sich auch die drei Jäger verabschiedet hatten und ich wieder alleine in der Hütte zu liegen kam, wurde mir erst meine Situation bewusst. Ich war auf unbestimmte Zeit in meinen Bewegungen und somit in meinen Taten eingeschränkt. Ich musste mich also wohl oder übel auf die Fertigkeiten meiner jungen Gefährtin verlassen und hoffen, dass nichts die idyllisch anmutende Ruhe störte, die am Bibersee herrschte. Leider wusste ich zu diesem Zeitpunkt aber noch nicht, dass die Ruhe an sich schon gestört war.

Ein wärmendes Feuer knisterte im Kamin, ein Becher mit heissem Tee stand neben meinem Lager auf dem festgetretenen Fussboden und ich war warm und bequem in meinem Bett einquartiert worden.

Sonnenaufgang sass auf einer einfachen Fellmatte am Boden neben meinem Lager und hielt in den schlanken Fingern ihren Becher mit Tee. Dazu gab sie bekannt: „Mit Kaffee ist jetzt eine Zeit lang Schluss, Felljäger. Du musst mir schnell gesunden. Es gibt guten Kräutertee und Wasser zu trinken." Ich knurrte nur. Sie sah in mein Gesicht: „Du dummer Mann hast dir für mich eine Kugel eingefangen. Ist das dein Verständnis davon, die Deinen zu verteidigen?"

Ich gestand: „In dem Moment war es mein Instinkt, der mich geführt hat. Ich habe nicht über die Folgen nachgedacht. Ich wollte einfach nicht, dass Shannon dir etwas antut." Sie lächelte: „Wem sollte sie nichts antun?" – „Na, dir", gab ich zurück. Sie bohrte weiter: „Wem?"

Es dämmerte mir endlich: „Meiner Jagdgefährtin, Sonnenaufgang der Waldläuferin, sollte nichts geschehen." Sie nickte zufrieden: „Gut gesprochen. Und das werde ich dir jetzt belohnen, mit einer guten Schüssel heisser Brühe mit Fleisch und Wurzeln. Du sollst zu Kräften kommen. Und danach werden wir darüber sprechen."

Ihre Augen wirkten etwas verstört, als sie fragte: „War es das wert?" Ich schluckte: „Was?" Sie seufzte: „Er hat seine und meine Familie ausgelöscht, Unzählige zum Aufstand und zum Tod geführt, gemeuchelt und betrogen und schliesslich auch die Frau verloren, für die er all das auf sich genommen hat. Sein ganzer Lohn ist das alte, halb zerstörte Gemäuer, das einst Ravenscraig Castle gewesen ist. Sag mir warum!"

Ich schüttelte den Kopf: „Das weiss ich leider nicht, Sonnenaufgang. Mein Vater ist immer gut gewesen, rau und ungehobelt, aber ein eifriger Pächter und ein ehrlicher Mann. Als Lord Robert ihm aber das Land schenkte, auf dem Shannon mit ihrer Mutter hauste, wurde er gierig und verschlagen. Vielleicht hätte er sie einfach nicht in unser Haus lassen dürfen." Sonnenaufgang widersprach: „Aber warum jagt er nun dich oder gar mich? Wir sind so weit weg von seinem Zuhause. Wir tun ihm nichts. Ich hatte schon fast vergessen, wo ich herkomme." Ich gestand: „Ich weiss es nicht, Sonnenaufgang. Lass ab von diesen trüben Gedanken. Nathaniel wird ihn an die Küste bringen und einschiffen. Mit etwas Glück wird er unseren Pfad niemals wieder kreuzen."

Die Nacht war schon hereingebrochen. Kalte Windstösse machten sich draussen bemerkbar und gaben zu verstehen, dass der Herbst strenger werden wollte und der Winter sich nicht von seinem Weg abbringen lassen würde. Sonnenaufgang hatte von draussen noch mehr Holz geholt und es neben dem Kamin aufgeschichtet. Nun fragte sie leise: „Soll ich dir eine Decke über den Kopf ziehen?" Ich sah sie verwundert an: „Warum denn das?" Ihr Gesicht wurde ernst: „Weil ich mich bettfertig machen werde. Und da du früher zu diesem Zeitpunkt immer den Raum verlassen hast, was ich jetzt lieber nicht von dir verlangen werde, sollte ich dich vielleicht vom Hinsehen abhalten."

Ich verstand den Wink sehr gut. Eigentlich hätte sie sich schon lange vor mir aus Wams und Hose geschält und wieder angezogen. Ich war der störrische Esel gewesen, der aus Stolz, aus Furcht oder vielleicht einfach aus Gewohnheit immer das Weite gesucht hatte.

Und wieder brandete in mir dieses Gefühl von Unterwerfung und Demut auf. Ich durfte das nicht, es war einfach nicht meinem Stand angemessen. Sie war die Tochter meiner Herrschaft, die letzte eines adligen Standes, dem ich nicht angehörte. Ich wusste aber, dass sie mir diese Aussage unter Strafe angelastet hätte. Also schwieg ich nur und wandte den Kopf zu meiner linken Seite. Ich blickte an die schmucklose Wand der Hütte.

Aber es geschah anders, als ich es mir wünschte. Anstatt sich nun damit zu beschäftigen, was sie tun sollte, ging sie um mein Lager herum und stellte sich zwischen mein Gesicht und die Wand. Ich sah sie verständnislos an. Sie schüttelte den Kopf und setzte sich nieder, um mir ins Gesicht sehen zu können.

Einen Augenblick lang stockte mir der Atem. Ich erwartete, dass sie mich jetzt beschimpfen oder zurechtweisen würde, aber sie tat das nicht. Stattdessen hob sie ihre kleine, sanfte Hand an mein Gesicht und meinte: „Wir werden dich rasieren müssen."

Ich sprach noch immer nicht. Langsam, aber immer deutlicher wurde mir bewusst, was für ein schlechter Gesellschafter ich ihr wohl war. Ich hatte auf keine ihrer vielen Andeutungen und Bemerkungen eine Reaktion gezeigt, hatte nie einen ihrer Versuche, mich zu reizen, als solchen wahrhaben wollen. Und doch ... eigentlich war sie nicht nur hübsch zu nennen. Sonnenaufgang war wunderschön, selbst in den ärmlichen Gewändern der einfachen Waldläuferin war sie für mich ein Sonnenstrahl im Trüben.

Ja, diese Frau trug ihren eingeborenen Namen vollkommen zu Recht. Eigentlich war ich ein Narr, ein dummer Tropf. Ich, der ich in meiner devoten Verblendung nicht hatte sehen können, nicht hatte sehen wollen, was für eine engelsgleiche Erscheinung sie war.

Meine Hand langte zu ihrer. Mit vorsichtiger Hand hob ich ihre Finger von mir. Meine Stimme war ein unsicheres Flüstern, ein Hauch: „Das sollst du nicht tun, bitte." Sie zog ihre Hand zurück. Ihre Augen leuchteten mich an, als sie sprach: „Du dummer Mann weisst nicht, was sich unter meiner einfachen Bekleidung verbirgt, nicht wahr?" Ich schüttelte den Kopf: „Wie auch? Ich habe mich immer willentlich entfernt, wenn du ..."

Ich wurde unterbrochen: „Ach, sei einfach still! Du weisst nicht, was sich unter der Bekleidung einer beliebigen Frau verbirgt."

Jetzt war ich am Ende mit allem, was ich hätte erwidern wollen. Ich war ohne Sprache, es gab keinen Laut mehr, der meinem weit aufgesperrten Mund hätte entspringen können. Meine Augen weiteten sich wohl so sehr, dass sie gleich aus den Höhlen zu springen drohten. Sie sah mich an und lachte laut und herzlich. Ich war irgendwas zwischen verlegen und bestürzt, legte mich in meinem Lager nur noch zurück und starrte mit leerem Blick an die Decke, die mir jetzt so fern schien.

Sie hatte sich erhoben und war wieder auf die andere Seite gewichen. Ich drehte den Kopf wie auf Befehl erneut zur Wand. Es dauerte wohl eine gefühlte Ewigkeit, bis sie im einfachen Hemd wieder neben mir sass. Sie legte sich eine Decke über die

Beine und streckte sich neben meinem Lager aus. Wir sahen uns wieder nur an.

Sie flüsterte: „Ich wollte dich nicht kränken. Ich will doch nur wissen, warum du so bist, wie du eben bist. Du bist ein Mann, wie jeder der Deinen, manchmal dumm und manchmal ein Held. Aber zugleich bist du vollkommen anders als alle Männer, die mir seit meinem Weggang aus den einst behütenden Mauern der Heimat begegnet sind. Selbst der gute McArdle, der schon sehr alt war, hat mich mit dem Blick begehrt. Und die Blicke derer, denen ich hier begegnet bin, darf ich als gesitteter Mensch gar nicht beschreiben. Du hingegen bleibst immer respektvoll züchtig. Dabei ..."

„Still!", zischte ich. Langsam hob ich den Kopf und sah ihr direkt an die Wange: „Das will ich nicht hören! Es gibt Grenzen, die zu überschreiten ich nicht bereit bin. Und dies ist eine dieser Grenzen. Egal wie oft du mich vom Gegenteil zu überzeugen suchst ... du bleibst eine Adlige, eine Sinclair, die Tochter des einst mächtigen Hauses zu Ravenscraig. Und ich bin dir nicht ebenbürtig, nie gewesen!"

Meine Stimme hatte gezittert, meine Augen hatten wild gefunkelt und meine Aussage hatte kein Widerwort zugelassen. Ohne etwas zu sagen, sammelte die junge Frau die Decke auf und erhob sich, um sich auf ihr Lager zu legen. Ich wartete, bis ich sie sicher eingebettet wusste, und drehte dann den Kopf in ihre Richtung. Neben ihrem Lager brannte eine kleine Kerze, die ihr Gesicht zur Hälfte erhellte. Sie sah an die Decke. Sie schien zu sprechen, denn mir war es, als bewegten sich ihre Lippen. Aber da ich nichts hörte, überliess ich mich irgendwann endlich dem Schlaf.

10

Ein Mann und eine Frau

Das Feuer brannte wieder. Es war neu geschürt. Darauf stand der kleinste der drei Kessel, die wir besassen. Sie brühte Tee auf. Der Geruch der Waldkräuter, die sie verkochte, stieg mir in die Nase. Ich hob den Kopf und umgehend stand sie neben dem Lager.

Sichere, aber äusserst vorsichtige Hände legten die schützende Decke zurück und prüften den eng anliegenden Verband, der zu ihrer Zufriedenheit trocken geblieben war. Die Wunde schien nicht mehr zu bluten.

Sie hob die Decke ganz von mir und gab bekannt: „Du solltest Stiefel und Hose anziehen und vorsichtig ein paar Schritte gehen. Aber du bleibst bitte in der Hütte. Draussen gehen raue Winde, und du bist noch nicht kräftig genug, um dich ihnen zu stellen."

Ich sah sie nur an. Gerade hatte ich meine Hose angezogen, da fing sie schon an, mir in den einen Stiefel zu helfen, und bevor ich mich versah, stand ich in beiden Stiefeln. Ich durfte einige Male in der Hütte auf und ab gehen. Wenn ich den rechten Arm nicht bewegte, spürte ich in der Brust kaum Schmerzen.

Sie gab mir bald beim Hinsetzen auf einen der zwei einfach gezimmerten Stühle Hilfestellung und half mir aus Stiefel und Hose. Beinahe entblösst stand ich vor ihr. Abgesehen von einem dünnen Kleidungsstück um das Becken trug ich nur den lästigen Verband.

Ich bekam einen Becher Tee in die Hand und sah zu, wie sie einen Kessel neben den Kamin stellte. So wurde auch das Wasser darin allmählich warm. Sie bat leise: „Lass dir bitte helfen, ja? Du musst dich waschen." Ich sah sie an: „Nicht doch, bitte.

Das ist mir äusserst unangenehm." Die junge Frau wusste sich aber zu behaupten: „Sei kein Kind, du dummer Mann. Du kannst das nicht alleine. Und ich werde dir nichts tun."

Peinlich berührt musste ich also zulassen, dass mich diese junge Frau mit einem einfachen Lappen schrubbte, mein Gesicht mit einem Rasiermesser sehr vorsichtig enthaarte und mir schliesslich in meine zweite Hose und ein paar Mokassins half, die mir die Métis geschenkt hatten.

So sass ich nun am Tisch und liess sie den Verband entfernen, meinen Oberkörper schrubben, die Wunde sorgsam auswaschen und wieder verbinden. Sie tat das alles ohne zu zögern oder sich zu beschweren.

Am Ende ihres Werkes sass ich, wieder eingebunden und mit fixiertem Arm, auf meinem Stuhl und sah ihr zu, wie sie mir noch einmal Tee nachgoss. Ich war vollkommen überfordert mit so viel Zuwendung und Freundlichkeit.

Sonnenaufgang fragte leise: „Verfügen wir über etwas Geld? Ich möchte heute hinunter nach Radisson, um Mehl und ein paar Gebrauchsgegenstände zu beschaffen." Ich nickte: „Es ist ein wenig Geld da. Ich werde dich begleiten." Sie schüttelte den Kopf: „Du bleibst hier! Du bist weder in der Verfassung für einen mehrstündigen Marsch noch kannst du Dinge tragen. Ich werde mich alleine schon zurechtfinden."

Es hatte einmal mehr keinen Sinn, ihr Widerworte zu geben. So erhob ich mich und erreichte den Kamin. An der Seite, an einem vorstehenden Stein, hing ein Lederbeutel, den ich ihr in die Hand gab: „Hier drin ist alles, was ich an Barschaft noch besitze. Sobald ich genesen bin, werden wir eine grosse Jagd und einige Sammeltage einlegen. Wenn wir genügend Kräuter, Beeren und Felle sammeln, lässt sich ein Teil davon bestimmt verkaufen."

Mit wenigen Worten des Abschieds hatte sich die junge Frau auf den Weg gemacht. Ich hatte klare Anweisungen von ihr bekommen, mich im Inneren der Hütte aufzuhalten und nichts zu tun, was meine wenigen Kräfte zu sehr beanspruchen sollte. So blieb mir bald einmal nichts anderes übrig, als mich still hinzusetzen. Ich bereitete mir, entgegen der Anweisungen, doch eine kleine Kanne Kaffee zu und vertrieb mir die einsame Zeit damit, wie ein Wolf im Käfig in der Hütte auf und ab zu gehen. Im Lauf des späten Morgens am Folgetag sah ich sie endlich wiederkommen, aber sie kam nicht allein. Hinter ihr stampften die drei Jäger, die uns schon in Radisson geholfen hatten, mit Säcken und einer Kiste beladen auf mich zu. Auch sie trug ihren Teil. Das alles sah ich durch die einen Spalt weit geöffnete Tür. Ich ging zurück und warf mir meine Decke über die Schultern. So bekleidet trat ich aus der Hütte.

Die anderen sahen mich. Eine Geste der Frau sprach auch auf diese Distanz Bände. Sie hob sich ihre Posttasche von der Schulter und stellte einen grossen Beutel zu Boden, ehe sie resoluten Schrittes bis zu mir trat und mich ohne ein Wort in die Hütte zurückdrängte.

Ich wurde bis zu meinem Lager zurückgedrängt, und erst dort zischte sie: „Bitte geh zurück in dein Bett. Der Arzt hat gesagt, du brauchst eine Woche Ruhe." Ich knurrte: „Du übertreibst. Ich bin ..." Weiter kam ich wieder einmal nicht. Sie funkelte mich mit bösen Augen an: „Du wirst tun, was der Arzt gesagt hat!"

Die drei Jäger hatten die Sachen meiner Gefährtin aufgesammelt und nun auch die Hütte erreicht. Wild Hank sah gerade, wie ich auf mein Lager zurückgedrängt wurde, und grinste vergnügt: „Das war wohl nichts, Felljäger. Diese kleine Frau führt auch bei uns ein strammes Regiment." Er stellte zwei grosse Beutel ab und streckte mir die linke Hand hin, die ich schüttelte. Auch Sam und Ethan traten ein.

Noch während wir uns begrüssten, wurde ich erneut von ihr zurechtgewiesen: „Du hast Kaffee gekocht? Warum tust du all das, was du nicht sollst? Du schädigst dich doch selbst." Ich sog die Luft durch die Zähne ein, schwieg aber. Wenn sie auch nur mein Wohl im Sinn hatte ... es wurde mir allmählich etwas schwierig, ihren militärischen Befehlston in meiner eigenen Hütte einfach nur hinzunehmen. Aber vor den anderen drei Männern liess ich sie gewähren.

Sie bot den dreien aus der Kanne, die ich am Morgen aufgekocht hatte, Kaffee an und brühte für mich frischen Tee auf. Die drei Jäger setzten sich zu Boden. Ethan kam neben meinem Lager zu sitzen. Er stellte fest: „Du bist hier wohlbehütet, Felljäger. So hat sich noch kein Frauenzimmer um einen von uns bemüht." Ich bestätigte: „In der Tat ... so wohl war mir bisher nur als Kind, bei meiner armen Mutter, zu Hause."

Ein Gespräch, das von lustigen und ernsten Momenten zehrte, hatte uns eine gute Stunde lang gefesselt, dann verkündete Wild Hank, der dem Trio klar den Vormann gab, es werde Zeit, sich auf den Weg zu machen: Die drei hatten sich mit anderen Jägern weiter südlich bei einem Zulauf des Flusses zu einer Jagd verabredet und rechneten noch mit sechs bis sieben Wegstunden bis zu ihrem Ziel.

So verabschiedeten wir uns von den drei Jägern, und bald einmal waren wir wieder allein in der Hütte. Die junge Frau sah mich von oben herab an und fragte: „Bist du mir böse, wenn ich dich zurechtweise?" Ich hob den Kopf: „Nun ja ... ich bin kein kleiner Junge mehr. Aber ich will mir einreden, dass du dich um mich sorgst und du darum manchmal zu mütterlich an mir handelst." Sie schluckte: „Du hast das sehr schön ausgedrückt. Die Wahrheit liegt dem ziemlich nahe. Willst du mir gestatten, mich zu erklären?"

Ich hatte mich aufgesetzt. Sie setzte sich mir gegenüber auf einen der Stühle und schluckte mit merklicher Schwierigkeit, ehe sie ansetzte: „Du hast mir viele Dinge beigebracht, dir viel Zeit genommen, damit ich die Spuren im Boden sehe, die Pflanzen und Tiere voneinander zu unterscheiden verstehe, mich mit der Waffe behaupten kann und mich nicht mehr auf die Hilfe anderer Menschen verlassen muss. Aber immer geschieht dies unter deiner brüderlich herzlichen Aufsicht. Nun ist mir plötzlich die Verantwortung für etwas übergeben, was mir lieb und teuer ist. Und ich will einfach nicht versagen."

Ich nickte: „Lieb und teuer ... das ist nett von dir. Und fühlst du dich dieser Verantwortung gewachsen?" Sie schluckte: „Das weiss ich nicht. Ich habe Angst, dass dir etwas zustösst. Ich will nicht, dass du leidest, und ich will auch nicht erleben, dass du von mir enttäuscht bist. Ich schulde dir so viel. Von dir habe ich ein ganz neues, einfaches und wunderschönes Leben bekommen, nahe der Natur und den Naturvölkern. Wenn du aber nicht mehr bist ... dann weiss ich nicht mehr weiter."

Ich erhob mich langsam. Sie sah mir ohne ein Wort zu. Ich streckte mich und ging mit gutem und sicherem Schritt in der Hütte auf und ab. An der Tür blieb ich stehen und sah zurück zu ihr ehe ich mitteilte: „Siehst du? Ich bin verwundet worden, nicht zum ersten und nicht zum letzten Mal. Die Kugel ist nicht mehr in meinem Fleisch und der Arzt hat mir Schonung verordnet. Ich stehe auf meinen Beinen und es geht mir den Umständen entsprechend gut. Kümmere dich um mich wie um den Jagdgefährten, der sich genauso um dich kümmern würde, wenn du verwundet wärst. Aber bemuttere mich bitte nicht."

Sie sah mich an. Entschlossen erhob sie sich und trat bis zu mir. Ihre Hände legten sich um meine Hüften und ihr Kopf langte ganz vorsichtig an meiner linken Brustseite an: „Ich muss endlich etwas wissen. Und du darfst mir nicht mehr ausweichen." Ich legte meinen heilen Arm um ihre Schultern: „Weiche ich dir aus?"

Sie liess mich los und trat einen Schritt zurück: „Immer wieder. Du bist sehr gewandt darin, keine oder ungenügende Antworten zu geben. Ich werde mich bemühen, meine Frage so deutlich wie möglich zu halten, und möchte eine gleichermassen klare Antwort von dir hören." Jetzt grinste ich: „Dann setze ich mich besser."

Ich hatte auf einem der Stühle Platz genommen. Sie setzte sich auf den anderen, mit dem sie sich mir zuwandte. Ihre kleinen Hände vergrub sie in ihrem Schoss, als sie ansetzte: „Du hast mir den Standpunkt klargemacht, den Mark Adam, Pächtersohn, gegenüber Rebecca Sinclair, von adliger Geburt, vertritt. Nun will Sonnenaufgang aber wissen, was Felljäger für seine Mitbewohnerin und Jagdgefährtin empfindet. Ich will wissen, was Felljäger dazu bewegt, sich um Sonnenaufgang zu kümmern, sie zu belehren und zu schulen. Ich will wissen, was du für mich fühlst. Und ich will keine Floskeln und keine ausweichenden Antworten hören. Bitte sprich von Herzen!"

Ich hatte das Gesicht verzogen. Das geschah sehr oft, wenn ich nicht wusste, was ich tun oder sagen sollte. Und entgegen meinem gegen aussen starken und entschlussfreudigen Charakter geschah es oft genug, dass ich mit den Antworten oder Entscheidungen rang.

Auch in jenem Augenblick, in dem eine sehr direkte und deutliche Frage mir eine eindeutige Antwort abnötigen wollte, war ich dem inneren Zerwürfnis viel näher, als ich es von zuvor kannte. Ich schloss die Augen, um die ihren zu meiden, aber auch das hätte ich wohl nicht für den Rest des Tages gekonnt.

Also sah ich sie wieder an: „Ich ... wenn ich offen zu dir sein soll ... weiss ich es nicht. So weit habe ich nie gedacht. Erst war es die Verpflichtung gegenüber deiner Mutter, dazu der Wunsch, dir mein Wissen zu vermitteln. Als dann diese Waffe auf dich gerichtet wurde ... dir darf einfach nichts geschehen. Mein Herz und mein Verstand verlangen das. Aber ich habe mich dazu nie hinterfragt." Sie hob die Augen in meine und bat: „Würdest du dich bitte damit beschäftigen? Ich brauche Klarheit, was dich betrifft."

Das wäre vermutlich einer der Momente gewesen, in denen ich ganz einfach nach draussen gegangen wäre, um mich am Seeufer niederzusetzen und meinen Kopf freizumachen. Aber das wollte sie nicht. Ich sollte vor den Herbstwinden Schutz in der Hütte finden.

Langsam legte ich eine Hand auf den Tisch und schloss die Augen. Auch das dauerte aber nur wenige Augenblicke, bis ich sie wieder aufriss und Sonnenaufgang anstarrte. Mein Mund wurde trocken und meine Muskeln verkrampften sich. Ich keuchte: „Bitte nicht, Sonnenaufgang ... das kann ich nicht." Sie sah mich fragend an: „Was kannst du nicht?" Ich hauchte: „Du suchst Antworten auf deine Empfindungen. Du willst von mir ein Zugeständnis, das ich noch nie gegeben habe. Meine Güte, Kind ... du bist so jung und ..."

Ich brach ab. Wie gerne wäre ich jetzt aus dem Haus gestürmt und hätte mich auf ein paar Tage bei den Métis versteckt. Aber sie hätte mich dieses eine Mal nicht gehen lassen. Ich sass in einer von Vorsicht, Güte und Zuwendung geschaffenen Falle fest, aus der ich kein Entrinnen finden konnte.

Mit etwas Mühe war ich wieder auf den Beinen. Ich mass den heute so klein wirkenden Raum mit weiten Schritten, immer wieder von der einen leeren Wand zur anderen und dann in die entgegengesetzte Richtung.

Immer wieder kam ich am Tisch vorbei, sah sie dabei aber nicht an, bis sie sich endlich ebenfalls erhob und sich mir in den Weg stellte: „Du kannst nicht von hier weg und ich werde dir die Antwort auf meine Frage nicht erlassen. Du musst dich endlich damit beschäftigen. Was willst du von mir? Was darf ich von dir wollen?"

Ich schluckte merklich: „Das weiss ich nicht. Ich weiss es ganz einfach nicht. Ich kenne diese Empfindungen nicht. Ich habe noch nie so empfunden und ich weiss nicht einmal, ob ich je so empfinden werde. Es tut mir leid, wenn ich in dir etwas geweckt habe, das ich vielleicht nicht zurückgeben kann."

Nun war es an ihr, keine Antwort mehr zu haben. Sie schwieg mich an, aber ihre Augen, die mich anblickten, trugen eine Mischung aus Trotz und Stolz in sich. Sie bestimmte: „Du wirst es merken. Ich werde dir helfen zu verstehen, was uns verbindet." – „Wie stellst du dir das vor?", wagte ich zu fragen. Und damit hatte ich mich gleich selber in das nächste Ungemach gefügt. Sie zeigte auf die verschiedenen Packen und Beutel, die sie mitgebracht hatte.

Ohne mich eines weiteren Wortes zu würdigen, trat sie an die Waren. Sie holte meinen kleinen Lederbeutel hervor und versicherte: „Ich war sparsam, aber ich musste einfach gewisse Dinge besorgen. Komm und setz dich. Ich möchte diesen Hausstand etwas aufwerten. Ich habe uns vier Teller und vier Tassen beschafft. Dazu habe ich ein paar Messer, Gabeln und Löffel sowie zwei Tischdecken mitgebracht. Ich habe mir einen Ballen Stoff, Nadeln und Faden besorgt. Ich werde ein paar Vorhänge für das Fenster nähen und auch einen für hier drin. Du kannst dich im Winter nicht jeden Morgen und Abend nach draussen begeben. So holst du dir den Tod. Und für mich habe ich eine Bürste und zwei einfache Haarspangen gefunden. Zudem können wir nicht immer Wild und getrocknete Beeren speisen. Ich habe einen Sack Mehl, einen mit Bohnen und einen mit Mais gebracht. Ich werde eigenes Brot backen und dir zwischendurch ein paar Köstlichkeiten aus der Küche meiner lieben Mutter zubereiten. Du wirst sehen, dass ich eine ganz gute Hausherrin sein kann."

Nach und nach kamen weitere nützliche Gegenstände zum Vorschein. So hatte sie auch eine Hacke und eine Schaufel besorgt, dazu Samen von verschiedenem Gemüse. Sie hatte zudem Nägel und Nadelbaumharz mitgebracht. Dazu wurde mir nun eröffnet, dass sie neben der Hütte ein kleines Gemüsebeet anlegen wollte und dass wir gemeinsam die Risse, deren die Hütte ein paar aufwies, mit dem Harz verschliessen wollten, um die Wärme der Hütte zu wahren. Sie hatte viele Pläne für unser gemeinsames Haus und machte damit eigentlich genau das, was wohl eine gute Pächterin oder Tagelöhnerin im fernen Schottland für ihren Gatten getan hätte, während dieser um das Wohl der Familie besorgt gewesen wäre.

Da ich nicht sprach, nachdem sie fast eine Stunde lang ihre neuen und umfangreichen Pläne ausgebreitet hatte, sah sie mich erwartungsvoll an. Ich zuckte die Schultern: „Es ist viel, was du da tun willst. Ich weiss nicht, was ich dazu sagen soll." Sie schmunzelte: „Wie oft hast du dich schon hinaus gewünscht?" Ich schluckte, antwortete aber nicht.

Sie erhob sich und meinte: „Ich mache dir jetzt den Arm frei, damit du dein Wams anziehen magst. Aber du trägst den Arm trotzdem in einer Schlinge um den Hals und legst dir eine warme Decke über, sonst lasse ich dich nicht raus!"

Da ihr bestimmter Ton kein Widerwort zugelassen hatte, gestattete ich, dass sie mich aus dem Verband befreite, mich wusch und mich dann neu verband, ohne meinen Arm zu fixieren. Ich bekam ein sauberes Wams, in das ich schlüpfte. Eine aus einfachem Leder gemachte Schlinge wurde mir um den Hals gebunden und an zwei Stellen am rechten Arm fixiert.

Sie nahm eine der Decken von meinem Bett und legte sie mit nahezu mütterlicher Vorsicht um meinen Oberkörper, wo sie dann mit einem Riemen um meinen Wanst festgebunden wurde. So durfte ich endlich nach draussen.

Wie lange ich auf dem einen, einsamen Felsen am Seeufer gesessen hatte, weiss ich nicht mehr. Ich hatte einfach nur auf den See gestarrt und in meinem Kopf so viele Gedanken hin und her gewälzt. Was gerade auf mich zukam, war ein Selbstgeständnis über mir unbekannte, tiefe und innige Empfindungen, vielleicht von Liebe. Mir wurde bewusst, dass ich mit über dreissig Jahren von der Liebe nichts wusste und von den Empfindungen, die daraus erwachsen sollten, nur begrenzt Kenntnis hatte.

Meine Zweifel äusserten sich auch darin, dass ich immer die Ansicht vertreten hatte, dass ein Mann einer Frau eine sichere Bleibe und einen geregeltes Leben zu bieten hatte, wenn er sie denn zur Braut nahm. Aber hier am Bibersee war alles anders, alles irgendwie unfertig. Diese Hütte war keine sichere Bleibe.

In einem zweiten Gedankengang ertappte ich mich dabei, wie ich schon mehrfach die langen und geschmeidigen Beine meiner Jagdgefährtin bewundert hatte. Ich musste mir auch eingestehen, dass ich manchmal gebannt auf das sah, was ihr Wams mit Wölbungen füllte, die in dieser Umgegend schon manche Bewunderer gefunden hatten. Von ihrem Lächeln war ich schon bei unserem ersten Zusammentreffen in Radisson bezaubert gewesen. Ihre Haut war trotz der rauen Tätigkeiten weich und ihre Berührungen immer gemessen angenehm.

Es war mir folglich deutlich geworden, dass ich ein grosser Glückspilz war. Die Wirren um das Schicksals von Ravenscraig Castle hatten mich, einfachen Landarbeiter und heute Jäger, mit einer dem Adel entwachsenen und damit noch viel edleren Schönen gesegnet, der ich nicht gleichgültig war. Ich durfte mich dieser Gewissheit erfreuen. Zugleich aber weigerte ich mich, das einfach so hinzunehmen. Ich wollte dieses junge Geschöpf nicht einfach aus Gewohnheit mein Eigen nennen, um es meiner Gier und Freude untertan zu machen. Mein Stolz verbot mir solch ein Verhalten. Wenn es denn wirklich mehr war als Kameradschaft, was uns verband, dann musste dies nach allen

Regeln der Gemeinschaft besiegelt werden, bevor ich etwas tat, was ich vielleicht ein Leben lang zu bereuen hatte.

Ich hatte mich langsam erhoben. Meine Augen suchten ein Lebenszeichen auf dem Spiegel des Wassers, aber nichts schien sich zu bewegen. Langsam drehte ich mich zur Hütte und sah meine ärmliche Behausung entlang. Was besass ich? Diese einfache Holzbaute war das unfreiwillige Vermächtnis eines noch ärmeren Mannes gewesen. Ich hatte alles, was darin gewesen war, mit der Zeit verschenkt oder durch Gebrauch beschädigt oder vernichtet.

Wenn ich genau darüber nachdachte, besass ich drei Töpfe, ein paar Waffen, wenige Holzschalen und ein paar Kleidungsstücke. Mein grösster weltlicher Besitz waren vermutlich die Briefe, die ich von Rebecca zurückbekommen hatte.

Ja, es entsprach einer ungeschriebenen Wahrheit. Am schönen Bibersee wohnte ein armer Mann, ein Waldläufer ohne wirkliches Eigentum. Und dieser hatte beim besten Willen gar nichts, was er einer Frau bieten konnte.

Mit gesenktem Haupt erreichte ich die Hütte und trat ein. Sonnenaufgang sass beim Kamin und schnitt ein Stück Wildbret in kleine Würfel, die danach im Topf landeten, der über dem Feuer stand. Sie sah mich an und meinte: „Ich koche uns eine gute Fleischbrühe mit Bohnen. Die wird dir die Kraft wiederbringen." Ich lächelte: „Das wird mir gut tun."

Müde schälte ich mich aus der Decke und setzte mich an den Tisch, auf dem nun eine hellgelbe Tischdecke lag. Da der Tisch auch gedeckt war, musste ich annehmen, dass ich lange genug draussen gesessen hatte.

Meine Gefährtin gab mir die entsprechende Bestätigung: „Du warst mehrere Stunden draussen. Hast du dich so lange mit deinen Gedanken beschäftigt?" Ich bestätigte: „Vorwiegend damit. Ich bitte dich aber, mich bis morgen früh von jeglicher Pflicht zur Antwort zu entbinden. Ich möchte über das, was ich mir da draussen selbst eingeredet habe, eine Nacht schlafen, bevor ich Unsinn spreche."

Sie lächelte: „Du bist und bleibst eben ein dummer Mann, aber ein vorsichtiger. Bis morgen früh sei dir Zeit gewährt."

11

Stiller Fels weiss ...

Nach einer mundenden Mahlzeit entschied Sonnenaufgang, dass ich mich besser wieder auf meinem Lager ausstrecken sollte, denn ich war fast den ganzen Tag auf den Beinen gewesen und das war in ihren Augen meiner Genesung nicht förderlich. Ich liess es also zu, dass sie mich noch einmal wie einen kleinen Jungen ins Bett schickte, und rechnete dies ihrer Fürsorge an. Mein Schlaf war weder tief noch erholsam und schon gar nicht heilend gewesen. Ich hatte mir lange Zeit meine Gedanken durch den Kopf gehen lassen. Dabei hatte ich nicht einmal bemerkt, wie sie sich, wenige Armlängen von meinem Lager weg, bettfertig gemacht hatte und schliesslich auch die Lagerstätte aufgesucht hatte. Nun dämmerte es bereits, der Morgen nahte. Ich war nicht ausgeruht und mein Kopf dröhnte, als hätte ein Hornissennest darin Platz gefunden.

Das sah die junge Frau, als sie sich erhob. Sie kniete neben meinem Lager nieder und strich mir mit der Hand über die Stirn. Dazu flüsterte sie: „Du bist heiss wie Glut. Fieber hat dich erfasst. Ich will, dass du dieses Lager nicht verlässt! Du sollst ruhen und schwitzen. Das wird dir gut tun." Ich widersprach nicht. Ich sah ihr noch zu, wie sie zum Feuer ging, dann war es um mich herum wieder dunkel. Meine Augen schlossen sich.

Ich schüttelte mich. Es lagen zwei Decken über mir. Meine Kleidung war nass, als wäre ich in voller Bekleidung im See geschwommen. Langsam suchte ich, mich zu erheben. Mit grosser Mühe erreichte ich den Tisch, an den ich mich ermattet setzte. Ich war allein. Ich fühlte mich müde und ohne Kraft. Wenigstens vor die Hütte wollte ich es schaffen. Sonnenaufgang konnte nicht weit sein.

Eine Hand rüttelte vorsichtig an meiner linken Schulter. Ich schlug die Augen auf und sah mich. Um. Ich lag vor der Hütte zu Boden, das Gesicht fast auf der Erde. Sonnenaufgang sah auf mich herunter: „Du dummer Mann musstest dich ja beweisen. Komm, lass dir helfen. Ich bringe dich hinein."

Es gab keine Gegenwehr von mir. Auf den Arm der jungen Frau gestützt, erhob ich mich langsam und torkelte in die Hütte. Sonnenaufgang setzte mich vor dem Feuer zu Boden und fragte: „Wann bist du aus deinem Lager gekommen?" Ich zuckte die Schultern: „Ich habe kein Zeitgefühl. Es war früh am Morgen, als du sagtest, ich sei glühend heiss, dann bin ich wieder entschlummert. Als ich aufwachte, war ich allein und schwitzte. Ich wollte vor die Hütte. Mehr weiss ich nicht mehr."

Sie nickte: „Du warst fast einen Tag lang fiebrig und bewusstlos. Ich bin wie ein gehetztes Wild nach Radisson gerannt und habe Medizin geholt. Der Arzt konnte nicht mitgehen, aber er hat mir Medizin mitgegeben, die dir bestimmt helfen wird, gesund zu werden." Ich keuchte: „Die Métis können helfen."

Sie verstand mein Ansinnen: Ich erklärte ihr mit leiser Stimme, dass sie vor der Hütte ein Feuer anbrennen möge. Danach sollte sie mit einer Decke den Rauch drei Mal unterbinden und nach ein paar Augenblicken wieder freigeben, damit er in den Himmel steige. Sie widersprach mir nicht. Sie tat, was ich erbeten hatte.

Sie hatte mir geholfen mich zu entkleiden. Der Verband war wieder leicht rot gefärbt. Ich war wohl so unruhig gewesen, dass die Wunde wieder zu bluten begonnen hatte. Sonnenaufgang entfernte den Verband und wollte mich gerade mit einem Lappen zu waschen beginnen, als die Tür der Hütte aufschwang.

Im Türrahmen erschien Wolfszahn, hinter ihm folgte der Medizinmann der Métis und ein weiterer junger Krieger schloss die kurze Reihe. Sie kamen ohne zu grüssen bis zu mir. Der Medizinmann sah nach mir und murmelte: „Stiller Fels kommt doch zur rechten Zeit. Das Rauchzeichen war sehr missverständlich."

Ich hob die Augen: „Sonnenaufgang hat mich … es war …"
Der alte Mann schüttelte den Kopf: „Schweig, Bruder. Stiller

Fels weiss." Er liess sich von seinem Begleiter eine Tasche reichen und wies ihn an, draussen nach frischem Moos zu suchen.

Nachdem der Krieger mit dem gewünschten Moos zurückgekehrt war, wurde dieses mit einer gelbbraunen Paste vermengt, die so streng roch, dass ich daran zugrunde gehen konnte. Der alte Mann legte diese Mischung auf meine Wunde, die sich sogleich unerwartet kühl anfühlte. Der Medizinmann verlangte mehr Moos und verband inzwischen meinen Oberkörper von neuem unter den wachsamen Augen meiner Jagdgefährtin. Sie durfte mich nun mit Lappen und Wasser reinigen und dann wurde ich wieder auf mein Lager gebettet.

Stiller Fels hatte auf dem Tisch eine meiner Holzschalen genommen, in der er noch mehr von der scheusslich riechenden Paste mit Moos vermengte. Er reichte Sonnenaufgang die Schale und Wolfszahn erklärte: „Du wirst beim nächsten Sonnenuntergang die Heilsalbe auf der Wunde verteilen. Felljäger bleibt für zwei Sonnenuntergänge liegen und geht nicht hinaus. Am dritten Tag wird er so weit wiederhergestellt sein, dass er ohne Schmerz in der Brust und ohne Hitze im Blut den Weg der Jagd begehen können wird. Stiller Fels verspricht es."

Die junge Frau äusserte sich nicht. Sie sah den alten Heiler an, der sich erhoben hatte und nun seine Tasche wieder dem Krieger reichte, der ihn begleitete. Ein leises Murren unterstrich die Anweisungen, die Wolfszahn gegeben hatte.

Meine Stimme war nun zu vernehmen: „Wie konnten die Métis so schnell hier sein? Der Weg ist weit.» Wolfszahn klärte: „Das Wasser hat die Métis getragen. Roter Fuchs und Wolfszahn sind gute Ruderer.»

In seiner Sprache dankte ich Stiller Fels für sein Kommen und sprach seinen Begleitern meine besten Wünsche für den Rückweg aus. Man verabschiedete sich von mir mit einem stummen Handzeichen und nacheinander verschwanden die drei Männer wieder.

Meine Gefährtin ging bis zur Tür. Einige Augenblicke lang sah Sonnenaufgang hinter den dreien nach, ehe sie die Tür schloss und sich zu mir umdrehte. Ihre hellen Augen wirkten traurig, als sie schluckte: „Du warst in wirklicher Gefahr und ich habe ..."

Mit ruhiger Stimme unterbrach ich sie: „Es ist gut. Du kannst nicht auch noch Medizinerin sein. Du hast all das getan, was du konntest. Und das hast du nach deinem besten Wissen getan. zudem hast du die Hilfe angenommen, die dir geboten wurde. Das zeugt von einer Demut, die ich auf Ravenscraig Castle nie sehen durfte. Sonnenaufgang hat die Vergangenheit vollständig hinter sich gelassen. Ich bin stolz auf dich."

Sie kniete neben meinem Lager nieder: „Ach, halt den Mund, du dummer Mann. Wenn du mir noch einmal so einen Schrecken einjagst, werde ich dich persönlich in den See werfen. Du bleibst jetzt zwei Tage lang in diesem Bett, egal, ob die Hütte niederbrennt. Der alte Mann will das so. Und so lange bist du auch davor verschont, mir eine ausreichende Antwort auf meine Fragen zu geben. Aber danach ..."

Ich hob die Hand: „Die Antwort, die du suchst, kenne ich nicht, nicht heute und nicht in zwei Tagen. Du hattest vollkommen recht, als du sagtest, dass ich nicht wisse, was unter deiner Bekleidung sei, dass ich nicht wisse, was unter der Bekleidung jeder Frau sei. Ich habe nie geliebt und ich bin auch nie mit einer Frau zusammengewesen. Du bist das erste weibliche Wesen nach meiner Mutter, mit dem ich länger als einen Tag den Weg geteilt habe. Ich habe in deinen Augen und in deinen Taten oftmals Bewunderung für meine Fertigkeiten und Stolz für meine Lehren entdeckt. Ich habe aber nicht gewusst, dass du etwas Tieferes für mich empfinden könntest." – „Könntest du das für mich nicht?" wollte sie wissen.

Ich verzog das Gesicht: „Ich weiss es leider nicht, Sonnenaufgang. Es ist mir aufgefallen, dass du körperliche Vorzüge aufweist. Es steht ausser Frage, dass du eine empfindsame und sehr gütige Begleiterin bist. Aber ich ... ich will nicht der Wüstling sein, der die zarte Blüte deiner Liebe missbraucht, ohne etwas dafür zurückzugeben. Ich bitte dich daher darum, mir die Zeit zu lassen, die es eben brauchen wird, um mein Herz zu prüfen. Ich will dir nichts antun, was dir zum Schaden gereichen könnte."

Mit einem Lachen auf den Lippen legte sie mir eine Hand auf den Mund: „Ich bleibe dabei. Du bist ein ganz dummer Mann. Du würdest mich wohl noch schonen, wenn ich unbekleidet auf deinem Lager liegen würde. Das ehrt dich. Deine Sachlichkeit und dein Respekt bestätigen mich darin, dass du besonders bist. Ich werde ab sogleich jeden Tag um den Platz an deiner Seite werben." Ich antwortete nicht, sollte aber bald lernen, was eine Frau alles zu tun im Stande ist, wenn sie um etwas kämpft.

Noch an jenem Tag hatte Sonnenaufgang zum ersten Mal Maisbrot gebacken. Dazu hatte sie einfach die Maiskörner zu Mus zermahlen, die Masse mit Mehl, Wasser und einem Hauch Salz vermengt und den Klumpen so über der Glut im Kamin gebacken. Ich hatte seit meinem letzten Besuch in der Stadt kein Brot mehr genossen, aber dieser einfache Klumpen Maispaste mit Mehl war unser erstes eigenes Brot; somit das beste Brot, das ich je gekostet hatte.

Dazu bekam ich Bohneneintopf und eine Scheibe Elchenlende zum Nachtessen gereicht. Zum ersten Mal, seit ich als Felljäger in der Wildnis lebte, besass ich einen einfachen Porzellanteller, von dem ich speiste. Ich benutzte das Jagdmesser nicht als Tischbesteck.

Im Stillen bewunderte ich die kleinen Verbesserungen, mit denen meine Gefährtin unser Leben ein bisschen angenehmer, ja, reicher, gemacht hatte.

Die Nacht brach herein, als Sonnenaufgang noch mit Nadel und Faden in mühevoller Kleinarbeit aus dem Stoff, den sie beschafft hatte, einen mannshohen Vorhang zu nähen trachtete. Ich fragte beiläufig, wie sie diesen befestigen wolle, und erfuhr so, dass der Stamm einer Birke hierfür reichen würde. Ich musste feststellen, dass diese junge Frau sehr gut wusste, was und wie sie es tat. Sie hatte Gedanken gefasst und Pläne gestaltet, die weit über mein einfaches Verständnis eines Zuhauses hinausgingen.

Leise fragte ich: „Du hast dir wohl schon einige Verbesserungen überlegt, oder?" Sie nickte: „Mehr als das. Aber das hat Zeit. Du hast zwei Tage Bettruhe zu halten. Wenn du wieder sicher auf den Beinen stehst, werden wir zusammen unsere Hütte hier und dort ausbessern und uns Annehmlichkeiten schaffen."

Ich hatte nur genickt. Es war nun nicht mehr meine Hütte, es war folglich unsere Hütte. Und sie sollte wohnlicher werden, wohl die gestalterische Hand einer Frau spüren. Ich legte den Kopf zurück in mein einfaches Kissen.

Sie erhob sich langsam vom Tisch. Mit einer schnellen Bewegung kniete sie neben mir. Sie prüfte meinen Verband, der immer noch streng roch.

Dann flüsterte sie: „Ich werde dir den Rücken zukehren. Wenn du willst, darfst du hinsehen. Ich bin es leid, Spielchen zu spielen. Wenn du mich begehren willst, hast du dann wenigstens einen Grund dafür." Ich schluckte: „Ich werde zur anderen Seite sehen." Sie schüttelte den Kopf: „Du bist und bleibst ein ganz dummer Mann."

Am Folgetag hatte sie endlich den Vorhang so hinbekommen, wie sie es sich vorgestellt hatte. Ich durfte ihr zusehen, wie sie zwei weitere Stücke aus dem Stoffballen schnitt, um für das einzige Fenster ebenfalls Vorhänge zu schneidern. Damit, und mit kleinen Ausbesserungen an einigen Kleidungsstücken, verbrachte sie den Vormittag.

Nachdem wir beide zu Mittag gegessen hatten, standen plötzlich und ohne Vorwarnung Stiller Fels und seine beiden Begleiter vor der Tür. Sie wurden eingelassen. Der Medizinmann prüfte meine Wunde und nickte zufrieden. Dabei sah er Wolfszahn an. Der schien ihn zu verstehen, denn dieser bat seinen Begleiter und Sonnenaufgang vor die Hütte.

Der Medizinmann setzte sich zu meinem Lager. Er sah enttäuscht auf mich hinunter: „Will der, den sie heute Felljäger nennen, dereinst als Hasenfuss bekannt sein?" Ich schluckte. Das war eine direkte Anspielung auf meinen Mut. Und es schien, als würde der weise Métis an ebendiesem zweifeln.

Ich schüttelte also den Kopf: „Felljäger fürchtet nichts und niemanden." Der andere schnaubte: „Also gehört sie dir." Das verneinte ich: „Nein, Stiller Fels. Sie ist eine freie und unabhängige Jägerin. Sie mag kommen und gehen, wie es ihr beliebt."

Stiller Fels lachte nun fast verächtlich: „Und für eine freie Jägerin, die kommen und gehen darf, wie es ihr beliebt, hat Felljäger sein Leben in die Waagschale des Schicksals gegeben? Ist das wirklich die Wahrheit, die Felljäger seinem alten Freund verkaufen will?"

Meine Stimme versagte fast: „Nein, natürlich nicht. Aber es geht nicht so, wie die Métis das tun: Sie soll frei entscheiden, ob sie meine Frau sein will, und wenn sie das nicht will, werde ich sie ziehen lassen." – „Willst du sie überhaupt, weisser Mann?", zischte mein Gegenüber.

Nun wurde ich stumm. Diese Frage, dieses unsägliche Grübeln meinerseits. Ich wusste es ganz einfach nicht. Natürlich wäre Sonnenaufgang eine wunderbare Lebensgefährtin für jeden Mann gewesen. Allein schon ob ihrer Fertigkeiten, ihrer Schönheit und der Milde ihres Handelns war sie mehr, als ich jemals hätte für mich wollen können. Aber ich zweifelte ... an mir, an der Sache selbst.

Stiller Fels ergriff abermals das Wort: „Sonnenaufgang die Jägerin weiss, was sie will. Der Felljäger weiss es nicht. Aber er mag sich immer vor Augen führen, dass man nicht ohne gute Gründe einen Menschen aufnimmt, ihn speist und schult." – „Die Métis haben dies doch an mir auch getan", widersprach ich. Der Medizinmann grinste nun: „Weiter Weg und sein Volk standen in der Schuld des weissen Jägers. Felljäger war der erste weisse Mann nach Kyle Tyler, der unser Dorf mit der Waffe in der Hand betreten durfte. Vor euch war keiner und danach wird vielleicht keiner sein. Stiller Fels rät dir, dich zu hinterfragen. Zweifle nicht weiter, zögere nicht zu lange. Manitu ist geduldig, aber diese Geduld währt nicht ewig."

Ich sah ihn offen an: „Ich mache noch viel falsch, nicht wahr?" Er schüttelte den Kopf: „Du tust oft das Richtige, Felljäger. Nur fehlt dir das Wissen über Dinge, die für uns selbstverständlich sind." – „Will dein Volk mich denn hierin unterweisen?", bat ich.

Der andere erhob sich: „Das Herz wird dich führen, mein junger Freund. Stiller Fels weiss, dass du verstehen wirst. Wir lassen dich in der Obhut der jungen, aber weisen Sonnenaufgang zurück. Morgen Abend wirst du aufstehen und am folgenden Tag wird der Körper des Jägers wieder den Anforderungen des Alltags genügen. Das Herz allerdings muss noch viel arbeiten." Sonnenaufgang und die beiden Krieger wurden in die Hütte gerufen. Ich sah das nur noch matt. Müdigkeit und vor allem Schmerz übermannten mich allmählich. Ich bemerkte noch, wie der eine Métis etwas auf den Tisch legte und sich die Hände zum Gruss hoben.

Ich bekam bald nichts mehr mit. Meine Augen fielen zu und ich liess mich vom Schlummer heilsam durch den Nachmittag tragen. Als ich von einer sanften Hand geweckt wurde, roch es im Inneren der Hütte nach gebratenem Fisch.

Mit unsicherem Blick sah ich Sonnenaufgang fragend an und erfuhr, dass Wolfszahn und Roter Fuchs ihr während meines Gespräches mit dem Medizinmann gezeigt hatten, wie sie Fische erbeuten konnte. Zusammen hatten sie einige Beute gemacht.

Ich setzte mich auf. Sie hatte die Fische gereinigt, aufgetrennt, ausgenommen und gebraten. Ich brauchte mir nur noch einen Teller vorsetzen zu lassen und diese neue Nahrungsquelle zu geniessen.

Dabei sah mich dieses milde Wesen nur einen Moment lang verstohlen an, ehe sie fragte: „Was hast du mit Stiller Fels besprochen?" Ich gestand: „Es ging um dich." Sie lächelte: „Ach so? Warum denn? War ich im Dorf nicht …" – „Nicht deswegen", zischte ich. „Er spricht die gleichen Dinge an wie du. Er meinte, meinem Körper wird es sehr bald schon besser gehen, aber ich solle derweil mein Herz hinterfragen." Sie stellte fest: „Das habe ich dir auch gesagt." Ich bestätigte unsicher: „Ja, das hast du. Und ich habe es wohl nicht verstehen wollen."

Sie sah mir plötzlich tief in die Augen und ich fürchtete schon fast, diesem innigen Blick nicht widerstehen zu können, als ihre warme Stimme mich aufforderte: „Du wirst jetzt essen, dann verbinde ich dich neu und du legst dich wieder ins Bett. Ruhe dich aus und nutzte die Zeit, um in dich zu gehen. Und wenn ich mich umziehe, will ich, dass du hinsiehst."

„Warum tust du das?", wollte ich verunsichert wissen. Sie klärte mich auf: „Weil du ein dummer Mann bist. Wie willst du dir jemals einen Sack Bohnen kaufen, wenn du nicht prüfst, ob wirklich Bohnen in dem Sack sind? Ich vertraue dir bedeutend mehr als du dir selbst. Ich drehe dir beim Umkleiden auch brav den Rücken zu. Ich bitte dich aber, dich nicht abzuwenden. Sieh dir endlich an, was unter dem Wams ist. Es wäre schon lange dein, wenn du nicht so ein dummer Mann wärst."

Es war ein ungewohntes und zugleich beschämendes Gefühl. Ich war gewaschen, neu mit der streng riechenden Masse eingeschmiert, angezogen und eingebettet. Sonnenaufgang stand bei ihrem Lager und schlüpfte aus Stiefel und Arbeitshose. Dabei sah sie mich an. Ihr Wams verdeckte noch alles, was Sitte und Anstand mir nicht zu zeigen hatten. Leise gab sie bekannt: „Ich drehe mich jetzt um und ziehe mir das Wams aus und das Hemd an. Ich will deine Blicke spüren!"

Sie hatte es wirklich getan. Sie drehte mir den Rücken zu, griff mit einer Hand das Wams hinten am Hals und zog es sich über den Kopf. Ich schluckte merklich, als dieses junge, von Gott so lieblich gemachte Geschöpf in seiner fast vollständigen und wehrlosen Nacktheit vor mir stand. Es dauerte nur wenige Augenblicke, bis sie das Hemd von ihrem Lager aufgehoben hatte und hineinschlüpfte. Die kleinen Finger knöpften es vorne zu und sie drehte sich bettfertig wieder zu mir um.

Ihre Schritte führten sie zu mir ans Lager, wo sie sich abermals niederkniete. Sie sah in meine weit aufgerissenen Augen und lächelte: „Du hast hingesehen." Mein Nicken und ein lautes Seufzen sprachen wohl mehr aus, als ich hätte sagen können.

Sie legte ihre beiden Hände auf meine und flüsterte: „Dir hat gefallen, was du gesehen hast." Ich nickte abermals, ohne einen Laut von mir zu geben. Sie senkte ihr Gesicht hinunter auf meines und drückte meiner Stirn den ersten Kuss auf, den ich je von einer anderen Frau als meiner Mutter bekommen hatte. Und dabei bestätigte sich einmal mehr, was diese Frau schon seit langem immer wieder zu mir sagte: Ich war eben doch nur ein dummer Mann. Oder nein: Ich war ein dummer Junge.

Ein richtiger Mann hätte diese junge Augenweide auf sein Lager gezerrt und ihr seine Gier zu spüren gegeben. Ich aber sah einfach nur in dieses Gesicht, das sich wieder von meiner Stirn entfernte, und hauchte kaum hörbar: „Du bist äusserst ansprechend." Sie lachte: „Das musst du noch üben, du dummer Mann. Aber ich habe dich verstanden. Dieses Schauspiel darfst du jeden Morgen und jeden Abend geniessen, wenn du den Mut hast, im richtigen Moment die Augen aufzumachen." Ich stammelte nur noch: „Das ... das ist nicht richtig."

Noch immer lachend ging sie zu ihrem Lager und bettete sich ein. Ich lag wach und fühlte mich plötzlich alleine. Bald hörte ich ihre regelmässigen Atemzüge in der Stille der Hütte und wusste, dass Sonnenaufgang friedlich schlummerte.

Sie fürchtete mich nicht. Sie vertraute auf den wohlerzogenen Pächtersohn in mir, wusste sich von mir gehegt und beschützt. Ich aber schlief nicht. Ich hörte den Flammen im Kamin zu, die sich knisternd durch das Holz frassen. Dabei starrte ich in der Dunkelheit an die Decke der Hütte. Ich konnte mich von diesem Tag an nicht mehr selbst belügen. Wenn es denn kein Gefühl der Zuneigung war, das ich hegte, so war es zumindest ein Besitzanspruch, der sich in meiner verwundeten Brust einen Platz suchte. Dieser innere Zwiespalt beschäftigte mich lange genug. Immer, wenn ich die Augen schloss, sah ich in meinen nun sündigen Gedanken sogleich die unbekleidete Rückenhaut dieser jungen Waldelfe.

12

Licht und Dunkel

Als der Morgen endlich gekommen war und ich mich bewusst schlafend stellte, bemerkte ich sie, wie sie sich erhob, wusch und dann umkleidete. Ich öffnete die Augen nicht, bis ich den Duft von frischem Tee in der Nase hatte.

Den ganzen Tag wechselten wir kaum ein Wort. Sie kümmerte sich um den Haushalt, nähte, ging hinaus und kam zurück. Ich fühlte mich matt, kraftlos und unwohl. Sie nahm sich meiner an, brühte mir frischen Tee auf, brachte den Verband um die Wunde in Ordnung und versicherte mir am Abend, dass die Wunde sehr gut aussehe. Ich wollte es einfach glauben. Sie legte meinen Kopf langsam zurück, küsste meine Stirn und flüsterte: „Du wirst genesen."

Langsam hob ich anderentags den Kopf. Sie sass am Feuer und lächelte mich an: „Heute gehen wir hinaus, wenn du dich gut genug dafür fühlst. Du musst dich wieder richtig bewegen, bevor du dich wundliegst."

Ich nickte nur. Langsam erhob ich mich und erreichte den Tisch. Sie stellte zwei Tassen hin und füllte sie mit heissem Tee. Sie setzte sich zu mir und fragte frech: Hast du gut geschlafen?" Ich hob die Augen von meiner Tasse: „Es geht so. Immer, wenn ich die Augen schliesse ... du bist eine Kokette. Warum tust du das?" Sie versicherte: „Ich bin doch keine Kokette, du dummer Mann. Ich will keine sein. Aber ich muss dich irgendwie aus dem Schneckenhaus bekommen, in dem du lebst. Wir beide wissen, dass du etwas gesehen hast, was du haben willst. Und wir sind uns beide einig, dass du den Umgang mit Frauen lernen musst. Warum also nicht mit mir? Ich bin dir ernsthaft zugetan. Und ich weiss, dass es dir ähnlich geht, denn kein Mann, gleichgültig wie dumm er ist, würde sich der tödlichen Kugel für eine Frau in den Weg stellen. Leugne bitte nicht, dass ich dir fehlen würde, wenn ich nicht mehr hier wäre. Und nun sprich bitte weiter ... immer, wenn du die Augen schliesst ..."

In einem einzigen Zug hatte ich mir den Tee in den Rachen gekippt. Das brannte wie das Höllenfeuer. Ich verzog das Gesicht vor Schmerz. Ich wollte auf solche eine Aussage keinesfalls eine Erwiderung folgen lassen. Sie wiederholte fast wortgleich die Dinge, die Stiller Fels mir gesagt hatte.

Sie schüttelte den Kopf: „Du dummer Mann. Was hält dich auf? Bist du so unbeholfen?" Ich knurrte: „Das bin ich bestimmt. Aber das ist nicht meine grösste Sorge. Du sollst wissen, dass ich zweifle. An mir, an dir, an dieser Situation. Du gehörst mir nicht. Das alles ist nicht richtig." Die junge Frau lächelte mich nun an: „Und wenn ich denn doch dein wäre? Wenn du berechtigte Ansprüche stellen dürftest?"

Das war mir denn doch zu viel gewesen. Ich erhob mich, schritt zur Tür und machte mich ohne Eile auf den Weg aus der Hütte. Meine Schritte führten mich zum See, wo ich einmal mehr meinen Lieblingsfelsen zum Sitzplatz aussersah und mich dort in stiller geistiger Sammlung mit dem Blick in die Ferne sehnte.

Dieses Mal blieb ich nicht alleine. Sonnenaufgang war mir gefolgt. Ohne ein Wort zu sagen, setzte sie sich neben mich. Sie legte ihre kleine Hand auf meinen Unterarm und erarbeitete sich somit meine Aufmerksamkeit. Die junge Frau flüsterte: „Immer, wenn du die Augen schliesst ..." Ich wimmerte: „Du willst das herausfordern." Sie nickte nur. Ich nahm allen Mut zusammen: „... sehe ich deinen unbekleideten Körper und will meine Hand danach ausstrecken."

Sonnenaufgang lächelte: „Siehst du? Es tut mir nicht weh, wenn du es aussprichst. Du darfst auswählen ... der Priester in Radisson oder der Medizinmann bei den Métis. Irgendeiner soll mich öffentlich mit dir vermählen und dann hörst du dummer Mann auf, dich mir zu verweigern. Wenn du mein Gemahl

bist, ist es deine Pflicht, die Hände nach meinem Körper aus-
zustrecken. Das verlange ich."

Ich hätte jetzt gern erzürnt etwas erwidert, aber ich konnte
es nicht. Diese sanft leuchtenden, ruhigen und doch bestimmten Augen machten mich klein und unbedeutend. Meine Stimme war nur ein raues Kratzen: „Du stürzt dich ins Unglück." Sie
murrte: „Dann nehme ich dich mit. Oder willst du keine Kokette zur Frau?"

Meine Blicke waren wieder weit draussen auf dem ruhigen
See. Ich suchte einen Ausweg: Leise vermutete ich: „Diesen Frühling wird die Biberjagd bestimmt sehr einträglich werden. Du
wirst lernen müssen, wie man diese Tiere häutet und gerbt."

Sie sah hoch in mein Gesicht: „Willst du nicht einfach ja sagen?" Ich hob den Kopf: „Willst du denn ja sagen?" Sie nickte:
„Ich habe doch schon ja gesagt, du dummer Mann." Ich zögerte
noch: „Nicht aus Dankbarkeit und nicht aus Berechnung?" Sie
schüttelte den Kopf›: „Aus herzlicher Zuneigung."

Ich blickte zum ersten Mal mit Zutrauen in diese Augen, in
dieses kleine Meer, verteilt auf zwei ovale Lichter, die mir ent-
gegenleuchteten. Sie sah mir in die Augen: „Welcher soll es nun
sein?" Ich schluckte: „Welchen willst du? Die wenigen Mädchen, die ich in der alten Heimat kannte, träumten alle von einem weissen Kleid, einer Kirche und einem Rosenstrauss. Ich
fürchte, das kann ich dir nicht geben."

Sie lächelte: „Darauf kann ich gut verzichten. Die Métis sind
so einfache und liebe Menschen, wir leben beide unbehelligt in
ihrem Gebiet und sind selbst schon ziemlich verwildert. Ich lasse mich nach deren Sitten an dich binden. Der Medizinmann
soll es sein."

Ich schluckte: „Das ist genau das, was die Métis seit Jahren
versucht haben. Immer wieder sollte ich eines ihrer Mädchen
in meine Hütte führen. Und nun ... ich muss dir gestehen, dass
ich mich davor fürchte, was unserer nun harrt. Ich weiss nichts
von der Liebe und der Ehe. Ich habe keine Vorstellung davon,
wie man einer jungen Frau den Hof macht. Und nicht zuletzt:
vermutlich bin ich schon lange nicht mehr gesellschaftsfähig."

Die junge Frau legte ihren Kopf an meine Schulter: „Das macht nichts. Für die Jäger und die Eingeborenen bist du ein Freund und ein Gefährte. Für mich warst und bist du ein Beschützer, eine Leitfigur und eine Stütze. Wir werden gemeinsam entdecken, was es braucht, um unser kleines Glück zu schaffen. Nur eines möchte ich erbitten: ich möchte bei meiner Vermählung so ein wunderbares Blumenkrönchen tragen, wie es Sommerblüte trug." Ich schluckte: „Das sollst du haben."

Ich strich mit einer Hand, so vorsichtig ich es konnte, über ihre Stirn: „Und wenn ich dieses Gefühl nicht finde?" – „Es ist schon in dir, du dummer Mann", wusste sie. „Ob du es nun Liebe, Besitzanspruch, Gier oder Verpflichtung nennen magst ... ich bin dir wichtig. Oder willst du es leugnen?"

Natürlich wollte ich das nicht. Ich konnte es ja nicht. In der Tat wusste ich nun, einmal mehr, nicht, was ich antworten sollte. Aber dieses Mal wurde ich durch einen Besucher aus meiner Verlegenheit geholt.

Hoch zu Ross und in deutlich erkennbarer Eile, erreichte ein Polizist das Seeufer. Wir erkannten in ihm unschwer Constable Dixon aus Radisson. Er sprang neben uns ab und grüsste knapp. Ich entnahm seiner eiligen und kurz angebundenen Art zu sprechen, dass er uns etwas Wichtiges mitteilen wollte. So erhob ich mich und bot ihm in der Hütte Kaffee oder Tee an.

Dixon folgte uns in die Hütte und setzte sich auf einen der Stühle. Sonnenaufgang kochte Kaffee und der Mann in Uniform sah mich durchdringend an: „Ich hoffe, Sie haben sich von ihrer Wunde erholt, Felljäger." – „Es geht gut", antwortete ich knapp.

Dixon schüttelte den Kopf: „Es ist alles falsch gelaufen. Leutnant Connor ist nie in Fort George angekommen, nicht lebend zumindest." Ich horchte auf: „Angus?" Dixon nickte: „Angus Mark. Er hat während der dritten Nacht der Rückfahrt den Leutnant gemeuchelt und weitere zwei Passagiere bestohlen und niedergemacht. Die Lademannschaft hat die Leichen beim Löschen der Ladung entdeckt. Wir wissen nicht einmal, wie er sich der Fesseln entledigen konnte. Dieser Schuft ist vermutlich unbehelligt von Bord gegangen und hat sich unter die Menschen am Hafen gemischt." – „Und da Sie hier sind, ist er noch flüchtig", nahm ich an.

Mit etwas verstörter Stimme bestätigte der Polizist meine Vermutung. Er fügte an: „Drei Trupps aus Fort George suchen ihn. Unsere Männer in Radisson haben ebenfalls die Order, die Augen nach ihm offen zu halten. Die letzte Spur, die wir von ihm vermuten, haben wir etwa fünf Meilen östlich von Fort George am Flussufer gefunden. Ein junger Mann wurde erstochen und beraubt aufgefunden. Seine Leiche lag im Schilf am Ufer. Wir vermuten, dass sich Angus Mark der wenigen Habe des Toten bemächtigt hat und hierher unterwegs ist. Wir haben die Tapfen eines Lasttieres, vermutlich eines Esels, gefunden."

Der Kaffee war serviert. Die junge Frau sah mich an: „Das haben wir nicht erwartet. Was willst du tun?" Ich schüttelte den Kopf: „Eigentlich nichts. Angus Mark ist des Landes verwiesen worden, hat mehrere Menschen auf dem Gewissen und muss als bewaffnet und sicherlich gefährlich betrachtet werden. Wenn ich ein vernünftiger Kerl wäre, würde ich mir ein Kanu bauen und damit auf eine der Inseln im See rudern." Dixon nickte: „Das wäre ein sicherer Weg, diesem Meuchelmörder nicht zu begegnen."

Sonnenaufgang strahlte mich an: „Du bist aber nicht vernünftig. Du bist ein dummer Mann, nicht wahr?" Ich nickte: „So sieht es aus. Vernunft muss ich noch lernen. Angus hat gemordet, erneut. Und es hat dieses Mal einen guten, ehrlichen Kerl getroffen, einen Freund. Allein schon wegen Nathaniel könnte ich Angus in der Luft zerreissen."

Ich hob meinen Revolver aus dem Halfter und drehte die Trommel mehrfach auf sich selbst. Leise gab ich an: „Soll er eben kommen." Der Polizist sah mir dabei zu: „Das ist unvernünftig und gefährlich, Felljäger. Sie jagen Tiere, keine Menschen."

Da gab ich ihm recht: „Jagen werde ich diesen Kerl nicht. Er wird kommen. Er wird uns finden. Zuvor war es nur der Hass gegen die Familie Sinclair und vermutlich gegen mich, der ihn trieb. Jetzt will er Rache für seine Matrone. Dieser Mann ist nicht mehr Herr seiner Sinne." – „Dann ist er noch einmal so gefährlich, Felljäger", raunte Dixon.

Ich wusste das. Aber ich spielte es gekonnt herunter: „Wenn es so ist, wird er Fehler begehen. Und ich werde versuchen, ihm diese nicht zu verzeihen." Dixon war nicht überzeugt, aber es blieb ihm nichts anderes übrig, als es darauf ankommen zu lassen.

Ich hingegen legte meine Waffe zurück und erhob mich. Mit ruhigen Schritten mass ich die Hütte. Diese Ruhe war aber nur äusserlich. Ich hätte es wohl nicht zugegeben, dass mich ein gemischtes Gefühl aus Wut, Hass und Unverständnis fast zum Irrsinn trieb.

Für mich stand es fest: Ich hätte früher oder später meinem Erzeuger erneut gegenübergestanden, Waffe gegen Waffe, Arm gegen Arm. Und dieses Mal war kein Verlass auf die Hilfe von Jägern, Polizisten und Eingeborenen, denn in einen offenen Kampf würde sich Angus Mark wohl nicht wagen. Ich musste mit Hinterhalt und Täuschung rechnen.

Aber ein Gutes brachte diese neue Lage mit sich: Ich sah mich plötzlich in meinem Gefühl für Sonnenaufgang bestärkt. Wenn dies also die Liebe war, dann hatte eine grosse Macht sich soeben meiner bemächtigt.

Ich blieb stehen und sah die beiden am Tisch mit der Entschlossenheit eines Kämpen an: „Wir werden unsere Pläne weiterverfolgen, Sonnenaufgang. Soll er denn immerhin kommen. Eine Kugel will ich ihm nicht vorenthalten." Sie nickte: „Das fürchte ich aber. Du sollst nicht dein eigenes Blut vergiessen."

Meine Augen blitzten. „Wenn es sich meiden lässt ...ich will ihn nicht niedermachen müssen. Aber ich werde bestimmt nicht wie ein verängstigter Hase in meinem Bau hocken und auf ihn warten."

Da das Gespräch nichts mehr Weiteres zu geben hatte, entschied sich Dixon, den Rückweg anzutreten. Er sicherte uns aber zu, dass die Reiterei seines Wachpostens regelmässig hier vorbeireiten würde, um nach uns zu sehen. Wir bedankten uns dafür.

Meine Augen schlossen sich einen Augenblick lang, ehe ich mich in die Hütte zurückbegab. Die junge Frau folgte mir auf den Fuss. Erst drin spürte ich den vorwurfsvollen Blick dieser sonst sanften Augen, als sie sprach: „Das will ich nicht, Felljäger. Du bist kein Kämpfer. Lass uns weggehen, irgendwohin, wo er uns nicht finden wird." Ich schüttelte den Kopf: „Wohin denn? Und warum auch? Noch vor wenigen Stunden wollten wir die Métis besuchen, du wolltest meine Frau werden. Dieser Unmensch wird mein Leben nicht erneut beeinflussen. Wir gehen zuerst auf die Suche nach Kräutern, Pilzen, Beeren und Nüssen. In ein paar Tagen gehen wir auf die Jagd, damit wir den Métis ein gutes Stück Fleisch mitbringen können. Wir bitten Stiller Fels, uns zu vermählen, wie es sich gehört. Und wenn derweil etwas vorfallen sollte, richten wir uns nach den entsprechenden Begebenheiten."

Sie hob die Augen in meine: „Und wenn er besser ist als du?" Ich schüttelte den Kopf: „Das sollst du nicht denken. Der Weg von Fort George hierher ist lang und voller Gefahren. Vielleicht findet Angus gar nicht hierher."

Der Tag war noch jung. Wir entschieden also, uns auf den Weg zu machen. Wir griffen uns aus dem Keller einige Jutesäcke, schulterten unsere Waffen und gingen nach Osten hin in den Wald hinein, um zu jagen und zu sammeln. Ohne ein Wort zu sprechen, schritten wir Seite an Seite unter den Bäumen durch, pflügten uns durch eine weite Ebene mit hoch gewachsenem Herbstgras und umgingen verschiedene sanfte Hügel, die sich vor uns auftürmten.

Unterwegs konnten wir uns an Beerensträuchern bedienen, Nüsse aufsammeln und fanden dort und da essbare Pilze, die wir ebenfalls pflückten. Ich untersuchte viele Kräuter. Einige Pflanzen nahmen wir mit.

Die Dunkelheit hatte uns nach einem ereignislosen Tag am Waldrand ereilt. Ich stellte fest, dass wir noch mehrere Wegstunden von unserer Hütte entfernt waren. Es wurde also entschieden, ein Nachtlager an einer geschützten Stelle aufzuschlagen. Wir brannten im Schatten einiger hoher Bäume ein kleines Feuer an. Eine einfache Mahlzeit, bestehend aus getrocknetem Fleisch, etwas Obst und selbst gemachtem Maisbrot, musste uns reichen.

Wir vereinbarten Wachzeiten und bald einmal lag Sonnenaufgang neben mir am Feuer und schlummerte. Ich legte mir meinen Doppelläufer über die Beine und suchte mit den Augen die Umgegend ab. Die Dunkelheit erlaubte mir keinen Weitblick, aber den Bereich, den das Feuer erhellte, hatte ich gut im Blick.

Es geschah nichts, was erwähnenswert gewesen wäre. Ich tauschte nach einigen Stunden den Platz mit ihr und gönnte mir ebenfalls etwas Schlaf. Sie kannte den Wachdienst von anderen Ausflügen.

Mit den ersten Sonnenstrahlen waren wir bereits wieder auf dem Weg nach Westen, zu unserer Hütte hin. Einmal noch drehten wir uns um und sahen in den Sonnenaufgang. Ich hob mit der einen Hand die Mütze vom Kopf meiner Gefährtin und lächelte: „Sie haben recht ... rot wie der Horizont am Sonnenaufgang."

Sie zerrte mir ihre Mütze aus der Hand: „Du dummer Mann. Ist das etwa ein Kompliment?" Ich zögerte: „Ein Versuch vielleicht. Ich bin nicht geübt in der Sprache der Zweisamkeit. Und ich kann doch nicht einfach sagen, dass ich dich will." Ihre Augen leuchteten: „Du versuchst es ja. Wenn du eben gesagt hättest, dass mein Haar so schön leuchtet wie die Strähnen, die den fernen Horizont im Osten umschmeicheln ... das wollen Frauen hören." Ich schüttelte den Kopf: „Ob ich das in ferner Zukunft können werde?"

Mit einem glockenhellen Lachen quittierte sie meine Zweifel: „Du weisst ganz genau, was du siehst und wie sehr es dir gefällt. Dir fehlen nur die richtigen Worte, um dich mitzuteilen. Wir werden uns Bücher beschaffen. Endlich kommt mir die teure Bildung zugute. Ich werde dich unterrichten. Und gewollt wird gar nichts! Ich bin kein Amüsiermädchen."

Auf dem Weg durften wir uns auch noch an einem bisschen Jagdglück erfreuen, denn ein Wolf und ein Wildluchs kreuzten unseren Pfad. In beiden Fällen reichte ein Schuss, um die Beute zur Strecke zu bringen. Ich war wohl gerade an jenem Tag in der Form meines Lebens, denn so gut schoss ich sonst nicht.

Aber auch solch einfache Alltäglichkeiten brachten mir ein Leuchten ihrer Augen ein, das ich in mich aufsog. Ich fing an zu verstehen. Dieses Gefühl war wirklich schon in mir. Ich wollte sie beeindrucken. Es war mir ein Anliegen, ihre Bewunderung und Zustimmung zu erlangen. Wie es schien, hatte Sonnenaufgang in allem das Wahre erkannt. Vermutlich war ich schon länger mit diesem Bewusstsein beseelt, verstand es aber nicht, meine Gefühle zu erklären. Und dass ich so dreist gewesen war, etwas von ihr zu wollen, brachte mir lediglich ihr Lachen ein.

13

Zu Gast bei den Métis

Wir langten am frühen Nachmittag bei der Hütte an. Am Seeufer war ein Kanu angepflockt worden. Ich sah es einige Augenblicke lang an und entschied, mich mit Vorsicht zu nähern. Langsam legte ich meine Sachen ab und wies meine Gefährtin an, ihre Waffe zu greifen. Mit gerichteten Flinten traten wir zum Kanu, das wir leer vorfanden. Ich erkannte darin eines der Wassergefährte der Métis. Aber das musste nichts heissen.

Mit festem Blick fasste ich die Hütte ins Auge. Nichts bewegte sich. Ich zog die Frau zu mir: „Du bleibst hier, mit gerichtetem Gewehr! Ich gehe vorsichtig zur Hütte. Wenn sich etwas bewegt, feuerst du!"

Sie schluckte und nickte. Ich duckte mich und schlich vorsichtig bis zur Hütte. Nichts geschah. Mit einem Satz war ich neben der Tür. Ich gab dieser einen Stoss, sie gab nach. Eine Stimme forderte mich auf, einzutreten. Die Stimme lud mich im Dialekt der Métis ein, näherzukommen. Ich hob die Waffe an und trat in unsere Hütte.

Zu meiner Verwunderung fand ich im Inneren Weiter Weg und Wolfszahn, die vollkommen gelassen vor dem kalten Kamin sassen. Ich winkte die junge Frau zu uns und grüsste meine Freunde. Die beiden Métis erhoben sich und erwiderten meinen Gruss.

Als Sonnenaufgang Augenblicke später, reichlich beladen, eintrat, wurde auch sie begrüsst. Wir nahmen ihr die Beutetiere und die Jutesäcke ab. Ohne dass ich etwas sagte, ging sie zum Kamin und fing an, ein knisterndes kleines Feuer anzubrennen.

Wir setzten uns alle vier davor zu Boden. Weiter Weg bot eine Pfeife an, von der wir Männer genüsslich Gebrauch machten. Derweil entwickelte sich ein einfaches Gespräch, aus dem hervorging, dass die beiden Métis seit dem Vortag auf uns warteten und uns zu sich einladen wollten, um den Winter in ihrem Dorf zu verbringen. Weiter Weg erklärte mir, dass der Winter sehr kalt und streng erwartet werde und der Häuptling der Métis uns bei seinen Leuten unter den schützenden Zelten in Sicherheit wissen wolle.

Ich hob die Augen in seine und zischte: „Du weisst von ihm und willst uns schützen." Weiter Weg nickte gemächlich: „Die Krieger der Métis haben sich gut getarnt. Sie haben den Ort am grossen Fluss aufgesucht, den du Radisson nennst. Unter den Männern in den dunklen Jacken herrschte Aufregung. Einer ihrer Kriegsführer wurde auf dem rauchenden Kanu in die ewigen Jagdgründe gesandt. Du hättest das wertlose Leben des Mannes aus der anderen Welt nicht schonen dürfen, Felljäger. Das ist ein Zeichen von Schwäche, das dich teuer zu stehen kommen kann." Ich nickte: „Wie die Dinge heute stehen, magst du das Wahre sprechen, mein Freund. Aber der Mann ist immerhin mein Vater.»

Weiter Weg grunzte: „Die Bleichgesichter sind eben dumm. Aber du sollst dich nicht wie sie betragen. Ich sagte dir einst in unserem Dorf, du wärst Beute für diejenige, die dich begleitet. Sollst du zuvor die Beute deines Stolzes werden?"

Das damalige Gespräch wurde mir in Erinnerung gerufen. Auch darin hatte er sich nicht im Geringsten geirrt. Vielleicht sollte ich wirklich anfangen, die Worte dieser Menschen besser zu verstehen.

Ich drehte mich zu ihr, die stumm daneben sass: „Weiter Weg weiss von Angus. Er will nicht, dass wir beide alleine hierbleiben. Er hat uns eingeladen, den Winter im Dorf der Métis zu verbringen." Sie bestimmte: „Und du willst sein Ansinnen ablehnen, weil du fürchtest, diese lieben Menschen in den Zwist mit Angus Mark zu verwickeln." Ich nickte nur.

Da beiden Métis unsere Sprache bekannt war, verstanden sie wohl. Wolfszahn griff aus seinem Gürtel sein Messer und zischte: „Er mag kommen, Felljäger. Wolfszahn ist ein stolzer Krieger vom Stamm der Métis. Die Métis fürchten keinen Feind. Wolfszahn wird sich dem Mann mit dem Namen Angus stellen, wenn das Bleichgesicht den Mut dazu aufbringt."

Ich winkte ab: „Das wird nicht geschehen, mein Freund. Sollte Angus Mark tatsächlich bis zu den Zelten der Métis vordringen, werden meine edlen und stolzen Freunde meinetwegen kein Blut vergiessen. Dieser Mann ist die Wut der Métis nicht wert. Auch Felljäger ist ein Krieger. Der Mann ist mein."

Weiter Weg war zufrieden: „So spricht ein guter Sohn der Métis. Und du wirst trotzdem die kalte Zeit bei den Zelten der Métis verbringen. Denn du hast eine Aufgabe zur Erfüllung zu vergeben, die nur Stiller Fels meistern darf."

Ich wunderte mich nicht. Warum auch? Diese Menschen wussten schon seit geraumer Zeit, was ich vor zwei Tagen erst wahrgenommen hatte. Vielleicht waren nicht sie die Wilden, wenngleich sie ein einfaches Leben führten.

Der Wortwechsel hatte sich in unsere Sprache verlagert und meine Gefährtin konnte mitsprechen. Sie war nicht sicher, ob ich die Gastfreundschaft der Métis wirklich annehmen wollte, aber sie erwies sich trotz ihrer jungen Jahre als findiges kleines Ding: „Wir werden uns für die Güte der Métis bedanken, indem wir unsere Flinten für die Herbstjagd und unsere Fertigkeiten für das Wohl der Gemeinschaft stellen. Zudem werde ich von den Squaws lernen zu gerben und zu häuten. Bestimmt gibt es noch viel, das ich von den Brüdern und Schwestern der stolzen Métis lernen und verstehen darf."

Ich war also überstimmt. Es gab kein Widerwort mehr von mir. Die Métis gaben bekannt, dass Wolfszahn am Folgetag in Begleitung von Schlange im Gras, den wir ebenfalls kannten, mit zwei grossen Kanus erneut den Weg zu uns suchen wollte. Es war beschlossen.

Gegen Abend hatten wir meinen alten Seesack, ihre Posttasche und einige Jutesäcke mit dem gefüllt, was wir mitnehmen würden. Die beiden Beutetiere waren gehäutet, Fleisch und Häute gesäubert. Kräuter, Pilze und Früchte, die wir gesammelt hatten, gingen mit, dazu einige Kleidungsstücke, die Munition und einige Gegenstände zum täglichen Gebrauch.

Wir hatten jenem Abend eine kleine Mahlzeit genossen und sahen uns nun an. Es war eigentlich an der Zeit, sich in die Lager einzubetten. Sonnenaufgang sah mich herausfordernd an: „Ab dieser Stunde hast du berechtigte Ansprüche. Die Verlobung ist offiziell." Ich wich einen Schritt: „Du bist eben doch eine Kokette." Ihre Augen leuchteten mir wieder entgegen: „Du willst doch, dass ich dich reize. Du bist nur zu unbeholfen, um etwas zu wünschen."

Ich wich noch einen Schritt: „Vielleicht ist es so. Aber dein Verhalten ist trotzdem nicht sittsam." Sie kam den einen Schritt nach: „Hier, mitten in der Wildnis, allein und vom Rest der Welt abgeschnitten, wird gerade heute ein Sittenwächter am Bibersee nach dir sehen."

Natürlich wäre so etwas niemals geschehen. Aber der Rest ihrer Aussagen war nichts anderes als wahr. Ich setzte mich auf den einen Stuhl. Langsam schlüpfte ich aus den Stiefeln und gab mich endlich geschlagen: „Du hast ja recht mit all dem was du sagst. Ich wünschte mich erfahren und bereit. In einigen Augenblicken frisst mich die Begierde auf, aber ich ... du ... das geht einfach nicht."

Sie lächelte: „Du dummer Mann. Du sollst nichts können. Ich habe auch keine Erfahrung in diesen Dingen. Wir werden es zusammen erforschen und erfahren. Aber damit müssen wir beginnen. Du siehst mich jetzt an, während ich aus meiner Kleidung schlüpfe. Präg dir ein, was du siehst. Was unter der Kleidung hervortritt, ist dein. Ich schenke es dir gerne, wenn du mich nicht gleich anfällst."

Und so geschah es. Ich blieb mit nackten Füssen sitzen und sah ihr zu, wie sie ohne Hast erst die Stiefel und die Hose und schliesslich das Wams ablegte. Sie griff aber nicht nach dem Hemd, das sie jetzt wohl hätte anziehen sollen. Stattdessen drehte sie sich einige Male um sich selbst und erlaubte mir damit, sie in der fast vollkommenen Blüte ihrer jugendlichen Nacktheit zu bewundern.

Es dauerte eigentlich nur Augenblicke, aber ich spürte, wie mich das, was ich sah, zum Wahnsinn trieb. Ich war nahe daran, wie ein wilder Bär aufzuspringen. Aber sie liess es nicht zu. Sie sah mich mit schneidendem Blick an: „Da bleibst du sitzen! Ich lege mir jetzt mein Hemd über und du wirst die Knöpfe schliessen … und nichts anderes!"

Der bestimmte Ton liess kein Widerwort zu. Zu meinem Entsetzen, und zugleich zu meiner Freude, war ich vollkommen unfähig, ihren Anweisungen zu widerstehen. In jenem Moment hätte sie von mir alles verlangen können. Aber sie verlangte nichts. Sie gab. Mit dem Hemd über den schmalen Schultern trat sie an meinen Stuhl: „Nur die Knöpfe!"

Ich schluckte. Wenn man mir davon ein Wort erzählt hätte, hätte ich laut gelacht. Aber es war so. Meine Finger zitterten, meine Hände waren feucht und meine Augen konnten sich nicht an ihrer leicht gebräunten Haut satt sehen. Aber ich tat genau das, was sie geboten hatte. Ich schob die kleinen, runden Knöpfe einen nach dem anderen vorsichtig in die dafür vorgesehenen Löcher und gewahrte kaum, wie sie dabei leicht zitterte.

Sie trat zwei Schritte zurück. Unsicher atmete sie heftig aus. Ich sah hoch zu ihr. Sie gestand: „Ich hatte furchtbare Angst, dass du mein Vertrauen missbrauchen würdest. Lach mich bitte nicht aus, aber obgleich ich mich betrage wie eine Kokette und dich immer wieder bedränge, habe ich viel mehr Angst davor als du."

Ich erhob mich. Ohne ein Wort trat ich an sie heran und legte meine Hände um ihre schlanke Taille. Sie sah mich erstaunt und zugleich entsetzt an. Leise flüsterte ich: „Du wirst niemals Angst haben müssen."

Ihre Hände legten sich auf meine Unterarme und ihr Kopf bettete sich vertrauensvoll an meine Brust, in der ich nur noch ein leichtes Stechen der Wunde spürte: „Wann hast du das letzte Mal ein Mädchen geküsst, du dummer Mann?" Ich stockte: „Geküsst? Ich habe nie geküsst. Ich wurde nur geküsst, auf die Stirn, von dir." Sie lachte: „Du musst noch viel vom gemeinsamen Leben lernen, Felljäger."

Damit legte sie ihre rechte Hand hinten um meinen Hals und zog meinen Kopf etwas nach unten. Bevor ich mir einen Reim darauf machen konnte, brannten ihre weichen Lippen auf meinen und verweilten dort während ewig während Augenblicke. Ich schloss die Augen und liess es einfach geschehen.

Mein Kopf wurde losgelassen und Sonnenaufgangs Lippen gingen zurück. Ich war vollkommen ausser mir, als ich meine Augen wieder öffnete. Sie wand sich vorsichtig aus meinen Armen und trat zu ihrem Lager. Dort setzte sie sich hin und sah mich an, wie ich absolut niedergeschmettert kein Wort über die Lippen brachte.

Sie flüsterte: „Wenn dir das nicht gefallen hat, werde ich es nie wieder tun." Ich keuchte: „Du ... du willst ... du spielst mit mir." Sie lachte: „Aber natürlich, du dummer Mann. Wie steht es nun um deine Ansprüche?"

Ich atmete mehrmals merklich ein und aus. Langsam fasste ich mich und trat an mein eigenes Lager. Auch ich setzte mich nieder, bevor ich offen gestand: „Wenn ich nun Ansprüche haben darf, dann sollst du wissen, dass dieser Kuss sehr schön war. Wenn ich mir nur sicher sein könnte, dass ich dir nichts antun werde ... würde ich mir wünschen, dass du hier bei mir liegst." Sie war erfreut: „Du sprichst Wünsche aus. Gut so. Aber du übertreibst es. Wir wollen nicht unvernünftig sein. Ich werde nur auf einem Lager mit dir liegen. Mehr darfst du erst wollen, wenn du mein Gemahl bist." Ich nickte nur.

Als der Morgen kam, bedurfte es keines Wortes mehr. Wir waren uns beide im Klaren, dass wir am Tag davor nach unserem bescheidenen Verständnis viele Hemmungen abgelegt hatten. Sie zögerte nicht mehr, sich vor mir zu entblössen und zu waschen, ich suchte nicht mehr zu fliehen, wenn sie das tat. Ich wusch mich an ihrer Seite und konnte dabei einige Augenblicke lang meine Augen nicht von ihrem Körper abwenden. Sie nahm meine Blicke als das selbstverständlichste Tun der Welt hin.

Als ich das benutzte Wasser nach draussen tragen wollte, spürte ich plötzlich sanfte Arme, die meinen Oberkörper umfingen. Ich blieb stehen und spürte ihren Kopf an meinem Rücken liegen. Ein Seufzen löste sich in ihre Worte: „Deine Blicke machen mir Angst. Und doch bist du mir vertraut, als ob du schon immer da gewesen wärst. Diese gemeinsame Zeit am

Bibersee hat aus einer verängstigten Flüchtigen eine glückliche junge Naturliebhaberin gemacht. Wenn dieser düstere Schatten über uns nicht wäre ... ich wollte dir ein Leben lang folgen, wohin du auch gehst."

Ich drehte mich in ihren Armen um, stellte den Wasserkessel zu Boden. Mit den rauen Fingern eines Wilden umfasste ich einfach ihre weichen Wangen: „Da sind keine Schatten. Da bin nur ich, meine Sonnenaufgang. Ich werde dich immer beschützen."

Die Hand hinter meinem Hals war für mich ein klares Signal. Dieses Mal senkte ich den Kopf zu meiner Gefährtin und liess mir diese unvergesslichen kleinen Augenblicke des Glückes schenken, die die Berührung unserer Lippen mir bescherte. Wenn der Anfang vom Glück diese tief im Herzen brennenden Augenblicke waren ... war ich auf dem Weg in die Erfüllung.

Es geschah, wie es die Métis vorausgesagt hatten: Keine zwei Stunden, nachdem der Tag sich gezeigt hatte, legten zwei grosse Kanus am Ufer an und es entstiegen ihnen Wolfszahn und Schlange im Gras.

Wir grüssten uns kurz, dann ging alles sehr schnell. Das Feuer im Kamin wurde gelöscht, unsere Sachen fachgerecht in den Kanus verstaut und bald einmal sass ich vor Schlange im Gras im ersten Kanu und Sonnenaufgang vor Wolfszahn im zweiten. Es wurde kaum gesprochen. Die Paddel kamen sehr gut zum Einsatz und binnen zweier Stunden waren wir bereits auf der Höhe des Dorfes der Métis. Die Kanus wurden zum Ufer gesteuert und in einer Ufereinbuchtung unter Schilfgras, unauffindbar für das blosse Auge, versteckt.

Wir nahmen unsere Sachen auf und wurden ins Dorf begleitet, wo wir von Weiter Weg und Stiller Fels mit Freude empfangen wurden. Rehkitz, der man wohl ansah, dass sie bald ihr Kind gebären sollte, wollte uns unser Zelt zeigen. Wir legten unsere Habe schnell hinein und enthoben die Hochschwangere damit der Verantwortung. Bestimmt würde sie bald soweit sein, dem Kind das Licht der Welt zu schenken. Eigentlich hätte sie sich wohl schonen sollen, aber diesen Luxus kannten die Squaws der Métis eher selten.

Den Tag verbrachten Sonnenaufgang und ich nach eigenem Gutdünken. Meine Gefährtin hatte sich bald einmal einigen Squaws angeschlossen, bei denen sie ihre Kenntnisse über das einfache Leben erweitern wollte. Ich hingegen setzte mich zu einer kleinen Gruppe Krieger, die Lanzen, Pfeile und Bogen für die Jagd herrichteten und ausbesserten.

So kam ich in den Genuss eines neu bespannten Bogens, den ich vor aller Augen ausprobieren sollte. Man gab mir Pfeile und wies mir als Ziel einen Baum zu, der allein am Rand des Dorfes stand.

Man mag nun glauben, was man will, aber ein einsamer Baum in der Landschaft ist kein einfaches Ziel für einen ungeübten Bogenschützen, wenn rundherum nur die Leere wartet. Ich liess drei Pfeile von der Sehne schnellen. Allesamt reichten von der Länge des Schusses zum Ziel hin, aber keiner traf den breiten Stamm des Baumes. Ich musste mich wohl oder übel dem Spott der jungen Krieger hergeben.

Nachdem einer nach dem anderen drei der Krieger einen Pfeil in den Stamm geschickt hatten, rüstete ich zur Antwort. Ich hob den Doppelläufer an, zielte kurz und liess nacheinander beide Kammern donnern. Am Stamm zerbarsten zwei der Pfeile unter der Wucht der Einschläge. Ich holte aus meinem Gürtel zwei neue Patronen und lud nach. Die drei Krieger starrten alle wie gebannt auf den Baum.

Es waren keine grossen Anstrengungen notwendig, um hier ein Teil der Gemeinschaft zu sein. Meine Gefährtin und ich wurden wohl aufgenommen und sollten den ganzen Winter über mit den Métis leben.

So vergingen die Tage und mit ihnen die Wochen. Der Herbst nahm langsam, aber bestimmt Abschied vom Bibersee. Der Winter sandte seine Vorboten auf den Schwingen kalter Winde um die Zelte der Eingeborenen. Wir hatten noch einige Jagdausflüge gemacht und dabei mehrmals Glück gehabt. Ich hatte gelernt, den Bogen einigermassen zu spannen, und traf nun zumindest die unbeweglichen Ziele. Diese Waffe war mir aber nicht wirklich genehm.

Zugleich hatte meine Sonnenaufgang, denn mein war sie nun wohl, viel von den Squaws gelernt. Sie hatte zwei Jagden mitgemacht, lernte die Sprache und verstand die Art zu Leben der Métis. Sie hatte gar ihren Anteil an der Geburt des kleinen Métis, dem Rehkitz mit der Hilfe meiner Gefährtin ohne Zwischenfälle das Licht der Welt schenkte.

Erneut durfte ich mich an Sonnenaufgang erfreuen. Sie zeigte sich wissbegierig, nahm strebsam die Lehren an, die ihr die Métis boten. Stolz schwellte meine Brust, wenn ich mich mit anderen über sie unterhielt.

Wir waren schon fast einen Monat bei den Métis, lebten in der Gemeinschaft und ordneten uns dieser unter. Das ganze Dorf erwartete den ersten Schnee doch stattdessen kam uns an jenem Morgen ein Vorbote des unausweichlichen Schicksals entgegen. Er ritt mit einem Krieger, der einen weiteren über den Rücken seines Pferdes geworfen mitbrachte.

Die Männer versammelten sich um ihn und wir erfuhren so, dass Wilder Luchs, der gefallene Krieger, von seinem Gefährten in der Nähe unserer Hütte gefunden worden war. Der Krieger hatte den Boden um die Hütte untersucht. Ein einzelner Mann hatte sich dort auf die Lauer gelegt und den Métis von hinten mit einem Gewehr niedergemacht.

Ich liess den toten Krieger auf den Boden legen und untersuchte seinen Rücken. Zwei Kugeln hatten sich von hinten in die linke Brusthälfte gebohrt. Es war nicht schwer, diese Wunden als tödlich zu erkennen. Also hob ich den Blick zum Boten der schlechten Nachricht und forderte ihn auf: „Sprich über die Spuren, die vor der Hütte waren, mein Freund."

Der Métis hatte sich mittels eines Blickes mit seinem Häuptling verständigt, ehe er erzählte: „Ein Mann nur hat sich hinter dem aufgeschichteten Holz neben der Hütte versteckt. Er hat seinen Donnerstock neben sich in die Wiese gelegt. Wilder Luchs hat ihn nicht gesehen. Der weisse Mann hat keinen Mustang gehabt. Er hat aber das Reittier unseres gemeuchelten Bruders genommen."

„Hat der Krieger keine Zeichen gesehen, die uns sagen, wer der Angreifer gewesen ist?" wollte ich wissen. Der junge Krieger schüttelte den Kopf: „Der weisse Mann trug schwere Stiefel mit runder Spitze und breitem Absatz. Mehr Spuren konnte Kleiner Stamm nicht finden." Ich gab bekannt: „Felljäger dankt Kleiner Stamm. Der Gast der Métis wird der Familie des Verstorbenen seine Unterstützung zusichern. Aber zuerst wird es Zeit, dass ich zur Hütte zurückkehre. Wenn er es ist, muss ich ihn aufhalten."

Die väterliche Hand des Häuptlings legte sich auf meine Schulter: „Du bist nicht seine Beute, mein Freund. Denk auch an Sonnenaufgang. Du wirst hier im Schutz der Zelte der Métis bleiben. Wolfszahn wird zehn Krieger mitnehmen und die Spur des feigen Mörders verfolgen. Er wird uns berichten."

Das wollte ich nicht: „Es könnte sich um Angus Mark handeln, mein Freund. Diesen Kampf will ich den Métis nicht aufbürden." Weiter Weg versicherte: „Es soll kein Kampf sein, mein Freund. Es wird eine Jagd geben. Wolfszahn wird den Verantwortlichen zu uns bringen, lebend! Wenn er nur ein dummer Weisser ist, soll er am Marterpfahl seinen letzten Atem aushauchen. Wenn es der Mann ist, den du Angus nennst ... soll dir sein Schicksal in die Hand gelegt werden."

Meine Hand legte sich auf den Unterarm des Häuptlings: „Danke, Weiter Weg. Aber bitte weise die Krieger an, keine unnötige Gefahr auf sich zu nehmen. Ich will keinen weiteren Verlust bei den Zelten der Métis zu beklagen haben."

14

Blutgeld

Unzufrieden beobachtete ich die Gruppe, die unter der Führung von Wolfszahn den Weg zu meiner Hütte auf sich nahm. Ich blieb zurück. Sonnenaufgang trat zu mir. Bisher hatte sie sich im Hintergrund gehalten. Sie flüsterte: „Du wolltest ihn stellen, nicht wahr?" Ich bestätigte: „Wenn es wirklich Angus Mark ist ... ist es meine Aufgabe."

Sie stellte richtig: „Du sprichst von ihm immer wie von einem Fremden. Du nennst ihn nie Vater." Das war mir wohl bekannt: „Er mag mir das Leben geschenkt haben. Aber in meinen Augen hat er das meiner Mutter genommen, das der ganzen Familie Sinclair. Er hat meinen Freund Connor auf dem Gewissen. Und das sind nur die Opfer dieses Menschen, die ich kenne. Dieser Mann ist ein Mörder und Dieb. Ich will ihn nicht meinen Vater nennen."

Sonnenaufgang drehte mich zu sich um und zog mit der einen Hand meinen Kopf vorsichtig zu sich hinunter. Ich wusste, dass ich jetzt einen dieser so sehr ersehnten Küsse bekommen würde. Es geschah. Sie schloss dabei ihre Augen.

Wir lenkten uns bald wieder mit dem Tagesgeschehen ab. Am Abend war die ausgeschickte Gruppe noch nicht zum Dorf zurückgekehrt. Wir sassen zusammen im Kreis der Métis und genossen die Wärme des Feuers, das vor unserem Zelt brannte.

Die Métis hatten eine sehr effektive Methode entwickelt, um die Zelte zusätzlich warm zu halten: Um ein grosses Feuer wurden im Kreis die Zelte aufgestellt. Hier waren es deren sechs. Die Bewohner der Zelte unterhielten abwechselnd das Feuer, sodass alle im gleichen Mass Schlaf und Wärme geniessen konnten.

An jenem Abend waren Sonnenaufgang und ich mit der Aufgabe betraut, genug Holz ins Feuer zu geben, damit es zumindest die Hälfte der Nacht gut und dauerhaft brennen konnte. Ich legte gerade zwei dicke Scheite nach, als die junge Frau mich mit einem eigentümlichen Blick ansah: „Diese Nacht wird wirklich kalt. Wirst du mich wärmen?" Ich schluckte: „Ich werde dir noch eine Decke auflegen." Sie schüttelte den Kopf: „Ich will mich zu dir auf dein Felllager legen, mit dir. Du sollst mich mit deiner Nähe wärmen."

Wieder spürte ich diese furchtbare Unsicherheit in mir aufsteigen. Meine Augen starrten wie gebannt in die knisternden Flammen und meine Stimme war einmal mehr nur ein Hauch: „Das darf ich nicht. Das ist nicht richtig." Ihre glockenhelle Stimme beruhigte mich: „Du sollst mich nur wärmen, du dummer Mann. Halt mich einfach fest."

Wir waren zusammen ins Zelt gestiegen. Sie legte beide Felle, auf denen wir nachts lagen, zu einem Lager zusammen und darüber drei Decken, die uns schön warm halten sollten. Auch im Zelt brannte ein kleines Feuer, das uns zusätzliche Wärme spenden durfte.

Sie zog sich ohne Zögern um und verschwand unter den Decken. Ich legte mich dazu und bald einmal spürte ich ihr Haar, das sich an meinem Kinn Platz verschaffte. Sie hatte sich an mich gedrückt und ihren Kopf bequem an meiner Brust eingebettet. Ich spannte meinen linken Arm um die Schultern meiner Gefährtin.

Auch am folgenden Tag wurde die Gruppe um Wolfszahn nicht gesichtet. Gegen den späten Nachmittag holte ich meinen Doppelläufer und begab mich zu Weiter Weg.

Dieser liess mich vor seinem Zelt setzen und erstickte mein Ansinnen im Keim: „Felljäger mag lernen. Als Weiter Weg Wolfszahn mit seinen Kriegern auf die Fährte entsandte, hat er den weissen Mann nicht zu diesen Kriegern gezählt. Das hat mehrere Gründe und diese kennt mein Bruder wohl. Wenn Felljäger einer Gemeinschaft angehören will, muss er lernen, deren Regeln und deren Führer zu respektieren."

Ich sah ohne ein Wort zu verlieren auf den Boden vor meinen Füssen. Weiter Weg hingegen fuhr fort: „Die Nachbarn sprechen mit Respekt und Milde von Felljäger und Sonnenaufgang. Er hilft, sie lernt. Ihr seid gute Métis. Wann will Felljäger tun, was richtig ist?"

Nun sah ich auf. Ich suchte die freundschaftlich vertraute Sprache zwischen uns wiederzufinden: „Habe ich Fehler gemacht, mein Freund?" Weiter Weg hob die linke Hand in die Richtung, wo jeden Morgen die Sonne aufging: „Seit ihr beide Gäste der Métis seid, hat die Sonne ihren Weg schon öfter begonnen, als ich Finger an unser beider Hände zu zählen vermag. Sonnenaufgang liegt seit dem ersten Tag in diesem Zelt mit dir, und doch hast du bis heute nicht bei mir und nicht beim Medizinmann dein Anliegen vorgebracht, sie zur Frau zu bekommen."

Ich gestand: „Sie ist es, die mich zum Mann will." Nun lachte der Häuptling: „Ich sagte es dir schon, mein Freund, und ich wiederhole es dir gerne: Die Squaw weiss meist vor uns, wer sie bekommt. Du bist ihre Beute. Willst du sie nicht?"

Es kam von mir keine Antwort. Ich sass einfach da und starrte ihn an. Es war ein trügerisches Empfinden, das mich überkam. Alle schienen in meinem Umfeld besser über mich Bescheid zu wissen als ich selbst. Die Métis, die Bewohner von Radisson und selbst die Tochter der Sinclairs wussten schon länger, dass die Jägerin Sonnenaufgang meine Frau sein sollte. Nur ich hatte diese Tatsache bis zu diesem Tag nicht als Wahrheit anerkannt.

Weiter Weg wartete keine Antwort von mir ab. Er drehte sich zu seinem Zelt und rief seiner Squaw zu, sie möge Sonnenaufgang zu uns bitten und gleich den Medizinmann zum Feuer holen. Dazu sollte seine Frau eine frische Pfeife stopfen.

So verging einige Zeit, bis Sonnenaufgang, ebenfalls mit der Flinte bewaffnet, der Medizinmann und die Pfeife am Feuer zusammenkamen. Die junge Frau grüsste höflich und setzte sich neben mich.

Der Medizinmann hingegen tauschte mit dem Häuptling ein paar Blicke und liess sich dann die Pfeife reichen. Er stopfte den Tabak nach und entbrannte sie, ehe er sie dem Häuptling reichte. Dann erst murmelte er: „Stiller Fels kennt die Gebräuche der Gäste mit den hellen Augen nicht. Will mich die Jägerin Sonnenaufgang darüber aufklären?" – „Welche Gebräuche meinst du?", fragte sie in einfachen Worten der Métis. Sonnenaufgang hatte inzwischen viele Ausdrücke der eingeborenen Sprache gelernt. Stiller Fels sah mich an: „Du hast nicht gefragt?" Ich schüttelte den Kopf. Weiter Weg lachte mich aus. Er reichte mir die Pfeife, an der er einige Züge getan hatte: „Ich werde dich besser hierin vertreten, Felljäger. Sieh mich an, junge Sonnenaufgang!"

Die Augen der jungen Frau hoben sich ehrfürchtig in sein ruhiges Gesicht, als er sprach: „Du teilst seit Anbeginn des Sommers das Dach, das Feuer und die Speisen mit Felljäger. Es wird Zeit, dass du tust, was jede gute Squaw dereinst tut. Ich will als väterlicher Freund für Felljäger um dich bitten, und als dein Häuptling trage ich dir auf, ihm ein gutes Weib zu sein. Ist das gut für dich?"

Sie schluckte und sah zu Boden: „So habe ich mir das wirklich nicht vorgestellt." Weiter Weg versicherte: „Noch bist du nicht sein. Ich frage dich, ob du diesen Krieger zum Mann willst." Sie schluchzte nun: „Doch nicht so. Ich will seine Gefährtin sein, nicht nur bei der Jagd. Aber ich ..." Sie brach ab.

Unaufgefordert war Heller Schmetterling, die Squaw des Häuptlings, zu uns getreten. Sie half Sonnenaufgang auf und brachte sie ins eigene Zelt hinein. Wir Männer sahen uns nur an. Ich zischte: „Es ist unbestritten meine Schuld, meine Freunde. Ich verstehe nichts vom Umgang mit den Squaws."

Die beiden anderen, die immer noch genüsslich rauchten, sahen mich nur an. Weiter Weg brachte seine Gedanken zu Wort: „Du wirst es lernen. Wenn du gehst, geht sie mit dir. Und du wirst sie zu deiner Hütte zurückführen. Befrage dein Herz und nutze die Worte, die dieses dir eingibt. Sie wird dich verstehen."

Als Heller Schmetterling meine Gefährtin wieder zu uns brachte und Sonnenaufgang und ich uns gemeinsam auf den Weg machten, rumorte es in meinem Herzen schon wie in einer Mühle. Ich tat, wie mir geheissen worden war: Ich hinterfragte mich.

Die Küsse, die ich von ihr empfangen hatte, die Wärme ihres Körpers in der letzen Nacht und vor allem dieses angenehme Empfinden, wenn ich sie in meiner Nähe wusste ... all das sprach aus meinem Herzen für Sonnenaufgang. Und all das hätte ich gern in Worte gefasst.

Mein erster Gedanke, mich auf die Spur der ausgesandten Krieger zu machen, war bereits in weite Ferne gerückt. Ich sass in unserem Zelt und sah ihr zu, wie sie sich mir gegenüber niederkniete. Sie hantierte mit einigen Wurzeln in einer Schale. Ich hob Sonnenaufgangs Kinn mit einem Finger leicht an und sah ihr, so gut ich es vermochte, tief in die Augen.

Ich hatte meine raue Stimme noch nie so zittrig und unsicher erlebt, meine Worte bebten auf meinen Lippen: „Sonnenaufgang ... darf ich mir ... nein, dir ... ich meine ... willst du mir ... meine Frau werden?"

Sie legte die Schale nieder. Mit wenigen Bewegungen kniete sie nun direkt vor mir: „Du bist ein sehr dummer Mann! Sag das noch einmal, ohne dabei zu zittern, bitte. Ich bin bei Gott keine Gefahr. Nimm dich zusammen!"

Ich atmete tief ein, blähte meine Brust auf die weitest mögliche Breite auf und suchte mit nun fester Stimme zu sprechen: „Darf ich dich bitten, noch diesen Winter meine Frau zu werden, liebliche Sonnenaufgang?"

Eine Antwort bekam ich nicht sogleich. Aber ihre Hände schnellten vor. Durch den Schwung wurde ich mit ihr nach hinten gedrückt. Ihre weichen Lippen übersäten mein Gesicht mit all dem, was sie nicht sagte. Auch als der unerfahrene Tölpel, der ich war, wusste ich, was diese Geste bedeutete. Worte wollte ich ihr keine dazu abringen. Ich liess mich einfach auf das innige Zusammenspiel unserer Lippen ein.

Wie lange es angedauert hatte, weiss ich nicht. Es war für mich eine wundervolle Ewigkeit und doch viel zu kurz gewesen. Aber sie liess irgendwann von mir ab und erhob sich. Ich setzte mich auf und sah zu ihr hoch. Sie schüttelte den Kopf und bestimmte: „Und damit bist du gefangen, Felljäger. Die Kokette hat dich erwischt und gibt dich nicht wieder her." Ich nickte: „Das ist gut. Darf ich dich trotzdem weiter hegen und behüten?" Sie versicherte: „Noch mehr, als es zuvor der Fall gewesen ist … aber du sollst niemals vergessen, dass ich eine Jägerin bin, eine mit der Waffe in der Hand. Ich kann sehr gut auf mich selbst aufpassen." Das verstand ich, als ich versicherte: „Ich werde dich nicht verhätscheln, versprochen."

Man mag mir die Rolle des dummen Mannes auf den Leib geschnitten haben, aber ich betrug mich ab jenem Augenblick genau so, wie ich es nicht hätte tun sollen. Den ganzen Rest des Tages bis hin zum späten Abend bemühte ich mich um die mir versprochene Sonnenaufgang, nahm mich ihrer an, half ihr, wo es nicht notwendig war, und schliesslich wurde ich von der jungen Frau beim Eindunkeln mit einem Blick bestraft, der mir alle Haare am Körper zu Berge stehen liess. Ihre Stimme war schneidend: „Hör sogleich auf, den behutsamen Gatten zu geben! Ich will das nicht!"

Ich schluckte. Gerne hätte ich ein einfaches Widerwort gegeben, aber ich konnte nicht. Sie legte ihre kleine Hand auf meine Wange und sah mich an: „Es ändert sich nichts, Felljäger. Ich lerne und werde eine Jägerin, eine Métis, ein Naturkind … alles, was es eben braucht … aber ich werde das von mir aus. Du hörst in diesem Augenblick auf, alles Schlechte von mir weisen zu wollen!" Ich musste es versprechen.

Es ist mir noch heute nicht klar, wie sie das getan hatte, aber die liebliche Sonnenaufgang hatte Grenzen in mir gebrochen, Barrieren niedergerissen und Zweifel beseitigt. Ich hatte mit dem Antrag um ihre Hand Hemmungen, Furcht und Bedenken einfach hinter mir gelassen. Es war mir nun eine Selbstverständlichkeit, meine baldige Frau ohne Hüllen zu sehen, ihr einen Platz an meiner Seite auf meinem Fell zu bieten und sie so nahe zu spüren, wie mir in meinem bisherigen Leben nur ein sterbender Bär gekommen war.

So lagen wir friedvoll in unserem Zelt und hörten, wie sich der Schnee langsam Raum schaffte. Erst war es nur ein leises Rieseln, aber bald einmal gab der Himmel dem Winter nach und wir hörten regelrecht, wie es auf das Zelt prasselte. Sie sah an die innere Spitze des Zeltes: „Es wird sehr kalt werden. Was wird mit den Kriegern geschehen, die auf die Suche nach dem Mörder gegangen sind?"

Mir wurde klar, dass ich eigentlich hinter diesen Männern hatte hinterher reiten wollen. Aber ich hatte beim Versuch, sie um ihre Hand zu bitten, eine so lächerliche Figur abgegeben, dass man mir unmöglich einen Trupp Reiter anvertraut hätte. Also suchte ich Sonnenaufgang mit Worten zu versichern: „Wolfszahn ist ein erfahrener Krieger und guter Anführer. Er wird sie bestimmt alle heil zurückbringen."

Es war am folgenden Tag tatsächlich alles weiss, als die Métis aus den Zelten traten. Einige der Frühaufsteher hatten bereits begonnen, im Dorfinneren den Schnee wegzuräumen. Noch immer fielen einzelne weisse Flocken. Ich schüttelte mich kurz und stellte fest: „Du hattest recht. Es wird noch kälter werden."

Aber auch für uns beide war bereits gesorgt. Das Feuer zwischen den Zelten war wohlgenährt. Die Squaw unseres Nachbarn kam mit zwei warmen Fellmänteln zu uns und umschlang mit dem einen meine junge Begleiterin. Ich versteckte mich ebenfalls unter einem solchen wärmenden Kleidungsstück.

Unser Dank wurde mit einer einfachen Geste des Kopfes quittiert. Wir gehörten seit dem ersten Tag zur Gemeinschaft der Métis. Und entgegen der landläufigen Meinung war dies kein Volk von Wilden. Sie sorgten sich um die Ihren und behüteten die Gäste, die sich ihrer Gemeinschaft angeschlossen hatten.

Gegen Mittag sahen wir endlich auch unsere Krieger wiederkehren. Sie brachten ein weiteres Pferd, über das ein Mann gebunden war. Wir traten, wie viele andere, in den weiten Kreis der Schaulustigen.

Wolfszahn liess den Gefangenen vom Pferd nehmen und mit gebundenen Händen vor den Häuptling stellen. Ich sah diesen Mann genau an. Er mochte etwas älter sein als ich, war schlecht rasiert und sah auch nicht wirklich gesund aus. Aber vor allem war er leider nicht Angus Mark. Sonnenaufgang und ich sahen uns stumm an und ich entnahm ihrem freudigen Blick die gleiche Bestätigung, die ich mir schon selbst gegeben hatte.

Mit wenigen Gesten hatte ich uns etwas Platz verschafft. Weiter Weg nickte mir zu. Also traten wir zum Häuptling und ich bekam den Mann von nahem zu Gesicht. Dieser Kerl hatte nicht die Züge eines Mörders. Er wirkte wie ein verängstigter Junge, der aus Versehen etwas von Wert beschädigt hatte. Als er mich erblickte und in mir trotz der Kleidung einen Weissen erkannte, keuchte er: „Mein Herr, bitte helfen Sie mir. Ich habe doch nur versucht ... ich wollte wirklich nur ... retten Sie mich bitte!"

Ich fragte den Häuptling: „Darf Felljäger diesen Gefangenen befragen?" Ich bekam diese Erlaubnis. Also sah ich den Mann wieder an und knurrte: „Halten Sie mich nicht auf, Mensch! Ihren Namen, Ihre Beschäftigung und Ihr Ziel! Und vor allem ... haben Sie am Bibersee einen Métis niedergemacht?"

Der Mann sah auf den festgetretenen Boden, auf dem eine leichte Schicht frischen Schnees lag. Er nickte nur betroffen, ehe er nahezu flüsternd gestand: „Ich heisse Steiger. Ich habe mir westlich des Bibersees ein kleines Stück Land abgesteckt, wo ich mit meiner Frau und meinen Kindern von Ackerbau und Kleinvieh lebe. Ich war auf Jagd, als ich die Hütte sah und den Eigentümer aufsuchen wollte. Plötzlich war da dieser Eingeborene ... wohl der eine Métis. Es war einfach Angst. Ich wollte nur nicht sterben. Ich hatte meine Flinte dabei und habe ... heiliger Herr im Himmel, das bitte nicht ... ist der Junge tot?" Ich nickte: „So ist es. Sie haben einen unschuldigen Späher niedergemacht."

Wie ein leerer Sack war der Mann zu Boden gegangen. Kein Mensch hatte ihn angefasst. Ich kniete nieder und stellte fest, dass er nicht mehr bei Sinnen war. Meine Augen hoben sich zu Weiter Weg: „Er hat Wilder Luchs niedergemacht. Aber ich zweifle daran, dass er ihn hat töten wollen."

Weiter Weg sah betrübt zu mir hinunter: „Dummer weisser Mann! Er hat ohne jegliche Not ein wichtiges junges Leben genommen. Nach dem Gesetz der Métis erwartet ihn der Marterpfahl. Sein Leben ist verwirkt." Ich erhob mich und bat: „Lass immerhin Gnade walten, mein weiser Freund. Es wird sich bestimmt eine bessere Lösung finden."

Der Häuptling sah wieder hinunter auf den noch immer be-
sinnungslosen Mann: „Man mag diesen Elenden binden und
vor meinem Auge verbergen. Weiter Weg verspricht dir nichts,
Felljäger. Aber wir werden beraten."

Wolfszahn begleitete uns in das Zelt des Häuptlings. Sonnenaufgang blieb zurück. Einige Krieger hoben den Gefangenen an
und brachten ihn zum Marterpfahl, wo er angebunden wurde.
Die Kinder unter den Schaulustigen machten sich einen Spass
daraus, Kugeln aus Schnee zu formen, den Gefangen damit zu
bewerfen und zu beschimpfen.

Das Schweigen war gebrochen. Wolfszahn hatte seinem Häuptling Bericht erstattet. Unter seiner Führung waren die Krieger der Métis zu meiner Hütte geritten. Sie hatten die Spur des
Mustangs schnell gefunden und waren ihr gefolgt bis zu einem
kleinen Haus inmitten von Pflanzungen. Der Mann war dortge-
blieben. Sie hatten abgewartet, bis Steiger morgens früh alleine
aus dem Haus gekommen war. Der Mann und das Reittier wurden weggenommen und zum Dorf der Métis zurückgebracht.

Weiter Weg schüttelte den Kopf. Er fragte mich: „Du willst
sein Leben schonen, mein Freund?" Ich nickte: „Sein Tod bringt
den verlorenen Krieger nicht wieder, mein Freund. Ich denke,
wenn die Weissen ein Blutgeld entrichten, wird beiden Partei-
en geholfen. Die Kinder dieses Mannes brauchen ihren Vater,
und die stolzen Métis sollen ihre Hände nicht mit dem unwür-
digen Blut eines weissen Feiglings beschmutzen."

Stiller Fels, der bei uns sass, brummte: „Es ist weise, so zu
denken, Felljäger. Aber werden wir nicht ein falsches Zeichen
an die Weissen entsenden, wenn wir ihre feigen Mörder ziehen
lassen? Man wird erzählen, dass die Métis schwach sind, dass
sie die Pfade ihrer Väter zum Wohl der Weissen verlassen haben. Wenn dieser Meuchler leben bleibt, werden andere kommen und die Leben nehmen, die ihnen nicht gehören."

Dazu wusste ich eine Antwort: „Stiller Fels spricht mit der
grossen Umsicht des weisen Mannes. Felljäger will es ihm gleich-
tun. Die Métis werden ein Zeichen setzen, mein weiser Freund.
Es wird ein Zeichen von Stärke, aber auch von Versöhnlichkeit

sein, ein Warnruf für Menschen, die so dumm sein wollen wie dieser Steiger, aber auch ein Wink an jene, die Freunde der Métis sein wollen. Felljäger denkt sich folgendes …"

Ich erläuterte einen mutigen, wie auch in seiner Einfachheit unübertroffenen Vorschlag an die anderen: Steiger sollte von uns zu seiner Farm zurückgebracht werden. Er hätte von nun an regelmässig ein Blutgeld zu bezahlen gehabt, das er in Form von Waren entrichtete, die er bei meiner Hütte abzuliefern hatte. Sollte er dem nicht nachkommen, würde ich ihn mit Nachdruck an seine Pflicht erinnern. Den Wert, den er entrichten sollte, wollte ich im Beisein von Weiter Weg bei der Farm des Mannes bestimmen. Man stimmte mir zu.

Wir traten alle gemeinsam aus dem Zelt des Häuptlings. Man harrte unserer. Ich bemerkte, wie der Schnee wieder etwas stärker fiel. Mit sicherem Schritt ging ich neben Weiter Weg hin zum Gefangenen, der wieder bei sich war. Sein Gesicht war bleich, seine entsetzten Augen weit aufgerissen. Er keuchte und stöhnte. Aus der Nähe war es mir einfach festzustellen, dass er geweint hatte.

Weiter Weg gab mir ein Zeichen, meinen Teil zu tun. Ich trat ganz an Steiger heran: „Wissen Sie, was Ihnen blüht?" Er schluchzte: „Ein bitteres und schmerzvolles Ende, fürchte ich. Darf ich zuvor beten? Wenn schon keine Rettung …" Ich zischte: „Lassen Sie das, Sie Memme! Wollen Sie leben?" – „Sagen Sie mir nur, was ich dafür tun soll", kam es wie aus dem Lauf einer Flinte geschossen.

Ich nickte: „So sei es. Wenn ich Sie losbinden lasse, werden Sie mit uns reiten. Der Häuptling, Jägerin Sonnenaufgang und ich werden Sie zurückbringen. Sie werden nicht bluten, aber Ihre Familie hat fortan ein Blutgeld zu entrichten. Ich werde dieses so bemessen, dass es Ihre Habe nicht zu sehr beschneidet, aber doch so viel nehmen, dass es Ihnen zur lebenslangen Lektion gereicht."

Steiger sprach erleichtert: „Sie bekommen unsere ganzen Vorräte, wenn Sie mich schonen. Bitte glauben Sie mir … ich hatte nur Angst. Wir sind noch nicht so lange hier und ich fürchtete um mein und die Leben meiner Familie. Ich wollte den Krieger nicht ... darf ich für ihn ein Gebet sprechen?"

Ich antwortete nicht. Stattdessen sah ich zu Sonnenaufgang, die auf mich zukam. Sie hatte ein Messer in der Hand. Mit wenigen Schnitten war der Mann befreit. Er sackte in die Knie und blieb einige Augenblicke lang so. Ich bat: „Hilf ihm bitte auf, meine Sonnenaufgang. Danach werden wir reiten."

Sie ging einen Schritt vor ihm. Steiger erreichte einen grossen Baumstrunk, wo der Mann sich still hinsetzte. Er bekam Wasser, um sich zu waschen und etwas davon zu trinken. Eine Squaw brachte Steiger zudem eine Schale mit heisser Brühe. Sonnenaufgang sprach leise und höflich zu ihm: „Trinken Sie bitte die Brühe, mein Herr. Es ist etwas Fleisch darin. Das wird Sie wärmen und stärken." Steiger blieb stumm. Er tat all das, was man ihm vorgab.

Während die Vorbereitungen zum Aufbruch liefen, sah Steiger meine Gefährtin und mich an. Er sprach zu ihr: „Dieser Mann und auch Sie, junge Frau, Sie sind doch weiss. Warum leben Sie hier?" Sonnenaufgang erklärte: „Wir sind Freunde der Métis, deren Häuptling und mein baldiger Ehemann sind seit etlichen Jahren Freunde. Glauben Sie mir, Herr Steiger, diese Menschen sind keine Wilden. Sie sind wohl anders als wir, aber ich verstehe ihre Art zu Leben und will sie teilen. So geht es auch Felljäger. Sie haben sich mit einer unbesonnenen Tat einige Feinde gemacht. Bitte tun Sie nie wieder so etwas Dummes."

Ein junger Krieger brachte vier Pferde. Steiger widersprach auch nicht, als man ihn auf das Pferd drängte. Er ritt still neben mir. Hinter uns ritten schweigend und stolz der weise Häuptling und meine Gefährtin.

Die Geschichte unseres Rittes ist schnell erzählt. Wir langten binnen weniger Stunden ohne Zwischenfall bei der Farm der Steigers an. Dessen Frau und seine drei Kinder hatten sich vor Sorge im Haus verbarrikadiert. Ein Gewehrlauf wurde uns aus einer Scharte der einfachen Behausung drohend entgegengehalten und verschwand erst, als sich der Gefangene als der Eigner der Farm zu erkennen gab.

Seine Familie eilte hinaus und erschrak erst einmal ob der drei Gestalten, die wir waren. Der Farmer beruhigte sie und trat mit ihnen und uns ins Haus. Dessen spärliche Ausstattung zeugte von einfachen, aber reinlichen Verhältnissen. Wir setzten uns alle zusammen an einen von Hand gezimmerten Tisch. Die Gattin des Farmers brachte uns Kaffee und Wasser. Ich sah mich um und erfuhr, dass der Mann sechs Hühner und einen Hahn, dazu eine kleine Kolonie Hasen und eine Kuh sein Eigen nannte. Zudem hatte er hinter dem Haus einige kleine Felder abgesteckt, die ihm im letzten Jahr einen genügenden Ertrag an Weizen, Gemüse und Feldfrüchten eingebracht hatten. Steiger brachte hierzu ein kleines Buch hervor, in dem er seinen Bestand mit Genauigkeit eingetragen hatte. Ich überliess die Prüfung des Geschriebenen der guten Sonnenaufgang, die mir nach einem kurzen Gang ins Nebengebäude, das als eine Art Keller genutzt wurde, bestätigte, was der Mann geschrieben hatte.

Nach kurzem Nachdenken gab ich meine Entscheidung bekannt: „Sie werden leben, Steiger. Ab heute unter der schützenden und doch mahnenden Hand der Métis. Wir werden jetzt zwei Säcke Bohnen, zwei Säcke Weizen und einen Sack getrocknete Pilze mitnehmen. Sie werden die gleiche Menge Waren im Frühling bei meiner Hütte abliefern. Von heute an wird dies in jedem Herbst und Frühling geschehen. Damit wird Ihre Schuld mit der Zeit abgegolten sein. Es soll Frieden herrschen zwischen den Steigers und den Métis." Der Farmer hob die Augen in meine und seufzte: „Und ich darf weiter unbehelligt hier pflanzen?"

Die tiefe Stimme des Häuptlings Weiter Weg dröhnte durch den Raum: „Wenn Felljäger den Blutpreis bestimmt hat und der weisse Mann diesen bezahlt, soll Frieden herrschen. Weiter Weg von den Métis hat gesprochen!"

Und so geschah es auch. Ohne ein Widerwort liess sich der Farmer die fünf Säcke abnehmen, die auf das Pferd gebunden wurden, das er geritten hatte. Zum Abschied drückte er mir die Hand und versicherte, er werde unsere Geste und das Verständnis der Métis niemals vergessen.

15

Lebensentscheidungen

Die Tiere trugen uns geduldig. Wir hatten eine kurze Nachtrast unter den Bäumen verbracht und sahen nun dem Ritt ins Dorf der Métis entgegen. Weiter Weg ritt neben mir, Sonnenaufgang führte hinter uns das Packpferd.

Der Häuptling brummte mehr zu sich als zu mir: „Er war der falsche Mann." Ich hob den Kopf: „Wie meinst du das?" Die Antwort war nun lauter: „Du hast sehr enttäuscht auf diesen Farmer reagiert. Du wolltest, dass es Angus ist, den du hasst und der dich hasst. Du bist verbissen mit diesem Mann umgegangen."

Ich drehte erst jetzt sprechend den Kopf zu ihm: „Er war ein Bauernopfer. Wenn Weiter Weg kein weiser Mann wäre, hätten seine Krieger die Farm dieses dummen Pflanzers niedergebrannt und die Wut der Weissen heraufbeschworen. Und dies nur, weil wir uns vor einem einzelnen Mann verbergen müssen. Das will ich nicht!"

Der Häuptling beruhigte mich: „Bis zu diesem Ereignis hast du Ruhe und Frieden bei deinen Freunden genossen, die Tage an der Seite deiner Gefährtin sind gut. Du sollst weiter diese Verbindung pflegen. Die Métis geben acht auf euch, so wie du einst deine Vorräte mit uns geteilt hast, um unsere Leben zu erhalten. Wenn der Winter seine kalten Fänge von unseren Zelten nimmt, werden wir gemeinsam dem fehlbaren Weissen auf die Spur gehen. Er entkommt dem Volk der Métis nicht."

Ich verweigerte das: „Bitte, das nicht, mein Freund. Wenn ihr Jagd auf einen Menschen macht, wird man euch jagen. Die Zeiten sind anders als zuvor. Mit den Weissen soll Eintracht herrschen. Wenn der Winter endet, werde ich Rehkitz und ihrem Mann meine Sonnenaufgang anvertrauen und mich auf den Weg nach der Hütte machen. Ich weiss bestimmt, dass Angus Mark dorthin kommen wird. Ich werde es beenden."

Sonnenaufgang hatte mich natürlich sprechen gehört. Ihr Pferd langte neben dem meinen an, ihre Stimme erreichte mich: „Du wirst mich nicht zurücklassen, du dummer Mann! Wir stehen diese Sache Seite an Seite durch." Aber erneut war ich dagegen: „Nein, meine Sonnenaufgang. Ich werde bestimmt nicht dich dieser Gefahr aussetzen. Wenn Angus Mark einen Gegner braucht, werde ich diesen stellen." Sie hob ihre Augen in meine und widersprach: „Du hegst mich wieder. Bitte lass ab davon. Ich will mich selbst verteidigen dürfen."

Wieder vernahmen wir die Stimme unseres Begleiters: „Meine beiden Freunde mögen ohne Furcht sein. Es wird keinen Kampf geben. Der Mann, den man Angus nennt, wird die Freunde der Métis nie erreichen. Stiller Fels hat keine Zeichen der Gefahr in den Feuern der Erkenntnis gesehen."

Wir sahen ihn beide nur an. Er lächelte: „Bleibt bei den Zelten der Métis, und nichts wird euch zustossen. Wir werden eure Vermählung feiern und dann soll der wirklich eisige Teil des Winters kommen. Die Métis werden sich um euch scharen. Wenn der farbenprächtige Frühling unsere Zelte besucht, wird alles anders sein."

Sonnenaufgang und ich gestatteten uns nicht zu widersprechen. Zudem hatte dieser weise und zugleich listige Mann uns bereits neue Gedanken in Herz und Kopf gepflanzt. Er wollte unsere Vermählung feiern. Eigentlich war das also beschlossen. Sonnenaufgang und ich sahen uns nur kurz an, dann liess sie sich wieder zurückfallen.

Wir erreichten unser Dorf ohne Zwischenfälle. Das Packpferd überantwortete Sonnenaufgang direkt der Squaw des Häuptlings, die die Verteilung der Güter veranlassen sollte.

Eine kleine Gruppe von Menschen trat an uns heran. Es waren derer zwei Frauen, ein Greis und ein kleiner Junge. Weiter Weg hob die rechte Hand und sprach: „Gerechtigkeit wurde gefordert und erhalten. Die Familie des mutigen Wilder Luchs mag beruhigt sein. Wichtige Güter sind uns übergeben worden und weitere werden im Frühling folgen."

Ich trat dazu: „Felljäger und Sonnenaufgang werden zudem bei jedem Besuch im Dorf an die trauemden Anverwandten des mutigen Jungen einen grosszügigen Jagdtribut entrichten. Dieses Versprechen gibt Felljäger, Freund der Métis."

Mit meinem Versprechen hatte ich gute Freunde noch enger an mein Herz gebunden. Meine Gefährtin sah mit Freuden den Greis auf mich zugehen. Seine rechte Hand band sich unter meinen Unterarm und ich schloss den seinen in meine rechte Hand.

Gerührte Augen sahen mich an und eine stolze und zugleich dankbare Stimme sprach zu mir: „Felljäger soll ein weisser Mann sein? Adlerkralle sieht in sein Herz. Er ist mehr Métis, als er selbst denkt. Adlerkralle und seine Familie danken Felljäger."

Ich nickte nur: „Immer gerne, mein weiser Freund."

Es war ein erhebendes und zugleich ungewohntes Gefühl. In den letzten Jahren hatte ich auf längere Sicht nie mit mehr als zwei oder drei Menschen zugleich verkehrt, war nie wirklich Bestandteil einer Gesellschaft gewesen. Diese einfachen und zugleich stolzen Menschen aber hatten mich wie einen der Ihren aufgenommen. Ich hatte mir mit Mut, Offenheit und Güte ein Stück dieser Gemeinschaft verdient.

Die Kinder der Métis sahen auf zu Felljäger, dem Freund und Jagdgefährten, die Krieger teilten mit mir ihr Wissen am Bogen und der Streitaxt. Meine Gefährtin hatte viel Zeit gehabt, um zu lernen und zu verstehen. Sie durfte den Squaws kleine Köstlichkeiten der europäischen Küche zeigen, vereinte bald die Fertigkeiten beider Kulturen beim Nähen, Kochen, Konservieren und Räuchern. Sie schaffte sich durch ihre Hilfsbereitschaft und gelehrige Höflichkeit viel Ansehen bei unseren Gastgebern.

Noch an demselben Abend sassen wir beide vor dem Feuer im Kreis unserer Nachbarn und unterhielten uns mit einigen von ihnen beim Nachtessen. Die Kunde unserer bevorstehenden Vermählung hatte die Runde gemacht. Wir wurden beglückwünscht. Man wünschte sich, dass wir künftig im Dorf der Métis bleiben mochten. Wir gaben dazu keine Auskunft, weil keiner von uns so weit gedacht hatte.

Des Nachts lagen wir im Zelt und sahen uns beim Schein eines kleinen Feuers an. Ich gab mich verwundert: „Warum hast du Steiger erzählt, dass ich dein Mann wäre?" Sonnenaufgang lächelte: „Weit gefehlt war das doch nicht, Felljäger: Diese Leute richten uns eine Hochzeit nach ihren Bräuchen aus, also habe ich der Wahrheit nur vorgegriffen. Die Métis sind wunderbar zu uns und wollen, dass wir hier bei ihnen bleiben, als Teil ihrer Gemeinschaft. Kannst du dir so etwas in der alten Heimat vorstellen?"

Ich gestand: „Nicht mehr so, wie es früher gewesen ist. Mein Grossvater erzählte mir noch von der innigen Gastfreundschaft der Marks und deren Nachbarn, aber dieses Clandenken stirbt auf dem alten Kontinent aus. Du hast recht: Die Métis sind sehr herzlich zu uns. Willst du denn bei ihnen bleiben?"

Sie drehte den Kopf ganz zu mir: „Ich weiss es nicht. Die Sitten hier sind einfach, die Menschen herzlich, aber gewisse Annehmlichkeiten von uns Weissen möchte ich trotzdem nicht missen müssen. Und was geschieht, wenn wir Kinder haben? Ich möchte, dass meine Kinder lesen und schreiben, dass sie rechnen lernen und sich vielleicht eines Tages einem weniger gefährlichen Lebenswandel widmen mögen."

Ihre Zweifel konnte ich verstehen. Ganz war der adlige Geist nicht aus der lieblichen Jägerin gewichen. Ich versicherte: „Wir werden im Frühling wieder zu unserer Hütte zurückgehen. Es darf für die Métis einfach nicht als Flucht vor ihrer Gastfreundschaft wirken. Weiter Weg wird das verstehen."

So ergab sich am folgenden Morgen mein Besuch beim Häuptling, der mich wohl zu erwarten schien, denn der Platz vor seinem Zelt war vom Schnee sauber gewischt, das Feuer brannte neu entflammt und bequeme Decken waren auf dem winterlich feuchten Gras ausgebreitet worden. Heller Schmetterling hatte bereits einen Krug mit Wasser und zwei Schalen bei der Feuerstelle bereitgestellt und eine Pfeife hielt die Squaw auch schon in der Hand.

Ich muss gestehen, dass mich das Rauchen der Pfeife nicht wirklich reizte oder mich berauschte. Ich war früher nie Raucher gewesen. Das Kraut der Métis war zudem sehr stark zu nennen, sodass ich mich immer sehr zusammennehmen musste, um nicht keuchend und prustend die Pfeife von mir zu werfen. Aber ich hatte mit der Zeit gelernt, mich gewissen Unsitten ohne Widerwort unterzuordnen. Ich tat dies auch jetzt.

Weiter Weg sah hoch zu mir: „Du kommst, wie ich erwartet habe. Setz dich zu mir ans Feuer. Trink, rauch und teile mit mir die Speisen, die meine Squaw uns bringen wird. Wir wollen derweil sprechen, von dir und Sonnenaufgang. Und natürlich von uns."

Ich nickte, setzte mich nieder und hob dabei die rechte Hand an mein Herz, um Weiter Weg zu verstehen zu geben, dass ich seine Einladung mit Freude annahm.

Entgegen der Angewohnheit dieser Menschen, mit einem fremden Gegenüber in der dritten Person zu sprechen, hatten Weiter Weg und ich vor längerer Zeit angefangen, uns direkter zu begegnen. Er sprach nicht zu Felljäger wie zu einem Dritten, er lud mich direkt an sein Feuer ein, bat mich zu sich, wie man es wohl mit dem eigenen Sohn getan hätte. Wenn er mich denn als Fremden ansprach, erkannte ich immer den Tadel für mein Fehlen.

Wir hatten einige Zeit einfache Themen wie die Jagd, den Bogen und das Wild berührt, als der Häuptling schliesslich feststellte: „Wann immer du willst, werden wir für euch Vermählung feiern." Es kam eine einfache Entgegnung von mir: „Ich danke dir. Aber hierzu möchte ich bitte ein paar kleine Einschränkungen anbringen." Er lächelte: „Du willst ihre alten Werte schonen. Ich verstehe dich."

Dem widersprach ich: „Nicht doch. Aber ich möchte keine so prunkvolle Geschichte daraus machen, wie bei deiner Tochter. Ich bin kein Häuptling und Sonnenaufgang ist keine Prinzessin. Wir sind nur zwei einfache Jäger. Bitte beschränke die Zeremonie auf die Zusammenführung der Eheleute und die notwendigen Gebräuche."

Nachdem die Squaw jedem von uns eine Schale mit Speisen gereicht und sich wieder entfernt hatte, hob der weise Häuptling die Augen in die Sonne, die trotz der Kälte ihr helles Antlitz in den Himmel gezeichnet hatte.

Er bemerkte: „Ihr werdet demnach nicht bleiben." Ich schüttelte den Kopf: „Nein, werden wir nicht." – „Willst du ihn jagen?" kam es zurück. Ich gab an: „Das werde ich bestimmt nicht tun. Nur wünscht sich Sonnenaufgang Papoose und wünscht, dass sie die Zeichen der Weissen lesen und schreiben, dass sie eine Tätigkeit erlernen, die dereinst keiner Waffe bedarf und auch keine Sorgenfalten auf die Stirn der Mutter zeichnet."

Er lächelte: „Das ist ein schöner Traum, den die Weissen träumen dürfen. Aber sie werden immer mit der Flinte neben dem Lager und dem Messer unter der Decke ruhen. Glaube mir, Felljäger ... auch die Métis wünschen sich Frieden, keine Gefahr und das Ende aller Uneinigkeit. Selbst wenn die Menschen mit den hellen Augen alle Métis, alle Cree und alle anderen Stämme tilgen, werden sie andere finden, gegen die sie ihre Waffen erheben werden. Glaubst du, dass die Schriften der Weissen und das Wissen deiner Geburtswelt all das beenden werden? Waren es nicht gerade die Siedler und Eroberer, die hierherkamen, um zu nehmen, was anderen gehörte? Wo es doch so ist, warum ist dieses Wissen, das du vermitteln willst, so wichtig? Werden unsere Papoose bessere Métis oder wird Manitu sie anders betrachten, wenn sie deine Schriftzeichen lernen und die Art zu leben der Fremden annehmen?"

Natürlich war das alles nicht so. Aber ich wusste trotzdem zumindest etwas zu entgegnen: „Ich darf nicht für alle weissen Menschen sprechen, mein Freund. Ich spreche für mich. Es war für mich, Felljäger, nicht einfach, die Bräuche und Sprache der Gastgeber zu lernen. Aber meine Sprache ist heute deine und deine ist meine. Ich verstehe und pflege deine Bräuche, du tust es mit meinen, wenn du bei mir zu Gast bist. Nur dies wünsche ich mir."

Weiter Weg brummte nun: „So werden deine Nachkommen die Sprache der Métis lernen?" Ich versicherte: „Wenn sie das

Kindesalter erreicht haben werden, sollen sie mit den Kindern spielen, die ihre Nachbarn sind, die Kinder der Métis. Unsere Kinder werden die Spiele beider Kulturen gemeinsam spielen und die Worte beider Sprachen sprechen. Die Jungen werden den Bogen spannen und die Flinte führen, die Mädchen sollen Felder anlegen wie die Siedler und Beeren und Wurzeln sammeln wie die Métis." Der Häuptling stellte fest: „So wird es die Weissen und die Métis nicht mehr geben?" Ich stellte richtig: „Es wird nur unser Volk geben, mein guter Freund. Ein Volk von Völkern. Wenn mein Sohn eine Métis zur Frau bekommt oder meine Tochter einen Krieger zum Manne erwählt, werde ich voller Stolz einer solchen Vereinigung zustimmen."

Als hätte man dieses Gespräch belauscht, standen plötzlich Stiller Fels und Sonnenaufgang bei uns. Der alte Medizinmann setzte sich hin und sah ins Feuer. Sie blieb hinter mir stehen. Es wurde für kurze Zeit still, bis der Medizinmann die Stimme erhob: „Wir werden ein Volk sein, wenn mehr Krieger wie Felljäger unsere Freunde sind. So werden wir morgen, wenn die Sonne ihre Reise beendet haben wird, feiern. Sonnenaufgang wünscht eine einfache Feier. Spricht Felljäger gegen diese Entscheidung?" Ich schüttelte den Kopf. Sonnenaufgang setzte sich erst jetzt neben mich. Ihre kleine Hand legte sich in meine.

Heller Schmetterling hatte wohl auf nichts anderes als diese Worte gewartet. Sie trat an unser Feuer und hauchte: „Komm mit mir, Sonnenaufgang. Meine Schwestern und ich bereiten dir seit Tagen eine Robe vor. Und du, Felljäger ... wirst dich bis zum morgigen Abend von eurem Zelt fernhalten. Wolfszahn wird dein Gastgeber sein."

Es blieb mir eigentlich nur noch das Warten auf den Abend des Folgetages, aber einmal mehr kam das Schicksal mir zuvor: Einer der Krieger, die regelmässig am Seeufer bis hinunter zu unserer Hütte ritten, kam, als die Sonne am höchsten stand, gemächlich, aber bestimmt zum Zelt von Wolfszahn, der ihn als Späher ausgesendet hatte.

Der Krieger brachte seinen Bericht dar: „Die Hütte ist nicht mehr da, Wolfszahn. Sie wurde niedergebrannt. Nur verkohlte

Reste und der Kamin aus Stein sind geblieben. Stumme Krähe hat den Boden untersucht. Ein einzelner Mann mit einem Mustang ist gekommen, vor mehreren Sonnen. Er ist die Umgegend abgelaufen und hat die Hütte niedergebrannt. Dieses Papier hat Stumme Krähe zwischen den Steinen gefunden."

Er reichte ein grosses Stück gelbliches Packpapier an Wolfszahn weiter, der es unbeeindruckt betrachtete, ehe er es mir reichte: „Deine Zeichen, mein Bruder."

Ich nahm das Papier. Darauf war in grossen, mit Kohle gezogenen Buchstaben geschrieben: „Ich fasse euch noch, Sohn!" Mehr war da nicht. Ich sah die beiden Krieger an und legte das Blatt ins Feuer. Leise bestimmte ich: „Kein Wort davon zu ihr!" Beide nickten mir zu.

Wolfszahn fragte nach dem Inhalt der Nachricht und ich sagte es ihm. Er lächelte schelmisch: „Er hat euch gefunden und wird wiederkommen, mein Bruder. Es gibt keine andere Wahl: Du wirst dich früher oder später diesem Kampf stellen müssen." Ich schüttelte den Kopf: „Wir wollen es nicht hoffen, Wolfszahn. Meine Flinte musste ich bis heute nicht gegen ihn erheben und ich will glauben, dass es auch so sein wird, wenn ich eine neue Hütte bauen werde."

Der Krieger bot an: „Du könntest mit deiner Squaw bei uns bleiben." Ich nickte: „Das könnte ich. Es wird vermutlich etwas in dieser Richtung sein. Ich denke noch darüber nach." Der Métis anerbot: „So komm mit mir auf die Suche. Schlange im Gras und ich haben Fallen unter den Bäumen am nördlichen Waldsaum gelegt. Vielleicht haben wir heute Glück. Du kannst nur warten, da wird dir etwas Zerstreuung willkommen sein."

Und es geschah erneut. Auch Wolfszahn fing an, mich in der ersten Person anzusprechen. Es war nicht mehr zu leugnen: Ich war vollständig in der Gemeinschaft der Métis angekommen, ich war einer der Krieger.

Wir gingen also, meldeten uns bei der Wache am Dorfeingang ab und marschierten guten Fusses zum nördlichen Waldsaum. Dort hatten die Métis in der Tat Schlingen ausgelegt. Sie hatten tiefe Erdlöcher gegraben und getarnt. Dazu hatten sie mit einfachen Netzen Fallen gebaut. Wir prüften deren zwei Dutzend, aber leider war dies kein Tag für Jagderfolge. Die meisten Köder waren fortgetragen, aber kein Wild hatte sich in die Fallen verirrt.

Wolfszahn erneuerte die Köder aus einem Lederbeutel, den er mit sich trug, und ich erfuhr dabei, wie die Métis Fallen stellen. Eigentlich taten sie nichts, was ich nicht auch versucht hätte. Die Nahrung sollte das Wild anlocken und die einfache Falle sollte es dann lebend fangen.

So verstrichen der Tag und danach die Nacht, die ich bei Wolfszahn im Zelt verbrachte. Mit der ersten Morgensonne erhoben wir uns und widmeten uns den üblichen Tätigkeiten, die in der Winterzeit in einem Eingeborenendorf anfallen. Ich half bei der Instandstellung von Zelten und Waffen, schnitzte unter geduldiger Aufsicht neue Pfeilschäfte und lernte, diese mit einfachen Spitzen zu versehen, die sie so tödlich machten. Zu meiner Verwunderung kannten die Métis kein Metall, wie ich vermutet hätte. Sie spitzten Tierknochen so zu, dass sie einem anderen Tier oder eben einem Menschen problemlos ins Fleisch gehen mussten. Ich musste mich sehr vorsichtig mit den Spitzen tun, um mir nicht die Finger zu verwunden.

16

Eine neue Heimat

Als wir die Augen gen Westen hoben, traf mich die Erkenntnis wie ein Schlag an den Kopf. In weniger als einer Stunde war es soweit: Felljäger und Sonnenaufgang wären nach den Riten der Eingeborenen und deren Väter zueinander geführt worden. Eine unerwartete und nie gekannte Furcht breitete sich in meiner Brust aus.

Man musste das wohl in meinen Augen sehen, denn Wolfszahn grinste hämisch: „Du bist bald ein verheirateter Mann, Felljäger. Du starrst in die untergehende Sonne, als würde dein Leben mit ihr untergehen." Ich wehrte den Gedanken ab: „So ist es nicht, mein Freund. Mir wird in diesem Augenblick bewusst, dass mir eine Ehre zuteilwird, die in meiner alten Heimat niemals möglich gewesen wäre. In meiner alten Heimat war Sonnenaufgang eine Prinzessin gewesen, die Tochter meines grossen Herren und wichtigen Häuptlings. Und ich war ein unbedeutender Pflanzer, der für den Herren die Erzeugnisse der Erde erntete."

Wolfszahn sah nun mit mir in die untergehende Sonne: „Bei den Métis bist du ein verdienter Krieger, ein Freund und Gefährte, ein guter Jäger und wohlgesehener Gast. Und deine junge Braut steht dir in nichts nach. Vergiss die alte Heimat, mein Bruder. Du bist in unseren Augen ein Métis. Ich werde Häuptling Weiter Weg bitten, dein Blutsbruder zu sein. So wirst du für immer einer von uns sein."

Wir sahen der Gemeinschaft zu, die sich vergnügt zusammenfand, um sich in der Mitte des Dorfes beim Zelt des Häuptlings zu treffen. Langsam erhoben wir uns. Ohne weiter darüber nachzudenken, legte ich meinen Waffengurt um, aber der wurde mir wieder abgenommen. Der Krieger lachte: „Du willst doch nicht mit der Waffe in der Hand deine Braut empfangen?" Ich nickte ihm zu. Der Waffengurt landete im Zelt.

Als wir uns den anderen näherten, öffneten sich die Reihen der Métis. Wir wurden bis zum Häuptling vorgelassen. Er stand ruhig vor seinem Zelt, hatte seinen besten Kopfschmuck aufgesetzt und sein Gewand mit allen Zeichen seiner Macht geschmückt. Neben ihm, im feierlich stolzen Gewand eines würdigen, wichtigen Mannes, stand Stiller Fels.

Weiter Weg und ich umklammerten uns gegenseitig die rechten Unterarme. Der Häuptling begrüsste mich mit folgenden Worten: „In deiner Welt hat die Zeit eine andere Bedeutung als hier, mein Freund. Du sollst folglich wissen, dass in der Zeit der weissen Männer heute der dritte Tag im Monat Dezember ist. Das wird der Tag deiner Eheschliessung."

Ich antwortete nicht. Dieser Schelm hatte wohl irgendwoher einen Kalender bekommen oder gar einen der Seinen nach Radisson reiten lassen, um sich des Datums zu versichern. Diese kleine Gefälligkeit hätte meine Braut bestimmt geschätzt.

Und dann geschah es endlich: Einfache Flöten und Trommeln wurden gespielt und damit wurde das Erscheinen der Braut verkündet. Die Gemeinschaft öffnete einen Weg zu unserem Standort und von dort wurde sie zu uns geleitet.

Heller Schmetterling und eine andere Squaw gingen voran. Die Braut folgte ihnen. Ich konnte erst nur ihr Haar erkennen, das sich deutlich von den Haaren der anderen abhob, dann öffneten die beiden Squaws das Blickfeld, indem sie sich langsam voneinander entfernten.

Man hatte Sonnenaufgang in ein wundervolles, weiss getünchtes Kleid mit zugehöriger Krone aus weissen getrockneten Blüten gehüllt. Sie hatte sich das Krönchen so sehr gewünscht, trug diese Robe mit Stolz und trat erhobenen Hauptes zu uns.

Ich schluckte Augenblicke lang. Dieser stolze Schritt, dieser mild bestimmte Gesichtsausdruck und dieser herrschaftliche Gang erinnerten mich unweigerlich an ihre herzensgute Mutter. Für einen Augenblick wähnte ich mich in Ravenscraig Castle. Die Trommeln und Flöten holten mich aber eilig zurück an den winterlichen Bibersee.

Neben mir war sie stehengeblieben. Wir sahen uns an, ohne ein Wort zu sagen. Dafür sprach Weiter Weg auf uns ein. Leider weiss ich noch heute nicht, was er in jenen Augenblicken zu uns gesagt hat. Ich fühlte nur, wie meine Hand genommen wurde, wie unsere beiden rechten Arme zueinander geführt wurden und irgendwann Stiller Fels sie mit einem Tuch umwand. Dann fühlte ich ihre Lippen auf meinen und gab mich ihrer Liebkosung hin.

In jenem zarten Augenblick war es mir, als erwachte ich aus einem Traum. Am Ende dieses Kusses sah ich in ihr Gesicht und sie flüsterte: „Komm endlich zu dir, du dummer Mann. Du bist jetzt verheiratet." Ich keuchte: „Der dritte Dezember, heute ist der dritte Dezember. Der Tag unserer Vermählung ist …"

Sie legte mir einen Finger auf die Lippen: „Halt bloss den Mund! Du hast das Wichtige schon verträumt. Bring mich in unser Zelt und versuche, erfreut und sehnsüchtig zu erscheinen. Die Métis erwarten, dass du deine Pflicht tust."

Es mag mir erspart bleiben, daran erinnert zu werden, wie sehr ich mich in jener Nacht zum Gespött gemacht haben muss. Ich hatte mich beim Nachkommen meiner ehelichen Pflichten so dumm angestellt, wie es nur möglich sein konnte. Folglich hatte ich denn auch kläglich versagt. Ihr Trost sollte mir Linderung geben, bestätigte mich aber nur darin, dass ich dem Weib als solches kein guter Gesellschafter bin. Sie sah mich dabei an, wie ich zerknirscht und verunsichert das kleine Feuer im Inneren des Zeltes anstarrte.

Leise flüsterte sie: „Du brauchst nicht betrübt zu sein, Liebster. Wir werden es in der nächsten Nacht noch einmal versuchen, langsam und ganz ohne Eile."

Den Rest dieser Peinlichkeit will ich mir durch Verschweigen ersparen. Es mag ganz einfach gesagt sein, dass es viel Zuredens bedurfte, ich in späteren Nächten schliesslich meine ehelichen Pflichten doch wahrzunehmen verstand und sie auch nicht als solche empfand.

Der Morgen danach begrüsste uns, wie es inzwischen jeder Morgen tat. Es hatte in der Nacht geschneit und schneite noch, als wir vor das Zelt traten. Unsere Nachbarn sassen bereits bei Feuer und Speise. Man beglückwünschte uns und bat uns an das grosse Feuer, das wie immer gut unterhalten war.

Wir assen und tranken mit den anderen. Die Männer, vor allem die jüngeren unter ihnen, gaben mir zu verstehen, dass sie nichts von uns beiden gehört hätten.

Man hätte mich wohl mit Häme übergossen, wenn man die Wahrheit erfahren hätte, aber, für mich überraschend, aber gelassen wie eine Königin in ihrem Thronsaal, entgegnete meine Braut, nunmehr meine geliebte Frau, in gutem Métis: „Ich musste mir einen Riemen zwischen die Zähne klemmen, der es vermied, dass ich schreie."

Nun sahen alle sie an. Die jungen Männer blickten mich plötzlich mit staunenden Augen an, die Frauen hatten wohl einen Anflug von Neid zu verdauen. Ich blieb stumm und ass. Sie tat sich auch beim Zubereiten des Essens hervor wie eine gute Squaw. Sie kochte, legte mir auf und bemühte sich herzlich um mich. Sie liess es aber nicht zu, dass ich an ihr den gleichen Dienst verrichtete.

Als sich die ersten Squaws erhoben, um das übliche Tagwerk im Dorf zu beginnen, erhoben wir uns ebenfalls. Uns als Gäste blieb die Tagesroutine eigentlich erspart, aber wir machten uns trotzdem immer wieder ein bisschen nützlich.

Heute aber, am Tag nach der Vermählung, war uns der Tag geschenkt. Wir folgten den zum Teil vom Schnee befreiten Pfaden aus dem Dorf und blieben unter den ersten Bäumen des westlichen Waldes stehen. Sie sah mit einem himmlischen Lächeln im Antlitz zu mir und ich stellte fest: „Du bist eine unverschämte Lügnerin! Einen Riemen zwischen den Zähnen? Du konntest nicht schreien? Warum erzählst du so etwas?"

Sie legte ihre Arme sanft um meine Hüften: „Du hast recht. Ich hätte sagen sollen, dass du keine Ahnung davon hast und dass du dabei jämmerlich versagt hast. Das hätte dein Ansehen bei den Kriegern bestimmt gestärkt. Und ich verlange von dir, dass du nie wieder meine Handlungen unterbrichst, wenn ich eine gute Squaw sein will. Du machst dich vor den anderen Männern lächerlich."

Ich schluckte. Natürlich hatte sie mich gleich mehrfach in Schutz genommen und ich hätte ein weiteres Mal dankbar vor ihr in die Knie gehen sollen. Aber ich war eben ein dummer Junge, dem ein Geschenk gemacht worden war, das er nicht verstehen konnte. Ich legte einfach ihren Kopf an meine Brust und liess Sonnenaufgang damit schweigend meinen leicht beschleunigten Herzschlag fühlen.

Sie sprach ruhig und sicher: „Du wirst ein liebevoller und mutiger Ehemann sein, mein Felljäger. Wenn die Dunkelheit uns wieder ins Zelt schickt, wirst du einfach deine Frau machen lassen. Wenn du mir versprichst, dieses Mal nicht übereifrig zu werden, werden wir ein wundervolles Erlebnis haben. Dann werde ich dir auch erlauben, wenn wir alleine sind, Essen zuzubereiten und bei der Arbeit meine Anweisungen auszuführen."

Es bedarf keiner weiteren Beschreibungen dessen, was folgte. Sie blieb mit ihrer Aussage im Recht: Ich liess mich führen und sie führte mich zu ungeahnten Zielen. Ich arbeitete unter ihrer Aufsicht im Zelt, und was unser Eheleben betraf ... es reicht zu erwähnen, dass der Winter denn doch nicht so kalt war, wie ich ihn in Erinnerung hatte.

Allmählich bemerkten wir alle, dass die Tage wieder länger wurden. Ich war regelmässig mit einigen Kriegern hinausgegangen, hatte Fallen geprüft und gestellt. Wir durften einmal sogar mit dem Glück des Tüchtigen belohnt sein, denn ein einsamer Elch kreuzte den Weg unserer Gruppe. Er wurde mit zwei Pfeilen erlegt und wir brachten zum ersten Mal seit dem ersten Schnee Frischfleisch zurück.

Bei einem jener Streifzüge durch die Wildnis hatte ich zudem in einem Waldeinschnitt einen wundervollen Ort gefunden, wo eine neue Hütte entstehen sollte. Es war an der Zeit, meiner Frau das Schicksal unserer Habe zu gestehen. Ich führte sie also nach Westen aus dem Dorf hinaus, durch den dichten Waldstreifen, der das Dorf begrenzte. Nach dem Wald folgte eine kurze Ebene, die wohl unter dem Schnee gutes Gras versprach. Vom Waldrand konnte man einen kleinen Berg sehen, der sich abzeichnete.

Ich zeigte dorthin: „Dort, wenige hundert Schritte von hier entfernt, am Fuss dieses Berges, möchte ich bauen." Sie sah mich an: „Du willst weg von unserer Hütte? Weg von deinem Stammplatz?" Ich nickte: „Es gibt leider nichts mehr, wo wir einst waren. Noch vor unserer Vermählung hat einer der Krieger die niedergebrannten Reste unserer Hütte gefunden und mir ein Papier gebracht, das in den Steinen des Kamins festgeklemmt war. Angus hat den Ort gefunden. Er wird uns wohl dort erwarten."

Sie verzog einen Augenblick lang das Gesicht, sagte aber nichts. Schweigend machte sie sich auf den Weg weiter nach Westen, zog mich an der Hand mit.

Wir gingen einige Minuten. Vor uns stand ebendieser Berg. Die Métis nannten ihn den Hügel der sterbenden Sonne, weil man dahinter die Sonne untergehen sah. Aus der Nähe betrachtet war der Berg nicht mehr so gross. Vermutlich hätte ein guter Kletterer dieses Gestein in weniger als einer halben Stunde erklommen. Es war nur ein Hügel.

Ich zeigte Sonnenaufgang den Einschnitt, den ich meinte. Er reichte für eine kleine und bequeme Hütte und hätte wohl auch Platz für den von meiner Frau ersehnten Gemüsegarten zu bieten gewusst. Der Berg oder Hügel, wie man ihn denn nennen wollte, lag in Schrittnähe zum See. Es blieb uns demnach die direkte Anbindung ans Wasser. Zudem konnten wir östlich den Waldrand sehen, hinter dem das Dorf der Métis gut verborgen lag.

Sonnenaufgang bemerkte: „Ein wundervoller Ort. Ich werde sehr gerne hier leben. Aber zuvor ist dieser Unmensch zu beseitigen! Ich lasse es nicht zu, dass der Gedanke an ihn dich quält. Wir werden dorthin hingehen, wo er uns erwartet, und wir werden ihn stellen."

Ich schüttelte den Kopf: „Das werden wir nicht, meine liebe, kleine Sonnenaufgang. Ich sehe keine Veranlassung für diesen Kampf. Wenn Angus mich will, soll Angus mich suchen. Ich werde ihm nicht entgegengehen."

Sie sah mich verwundert an. „Du lässt ihn ziehen?" Nun lachte ich auf: „Er geht nicht. Er will mich und vermutlich auch dich von dieser Welt fegen. Er mag zerfressen werden von seinem Sinnen nach Rache. Ich werde nicht an ihn denken und nicht nach ihm trachten."

Wir blieben noch etwas am Ufer des Sees sitzen und schwiegen, in Gedanken versunken. Es war wirklich befreiend, sie in der Nähe zu wissen. Ich dachte an unser kleines, feines Haus, das wir haben wollten, an den Gemüsegarten und an einen einfachen Steg, den ich vielleicht am Ufer gebaut hätte.

Endlich kam der ersehnte Frühling. Der Schnee war geschmolzen, die Wasserläufe führten viel mehr Wasser als gewöhnlich und auch der Wasserstand des Bibersees war gestiegen. Ich hatte dort, wo ich bauen wollte, einen Felsvorsprung am Wasser gefunden, der sich wunderbar für die einsamen Stunden des Nachdenkens eignete.

Nachdem die Arbeiten begonnen hatten, nutzte ich ihn gerne. Wenn wir nicht sägten, hämmerten oder gruben, sass ich gerne dort und sah hinaus auf den Bibersee.

Ab jenem ersten Frühlingstag hatte es fast einen ganzen Monat gedauert, aber mit der Hilfe der fleissigen Métis und einiger Annehmlichkeiten aus Radisson war es mir gelungen, eine hübsche kleine Hütte zu bauen. Die dafür verwendeten Stämme waren stark, die Ritzen zwischen den Hölzern mit Pech und Harz zugeklebt. Das Schrägdach hatten wir aus Brettern gezimmert, die ich mir in Radisson besorgt hatte.

Im Inneren der Hütte hatten wir vier getrennte Räume gestaltet: Eine einfache Küche mit einer Feuerstelle, ein Schlafraum und ein kleines Zimmer säumten den Hauptwohnraum mit dem Kamin aus einfachen Steinen. Unter dem Hauptraum hatten wir auch einen Keller ausgehoben, zu dem man durch eine hölzerne Falltür gelangte.

Jedes Zimmer bekam durch ein Fenster Licht. Die Beschaffung der Rahmen mit Gläsern hatte die meisten Kosten aufgeworfen, da die Fenster aus Fort George hatten geholt werden müssen. Aber ich dachte darüber nicht nach. Die Hilfe der

Métis hatte es mir überhaupt ermöglicht, so gut zu bauen, und hatte die Gesamtkosten sehr tief gehalten. Zudem hatten sich Wild Hank, Sam Elk und einige der anderen Jäger gerne bereiterklärt, die Wege in die Ansiedlung zu gehen. Meine Freunde wurden von uns immer mit offenen Armen empfangen und von den Métis bewirtet und versorgt. Unser Traum von einem Volk lebte hier auf.

Endlich stand ich zufrieden vor dem Werk unseres Schweisses und unserer Mühe. Neben mir war Wolfszahn. Er gab an: „Dein Heim ist gebaut, Felljäger. Du magst stolz sein auf dein Werk." Ich entgegnete: „Dies ist unser Werk, mein Freund. Es soll nicht verschwiegen werden, dass die Métis Bäume gefällt und Harz gesammelt haben, dass sie Stämme getragen haben und Steine aufeinandergeschichtet haben. Ohne die fleissigen Hände meiner Brüder wäre diese Hütte nie entstanden." Der Métis lächelte nun: „Der Dank meines Freundes wird die richtigen Ohren finden."

Sonnenaufgang kam gerade aus der schweren Tür. Meine geliebte Gefährtin strahlte uns beide an: „Die Hütte ist einfach wundervoll geworden." Ich nickte: „Wir haben alle zusammen gute Arbeit geleistet."

Wolfszahn legte mir eine Hand auf die Schulter: „Wir gehen jetzt, Felljäger. Wenn ihr etwas braucht, reicht ein Signal." Sonnenaufgang sprach ihren Dank ebenfalls aus: „Sag allen auch von mir herzlichen Dank, Wolfszahn. Ich will nie vergessen, wie viel die wundervollen Métis für uns getan haben."

Sonnenaufgang und ich traten zusammen in die Hütte. Im grossen Zimmer fehlte noch immer ein vernünftiger Tisch, aber ich hatte aus einem Baumstamm eine brauchbare Bank gezimmert, die zum Verweilen einlud. Sonnenaufgang ging durch das Zimmer hindurch und ins Schlafgemach, wie sie es nannte. Dort hatten wir uns eine Schlafstelle nach Sitte der Eingeborenen geschaffen. Der Winter im Dorf der Métis hatte an uns seine Spuren hinterlassen. Das Schlafen auf dem mit Fellen ausgelegten Boden hatte es uns angetan und sollte auch in der Hütte beibehalten werden. Meine Gefährtin hatte ein paar bequeme Decken über den Fellen ausgebreitet. So etwas wie ein Bett brauchte ich eigentlich gar nicht, auch meine Frau fühlte sich in den einfachen Tierhäuten wohl aufgehoben.

Unsere wenigen und einfachen Kleidungsstücke fanden in einem einfach gezimmerten Schrank in der einen Ecke Platz. Sie setzte sich in die Felle und sah hoch zu mir. Dazu meinte sie: „Das ist jetzt unser Schloss. Und es ist um ein Vielfaches schöner als Ravenscraig Castle, weil wir es selbst gebaut haben. Und mit dieser Hütte wird es so, wie du es sagtest: Wir sind ein Volk von Völkern. Wenn ich Steiger und seine Familie berücksichtige, die Waldläufer, uns, die Métis und die Cree ... wir sind alle zusammen ein Volk. Ich will nie wieder von diesem Ort weggehen."

Ich nickte ihr zu: „Du hast wieder ein Zuhause, ein eigenes Heim." Sie bemerkte traurig: „Nur leider ist alles weg. Unsere Keramikteller, die Vorhänge, die Briefe an meine Mutter, einfach alles." Ich beruhigte sie: „Nicht alles ist weg, meine Sonnenaufgang. Ich hatte im Keller der alten Hütte ein Geheimfach eingerichtet, wo die wichtigsten Dinge auch vor dem Feuer sicher waren. Wir werden einfach zurückgehen und die Ruine der alten Hütte untersuchen. Vielleicht können wir ein bisschen etwas aus der Asche retten."

Mit meinem Vorschlag hatte ich sie begeistert, und zugleich steuerte ich damit einem letzten Kapitel meiner vergangenen Familiengeschichte entgegen, das ich gerne ungeschehen vor mir hergeschoben hätte. Wir entschieden, uns bei den Métis ein grosses Kanu zu leihen und am Seeufer entlang zur alten Stelle zu rudern.

17

Das unvermeidliche Schicksal

Weiter Weg war gerne bereit, uns ein Kanu zu geben. Aber er liess uns nicht alleine ziehen. Für ihn stand noch immer fest, dass wir einer direkten Gefahr ausgesetzt waren, vor der die Métis uns zu beschützen hatten. All meinen Widerworten zum Trotz wurden uns folglich unsere beiden Freunde Wolfszahn und Schlange im Gras als Begleiter gestellt und mit ihnen zwei Kanus geliehen.

Während das erste Kanu schon zu Wasser ging, sprach Wolfszahn kurz mit einem jungen Krieger und erteilte diesem Anweisungen. Ich mass diesem Gespräch bei unseren Vorbereitungen nicht viel Wichtigkeit zu, sollte mich aber noch irren.

Wir schifften uns gemütlich ein und ruderten ohne Hast zurück an den Ort, wo mein kleines Heim gestanden hatte. Wir gelangten kurz vor dem Sonnenhöchststand dort an. Die Reste der Hütte hatten der Witterung nachgegeben. Der Kamin war zum Teil eingefallen, das verkohlte Holz moderte unbehelligt vor sich hin. Wir zogen die Kanus an Land und traten an die Ruine heran.

Während ich den Schutt und die verkohlten Reste wegräumte, um auf die Falltür in den Keller zu stossen, suchte Sonnenaufgang in den Resten unserer Hütte nach unseren wenigen Besitztümern, die das Feuer vielleicht überstanden hatten.

Wolfszahn hatte nur kurz nach Westen gesehen und gesellte sich dann zu mir. Schlange im Gras wachte schweigend und mit gespanntem Bogen über unser Tun.

Endlich fanden wir den Zugang, den ich gesucht hatte. Allerdings war von der Falltür nicht mehr übrig als ein Beschlag aus Eisen, in dem die Lederlasche zum Hochziehen der Falltür festgezurrt gewesen war. Dieser lag bereits auf dem Erdreich im unterirdischen Keller.

Ich sprang ohne zu zögern hinunter und sah mich im Halbdunkel um. Wenige Augenblicke später reichte mir der Métis einen brennenden Span hinunter und sprang hinterher. Hier unten war das Wenige, das wir eingelagert hatten, teils vom Feuer verschont geblieben. Wir retteten einen Sack Mehl und einen Beutel mit getrockneten Kräutern. Dazu hob ich eine schmutzige Öllampe aus Metall und ein Dutzend dünne Apothekerbriefchen auf.

In einem Moment erreichte ich mein Versteck mit der Hand. Ich hatte in der einen Naturwand, nahezu auf Bodenhöhe, eine kleine Lücke in der Erde gegraben, aus der ich jetzt eine schmale Kassette holte. Sie war aus Stahl, liess keine Erde und kein Wasser ein.

Ich überantwortete die Kassette meinem Begleiter und kletterte wieder hoch. Er reichte mir Span und Beute herauf und kam nach. Sonnenaufgang sah mich erfreut an und strahlte: „Du hast eine Metallkassette versteckt. Was ist da drin?"

Ich trat schweigend zum See und setzte mich auf den Felsen, auf dem ich gerne nachgedacht hatte. Die anderen kamen hinterher. Fast demütig reichte ich ihr die dünnen Apothekerbriefchen. Sie sah mich mit feuchten Augen an: „Meine Sämereien."

Ich holte mein Messer aus der Scheide und benutzte es, um das Schnappschloss an der Kassette zu öffnen. Der Deckel ging zurück und liess uns alle Einblick nehmen. Ich kannte den Inhalt natürlich. Für die anderen war er aber neu.

Als Erstes hob ich einen Lederbeutel aus der Kassette und reichte ihn meiner Frau mit folgenden Worten: „Hier, meine letzte Barschaft. Ich glaube, es sind noch etwa hundert Pfund." Sie wog den Beutel in der Hand. Ich brachte als Nächstes das leicht vergilbte Papier der Briefe hervor, die sie verloren geglaubt hatte.

Ihre Augen leuchteten, und kleine Finger drückten das einfache Bündel Papier innig an die junge Brust. Sonnenaufgang keuchte: „Himmel, Felljäger. Du hast sie gerettet. Woher wusstest du?" Ich gestand: „Sie waren und sind auch für mich der wertvollste Besitz aus der Alten Welt, meine Liebste. Wie hätte ich sie einfach in einer Schublade verstauben lassen können?" Ein inniger Kuss belohnte mich für meine Umsicht.

Schliesslich zog ich die letzten beiden Gegenstände aus der Kassette: Einen kleinen Fetzen Stoff und eine dünne Ledermappe, in der ich meine Ausweispapiere aufbewahrt hatte. Sie nahm mir die Mappe ab.

Ich hingegen öffnete den schmutzigen Stofffetzen und enthüllte einen einfachen, dünnen Ring aus Sterlingsilber, in den ein kleiner, roter Rosenkristall eingearbeitet worden war. Ich öffnete meine Hand und sprach: „Diesen Ring wollte ich retten. Er wurde meiner Mutter von ihrer Mutter zur Hochzeit gegeben und ..."

„... und jetzt wirst du ihn mir überlassen, du törichter Bengel!" Die Stimme war schneidend und liess nicht wirklich ein Widerwort zu. Wir sahen alle auf und damit direkt in die Läufe von fünf gerichteten Doppelflinten, die keine zehn Schritte hinter uns gehoben worden waren. Man hatte uns aufgelauert.

Ich ballte die Hand mit dem Ring zur Faust: „Du! Du hast auf mich gewartet!" Angus Mark, denn er war es, begleitet von vier Fremden, lachte laut auf: „Du musstest wieder meinen Weg kreuzen, Sohn. Es war vorbestimmt. Aber heute wird es bestimmt das letzte Mal sein." Ich knirschte mit den Zähnen: „Was hast du vor, du Schuft?" Der Mann trat einen Schritt vor: „Das errätst du doch selbst."

Er senkte seine Waffe und drehte sich zu seinen Leuten um: „Meine Herren ... es wird Zeit, den versprochenen Sold zu verdienen: Die Wilden erschiessen, den Jäger entwaffnen und binden. Das Mädchen hingegen schenke ich euch. Wenn ihr mit ihr fertig seid, werft, was von ihr übrig ist, in den See."

Sonnenaufgangs verstörte Augen sahen mich an. Sie verstand wohl, was dieses Scheusal von einem Menschen gerade gesagt hatte. Ich konnte mir gut vorstellen, welche Angst sie jetzt ereilte. Es lässt sich nicht in vernünftige Worte fassen, wie schlecht ich mich in jenem Augenblick fühlte. Nicht nur liefen wir Gefahr, von diesen unbekannten Meuchelmördern niedergemacht zu werden, es war noch schlimmer: Wir hatten sie nicht kommen gehört, waren übertölpelt worden wie Buben beim Versteckspiel.

Und dieser brutale Schrat, durch dessen Adern auch mein Blut floss, wollte die unschuldige Sonnenaufgang seinen Mittätern zum Missbrauch überlassen. Ich musste auf der Stelle handeln.

Meine Gedanken blieben hängen. Aus dem Nichts hatte Wolfszahn mit einem Ruf die Stille zerrissen. Es vergingen nur wenige Herzschläge. Vier Pfeile zischten durch die Luft und vier Männer liessen ihre Flinten fallen, um sich blutend ins Frühlingsgras am Ufer des Bibersees zu legen.

Die von Meisterhänden ab den Sehnen geschickten Pfeile hatten die vier unbekannten Männer in die Brust getroffen und niedergestreckt. Die letzten Schreie der Sterbenden begleiteten ihr Fallen. Keiner von ihnen bewegte sich mehr. Schlange im Gras hob nun seinen Bogen gegen Angus, den letzten der Angreifer. Ihn hatte bislang kein Pfeil ereilt. Schlange im Gras wollte das ändern. Er tat einige Schritte auf den anderen zu.

Endlich fasste ich mich wieder. Ich schüttelte den Kopf in einer Mischung aus Unglauben, Wut und Furcht. Mit einer Hand drückte ich den Bogen meines Freundes nieder. Dann ertönte die Stimme erneut. Wolfszahn rief die Seinen zu sich.

Unter den Bäumen hinter uns traten vier Krieger aus dem Schatten. Die Bogen waren erneut gespannt, die Pfeile auf den letzten der Angreifer gerichtet. Die vier Krieger sprachen nicht. Wolfszahn hob die rechte Hand, seine Krieger nickten ihm nur zu.

Er lächelte: „Die Métis sind wenige und ohne gute Waffen, aber sie sind schlau wie der Fuchs und vorsichtig wie die Bärenmutter." Ich nickte: „Das ist in der Tat so. Du hast unser aller Leben mit der Voraussicht eines Weisen geschont, mein Freund und Bruder. Ich schulde dir erneut sehr viel."

Wolfszahn grinste schelmisch: „Die Métis haben nicht einen Augenblick lang vergessen, dass dieser räudige alte Wolf um die abgebrannte Hütte streicht. Diese vier Krieger sollten unseren Weg vorausgehen. Die Spuren unserer Feinde waren ihnen längst bekannt."

Ich drehte mich zu dem Mann um, der zu meinem Leidwesen mein Vater genannt werden musste. Er sah noch immer verstört auf die vier, die nicht mehr waren.

Meine Stimme holte ihn in die Gegenwart zurück: „Du warst nicht einmal mutig genug, alleine auf mich zu warten. Du musstest Mörder anheuern. Schade um sie. Aber ich stimme dir zu. Es endet hier. Heute kreuzen sich unsere Pfade zum letzten Mal. Ich werde dich einigen Kriegern der Métis überantworten, die dich zurück in deine Zivilisation bringen werden, gebunden und gebrandmarkt als der Verbrecher, der du bist. Aber zuvor sollst du sehen, was dein Hass dir bringt!"

Leise bat ich Sonnenaufgang zu mir, und erst jetzt öffnete ich meine Hand, in der der Ring einen tiefen Abdruck hinterlassen hatte. Ich hob ihre rechte Hand an und streifte den Ring über den entsprechenden Finger. Dazu sprach ich deutlich: „Mit diesem Ring nehme ich dich zur Frau." Sie sah mich nur an.

Angus Mark war rot vor Zorn. Er sprach nicht, schrie nicht. Seine Worte waren das Brüllen eines verwundeten Wildtieres: „Das lasse ich nicht zu! Sie ist eine Sinclair! Sie muss sterben wie alle Sinclairs!"

Mit den letzten Wortfetzen sprang er uns an. Ich schob die junge Frau so weit wie möglich von mir weg und suchte ihn zugleich aufzufangen, was mir nicht gelang. Wir fielen beide hin, rollten ein paar Mal übereinander im Gras und bekamen uns so endlich richtig zu fassen. Noch im Rollen suchten wir uns gegenseitig zu greifen. Schliesslich schaffte er es, seine Hände um meinen Hals zu legen.

Mit wuchtigen Fusstritten hatte ich ihn von mir geworfen. Als ich mich aufrichten wollte, hatte er eine Pistole gezogen. Ich selbst hatte seit der einen Nacht meiner Vermählung keine Pistole mehr getragen. Aber ich hätte sie auch nicht gebraucht. Hinter mir löste sich ein Schuss, den ich an mir vorbeizischen spürte. Die Kugel streifte den Kopf meines Widersachers. Die erregte Stimme meiner Frau befahl: „Runter damit! Wenn ihr kämpft, dann ehrlich! Sonst folgt gleich die zweite Kugel."

Kaum war die Waffe gefallen, sprang ich ihn an und landete auf ihm. Ich schlug in einem Anflug von Wut meine Stirn gegen seine Nase. Er jaulte regelrecht. Ich keuchte: „Du bist ein Untier, Angus Mark! Du hättest sie quälen lassen! Du lebst nur für deine Rache! Du hast kein Recht zu leben!"

Noch heute erschrecke ich über mich selbst, wenn ich mich an jenen Moment erinnere. Meine Finger krallten sich um seinen Hals und liessen ihn nicht gehen. Ich spürte die Behaarung des Halses unter meinen Fingerkuppen und nahm das Keuchen meines Gegners kaum war. Von einer schlimmen Wut beseelt und von der Verzweiflung eines Verliebten getrieben, hämmerte ich immer und immer wieder meine Stirn gegen sein Gesicht, bis er endlich keine Regung mehr zeigte.

Erst als Angus keinerlei Gegenwehr mehr leistete, liess mich zur Seite fallen und blieb neben ihm liegen. Die zarten Hände meiner Frau suchten mich und ich schloss meine Augen, um mir erst einmal gewahr zu werden, was geschehen war. Es war erschütternd, welche Kraft ich gerade innegehabt hatte.

Aber ich hatte mich wohl geirrt, denn so reglos, wie ich ihn haben wollte, war Angus Mark doch nicht. Plötzlich hatte er ein Messer in der Hand und sprang auf. Sonnenaufgang warf sich ihm mit einem Schrei entgegen und klammerte sich an seinem Handgelenk fest.

Mit einem Ruck war ich auf den Beinen. Ich warf mich mit allem, was ich war, meinem Vater in die Bauchgegend, riss damit ihn und auch Sonnenaufgang zu Boden. Aber das nahm ich in jenem Moment nicht wahr. Ich hatte einen Stein des alten Kamins gepackt und schlug diesen mehrmals auf den Kopf meines Vaters. Blut spritzte, dann wurde alles still.

Ich sass aufrecht. Sonnenaufgang sass neben mir und wischte mir mit einem im Wasser des Sees getränkten Stück Stoff Blut aus dem Gesicht. Sie beruhige mich: „Es ist nicht dein Blut. Du hast seinen Kopf zerschlagen." Ich schluckte: „Ist er ...?" Sie nickte: „Er ist von uns gegangen. Du hast genau das getan, was du nicht tun wolltest. Du hast dir den Schatten deines eigenen Blutes aufgebürdet." Ich schluckte: „Er wollte dich ... dir ... es war doch ..."

Mein Stammeln führte zu nichts und das wusste sie wohl. Sie legte ihre zarte Hand auf meinen Mund: „Du bist still, du dummer Mann. Du hast lediglich dich und deine Gefährten verteidigt. So etwas geschieht hier."

Mit starrem Auge sah ich zu, wie die sechs Métis ohne ein Wort der Anweisung mit ihren Tomahawks und Messern im Begriff waren, eine Grube auszuheben. Wolfszahn hob den Kopf: „Wir werden diese Männer nach deiner Sitte unter der Mutter Erde verbergen, mein Freund. Ihr habt getan, was ihr tun musstet. Diese Tat war vorgezeichnet." Ich stöhnte: „Er war mein Vater." Wolfszahn nickte: „Der war er. Aber er war auch ein böser Mensch mit schlechten Absichten, ein Mörder an seinem Volk." Wie gerne hätte ich jetzt etwas gesagt, aber mir fiel einmal mehr nichts ein, was bei solch einfacher Lebensweise Gegensprache zugelassen hätte.

Nach so viel Ungemach wollte das gütige Schicksal uns wenigstens eine Gnade erweisen: Auf dem Weg, der vom See in die Wälder führte, kam, seelenruhig gehend, der arme Farmer Steiger her. Er zog einen einfachen Handwagen hinter sich her. Der Pflanzer schien erfreut, uns zu sehen. Allerdings veränderte sich seine Miene, als sein Auge die fünf Leblosen erblickte.

Sonnenaufgang fasste äusserst kurz für ihn zusammen, was sich ereignet hatte. Der Pflanzer zuckte kurz zusammen und bot dann gleich Hilfe an. Auf dem Wagen hatte er eine Schaufel, mit der er den Kriegern sogleich zur Hand ging.

Derweil tat er kund, dass er schon mehrmals hierhergekommen war, aber nur die verkohlten Reste der Hütte vorgefunden hatte. Sonnenaufgang informierte ihn, dass wir inzwischen an einem anderen Ort gebaut hatten und diese Hütte nutzlos war. Künftig hätten wir seinen Tribut bei ihm geholt.

Wir erfuhren auch, dass er auf seinem Karren die fünf Säcke Vorrat brachte, die er den Métis jeweils im Frühjahr schuldig war. So wurde auch dieser Pflicht vorerst verabredungsgemäss nachgekommen.

Für die fünf Leichen reichte ein einzelnes Kreuz. Wir trugen Steiger auf, bei seinem nächsten Besuch in Radisson zu berichten, dass er Angus Mark und seine vier Komplizen hier hatte begraben müssen, nachdem diese die Métis angegriffen hatten. Die Waren wechselten den Besitzer und Steiger reichte meiner Frau zudem vier grosse Gläser Früchtekompott. Dazu gab er an: „Diese Leckerei hat meine Frau zubereitet. Wir teilen das Kompott gerne mit Ihnen, Frau Sonnenaufgang." Sonnenaufgang lächelte ihn an: „Die Kinder der Métis werden das zu schätzen wissen. Danke, Herr Steiger. Und nennen Sie mich bitte nur Sonnenaufgang."

Steiger hatte sich entfernt und die Métis hatten sich gesammelt. Wolfszahn fragte: „Was werden die Métis mit den Donnerstöcken anfangen?" Ich bestimmte: „Lernen, sie zu benutzen, mein Freund. Gib sie deinen Kriegern und behalte einen. Ihr habt sie verdient." Wolfszahn nickte: „Wir werden lernen von deiner Frau, Felljäger. Ihre Hand ist ruhig und ihr Auge sicher." Ich stellte fest: „Und deine Arme sind stark, meine Sonnenaufgang. Wie du dich auf ihn gestürzt hast, war fast ..." – „... so dumm wie dein Versuch, eine Kugel mit deiner Brust aufzufangen", schoss sie dazwischen. „Damit sind wir gleichauf und hören nun auf, dumme Heldentaten zu begehen. Versprich mir das!" Ich senkte den Kopf: „Ich verspreche es."

Wir hatten die beiden Kanus beladen. Die vier neu bewaffneten Krieger verabschiedeten sich, denn ihr Weg führte über Land. Wir anderen schoben die Kanus zurück in den See. Ohne ein Wort zu verlieren ging es zurück.

Wir landeten nach bald zwei Stunden am üblichen Ort südlich des Dorfes. Dort wurden wir mit Freude empfangen. Ich erkannte unter den Anwesenden auch Adlerkralle, den Vater des zuvor niedergemachten Kriegers. Zu ihm trat ich und wurde mit einem kräftigen Händedruck von ihm begrüsst.

Ich klärte: „Der Pflanzer hat seine Schuld auch dieses Mal beglichen, mein Freund. Wir werden gleich entladen und dir geben, was dir gehört." Der alte Mann nickte nur. Kein Wort sprengte seine Lippen.

Weiter Weg hingegen liess ein anerkennendes Grunzen vernehmen. Ich trat auch zu ihm. Der Freund und Häuptling umarmte mich entgegen seiner Sitten. Ich wurde davon überrascht. Stiller Fels sprach dazu: „Die heiligen Knochen haben zu Stiller Fels gesprochen. Sie sagten in einer Vision, dass dein Blut vergossen wird." Ich atmete tief ein und aus: „So ist es gewesen. Ich werde es euch erzählen."

An einem einladenden Feuer hatte ich meinen Freunden einen Bericht dessen gegeben, was sich ereignet hatte. Stiller Fels sass starr da und horchte, bis ich damit endete, dass das Irren und die Furcht nun ein Ende hatten. Stiller Fels nickte mir zu: „So ist es, mein Freund. Meine Vision zeigte mir auch, dass du den Pfad der Jagd nicht immer alleine gehen wirst. Pass gut auf deine Squaw auf."

Ein Seitenblick reichte mir. Sonnenaufgang sass einige Meter weiter drüben und liess die Kinder der Métis vom Früchtekompott naschen, das man uns geschenkt hatte. Die kleinen Krieger und Squaws standen und sassen alle um sie herum und suchten sich vorzudrängeln, um mehr zu erhaschen, als sie ihnen geben konnte.

Ich bemerkte traurig: „Diese Geschichte mit meinem Vater wird mich verfolgen bis an mein Lebensende." Stiller Fels murmelte leise: „Es ist eine Geschichte, Felljäger. Vergiss sie. Deine Sonnenaufgang wird dir bald andere Gründe geben, dich zu erinnern."

Nun schluckte ich nur noch. Stiller Fels wusste Sonnenaufgang also in freudiger Erwartung. Ich sah ihn stechend an: „Schummelst du?" Der Medizinmann schüttelte den Kopf: „Es wird so sein, mein Freund Felljäger. Du wirst bald Familienoberhaupt sein. Entscheide weise und zum Wohl der Gemeinschaft."

Wolfszahn kam dazu. Er setzte sich und brachte seine Stimme ein. So erfuhren die beiden weisen Männer vom Anteil, den die Métis am Ende des gefährlichen Gegners gehabt hatten. Weiter Weg grunzte zufrieden: „Es wird Helden geben, mit den grauen Augen meines Sohnes Felljäger und dem brennenden Haar meiner Tochter Sonnenaufgang."

Sonnenaufgang und ich blieben noch bis zum Folgetag Gäste der Métis. In der Nacht lagen wir gemeinsam in einem Zelt. Sie

hatte ihren Kopf gemütlich an meiner Brust eingebettet. Ich vernahm die Stimme meiner Liebsten: „Die kleinen Kinder waren so lieb. Ich wollte, ich hätte mehr von dem Kompott für die kleinen Schleckermäuler gehabt." Ich nickte: „Dieser Steiger ist ein guter Kerl. Bestimmt wird er uns noch mehr davon verkaufen."
Meine Frau aber wusste es besser: „Nein, Felljäger. Dieses Volk kauft seine Nahrung nicht. Es macht sie, jagt sie und sammelt sie. So werde auch ich es machen. Der Frühling wird uns viele Sorten von Beeren liefern. Wir werden sie sammeln und aufkochen. Ich werde zu Steigers gehen und lernen, wie man Kompott macht. Wenn wir als Bindeglied für diese Völker dienen können ... werden wir alle eines Tages ein Volk von Völkern sein und alle Widrigkeiten gemeinsam überdauern." Meine Bestätigung folgte auf dem Fuss: „Du hast recht, meine Sonnenaufgang. Sie werden alle voneinander lernen. Aber du ... Stiller Fels sagte, dass du ...“

Wieder war es mir nicht vergönnt, mich auszudrücken. Sie lächelte: „Ja, du dummer Mann. Es mag durchaus so sein. Mit der Zeit hast du es ja richtig gemacht."

Der Tag war sonnig und mild. Sonnenaufgang und ich hielten uns noch einige Stunden bei den Métis auf. Es gab noch eines, das Wolfszahn sich gewünscht hatte und auf das ich gerne einging: Unter dem umsichtigen Blick des Häuptlings bediente sich der kluge Medizinmann eines gut geschärften Messers und schnitt uns beiden eine Wunde in den linken Unterarm. Die blutenden Wunden wurden, frisch geschnitten, gegeneinander gepresst. Unsere Hände griffen um die Ellbogen des anderen.

Stiller Fels sprach leise und würdevoll: „Das Blut des stolzen Unterhäuptlings Wolfszahn und des mutigen Freundes Felljäger wird eines. Eins ist ihre Kraft und eins ist ihr Mut. Von heute an seid ihr Brüder im Blut und Gefährten auf dem Weg des Lebens."

Einige Augenblicke später wurden unsere Arme wieder voneinander getrennt und verbunden. Wir hatten in der kurzen Zeit ziemlich stark geblutet. Wolfszahn sah hinunter auf seinen Arm und zischte: „Es ist nun meine Aufgabe, dich zu schützen, dir beizustehen und dir Hilfe zu leisten. So ist es auch deine Aufgabe an mir." Meine Stimme klang voller Stolz zurück: „Immer gerne, mein Bruder. Wolfszahn kann immer auf mich zählen." Das Feuer war für einen Mittagsbraten geschürt worden. Sonnenaufgang nahm nicht teil, weil sie nicht zu den Weisen gehörte. Ich wurde als Gast dort geduldet und durfte mich auch am Gespräch der Anwesenden beteiligen.

Weiter Weg verfolgte aber sein ganz eigenes Ziel mit diesem Palaver. Er zeigte zu seiner Linken und sprach: „Adlerkralle kennst du, Felljäger. Die anderen Weisen sind Fünf Federn, Breite Axt, Wolf im Schatten und Stolzes Auge. Weiter Weg hat diesen Weisen deine Geschichte erzählt. Er erzählte ihnen, dass die Kinder der Jägerin Sonnenaufgang mit den Kindern der Métis spielen und aufwachsen werden. Felljäger sprach davon, dass die Kinder alle zusammen die Worte beider Völker lernen sollen. Er sprach von einem Volk. Felljäger ist einer der Unseren, ein Métis, ein Krieger, der uns in den Scharmützeln mit den Chippewa beigestanden hat, der unseren Hunger und unsere Sorge gelindert hat. Er ist unser Nachbar und Freund. Weiter Weg ist bereit, die Kinder der Métis der Schulung Sonnenaufgangs anzuvertrauen und die Kinder der schönen Sonnenaufgang zu schulen. Wie sprechen die Weisen des Dorfes?"

Es wurde mehrere Augenblicke lang still, dann hob einer der Männer die Augen: „Wird die Schulung der Weissen unsere Bräuche und unseren Glauben respektieren?"

Eine zweite Stimme klang gar verärgert: „Ist dies ein Versuch der hellen Augen, unsere Kinder für sich zu gewinnen?"

Und die dritte, versöhnliche Stimme gehörte Adlerkralle: „Brüder, wir sind alt und haben viele Kämpfe ausgetragen. Aber unsere Kinder und die Kinder der Kinder werden mit den Weissen, gut wie böse, leben müssen. Adlerkralle hat seinen Sohn an die Weissen verloren, und doch hat Adlerkralle in Felljäger einen guten Freund und einen gütigen Menschen gefunden. Wir wollen unseren Kindern nicht die Tore zu ihrer Zukunft verschliessen."

Nachdem die fünf Männer alle ihre Meinung geäussert hatten, trat Stiller Fels aus dem Zelt des Häuptlings, wo der Medizinmann wohl gewartet hatte. Er setzte sich unaufgefordert zwischen die anderen und sah ins Feuer. Seine bestimmten Worte wiesen den Weg: „Die Weisen haben wahre Dinge gesagt. Das Feuer gibt uns Wärme und weist uns doch zurück. So ist auch das Neue. Mit Sonnenaufgang und Felljäger sind Dinge zu den Métis gekommen, die dieses Volk nicht gekannt hat. Die Weissen haben von uns gelernt, wir haben von ihnen gelernt und werden weiter von ihnen lernen. Stiller Fels hat gesprochen."

Als der Abend kam, sassen Sonnenaufgang und ich wieder in unserer Hütte. Ich schnitzte gerade an den Beinen eines Schemels, als sie von draussen mit einem Eimer frischen Wassers kam. Sie sah mich fragend an: „Was haben die Alten mit dir besprochen?"

Ich hob die Augen: „Ich hatte Weiter Weg versprochen, dass unsere Kinder mit den ihren gross werden sollten. Er hat den Weisen angeboten, dass unsere Kinder gemeinsam lernen werden, unsere und ihre Sprache, unsere und ihre Gebräuche." Sonnenaufgang schluckte: „Das war ein grosses Wort, mein Liebling." Ich bestätigte: „Das war es. Wir werden dieses Bindeglied sein, das du sein wolltest. Wir werden Siedler und Métis in ein gemeinsames, hoffentlich friedvolles und besseres Leben führen."

Sonnenaufgang sah hinunter auf ihre Hand und murmelte: „Dieser Ring ist also alles, was von einem Pächter noch bleibt?" Ich nickte: „Alles. Wir sind Waldläufer und Fallensteller, nichts mehr und nichts weniger."

Sie murmelte: „Nimmt er mich zur Frau." Ich hob den Blick: „Zweifelst du?" Sie schüttelte den Kopf: „Keinen Augenblick. Dieser Ring ist wunderschön, so einfach wie das Leben, das wir gewählt haben. Und doch ist er so schön wie die innige Liebe, die uns verbindet. Er erinnert uns an damals und mahnt uns an die Zukunft. Ich werde vergessen, warum du es gesagt hast und wem es gegolten hat."

Ich nahm ihr den Eimer ab und hob ihre rechte Hand an. Mit einer einfachen Geste streifte ich den Ring von ihrem Finger. Ich bog langsam mein rechtes Knie und sah nun hinauf in das frische, unverbrauchte Gesicht dieser Waldelfe: „Mit diesem einfachen Ring nehme ich dich, lieblich schöne Sonnenaufgang, zu meiner Frau und verspreche, dich immer zu achten, zu lieben und zu hegen, dir immer beizustehen, dich im Guten und im Argen jederzeit zu schützen. Von heute an gehört jeder Atemzug, jeder Herzschlag dieses einfachen Jägers und Sammlers dir."

Sie sah gerührt auf mich hinunter: „So will ich für dich Gleiches tun, von heute an bis zum Ende unserer Zeit."

So wurden Sonnenaufgang und ich genau das, was wir sein wollten. Wir waren Waldläufer und Pflanzer zugleich, wir jagten Wild und wir zogen das erste Gartengemüse, das die Métis jemals genossen hatten. Eine Zeit des Friedens und der Eintracht nahm am Bibersee ihren Anfang.

HERZ FÜR AUTOREN A HEART FOR AUTHORS À L'ÉCOUTE DES AUTEURS MIA KAPΔIA ГIА ΣYΓΓΡΑ
TTA FÖR FÖRFATTARE UN CORAZÓN POR LOS AUTORES YAZARLARIMIZA GÖNÜL VERELIM SZÍV
RE PER AUTORI ET HJERTE FOR FORFATTERE EEN HART VOOR SCHRIJVERS TEMOS OS AUTO
ÖINKÉRT SERCE DLA AUTORÓW EIN HERZ FÜR AUTOREN A HEART FOR AUTHORS À L'ÉCOUT
CÃO BCEЙ ДYШOЙ K ABTOPAM ETT HJÄRTA FÖR FÖRFATTARE Á LA ESCUCHA DE LOS AUTOR
EURS MIA KAPΔIA ГIА ΣYΓΓΡΑΦEIΣ UN CUORE PER AUTORI ET HJERTE FOR FORFATTERE EEN H
ARIMIZA GÖNÜL VERE   ZERZÖINKÉRT SERCE DLA AUTORÓW EIN HERZ FÜR
SCHRI   OS OS A   ORACÃO BCEЙ ДYШOЙ K ABTOPAM ETT HJÄRTA FÖR

Der Autor

Marco Simeoli wurde 1972 in Rom, Italien, geboren. Aufgewachsen ist er jedoch vorwiegend in der Schweiz, wo er zur Schule ging und schliesslich Maschinenbaukaufmann wurde. Später bildete er sich in Versicherungs- und Inkassowesen, aber auch in Sprachen weiter. Das Interesse an Letzteren prägt auch seine Freizeit: Lesen und Schreiben gehören zu seinen Lieblingsbeschäftigungen. Heute lebt der Autor in Döttingen. Seit jeher ist Marco Simeoli fasziniert von der Kolonialzeit, was ihn zur Lektüre von allen möglichen Erzählungen führte. Schliesslich fing er an, selbst darüber zu schreiben und seine eigenen Helden zu erschaffen; zuletzt in „Vergeltung am Bibersee". Das Buch ist sein erstes Werk zuhanden einer breiteren Öffentlichkeit. Im Frühling und Sommer ist Marco Simeoli regelmässig im Garten anzutreffen: Das Gärtnern ist seine zweite Leidenschaft. So wachsen unter seiner Hand nicht nur literarische Werke, sondern auch allerlei wohl gepflegte Pflanzen.

Der Verlag

*Wer aufhört
besser zu werden,
hat aufgehört
gut zu sein!*

Basierend auf diesem Motto ist es dem novum Verlag
ein Anliegen, neue Manuskripte aufzuspüren, zu ver-
öffentlichen und deren Autoren langfristig zu fördern.
Mittlerweile gilt der 1997 gegründete und mehrfach
prämierte Verlag als Spezialist für Neuautoren in
Deutschland, Österreich und der Schweiz.

**Für jedes neue Manuskript wird innerhalb we-
niger Wochen eine kostenfreie, unverbindliche
Lektorats-Prüfung erstellt.**

Weitere Informationen zum Verlag und
seinen Büchern finden Sie im Internet unter:

www.novumverlag.com